Fred Vargas

Es geht noch ein Zug von der Gare du Nord

Kriminalroman

Aus dem Französischen
von Tobias Scheffel

Aufbau Taschenbuch Verlag

Titel der Originalausgabe
L'Homme aux cercles bleus

ISBN 3-7466-1516-X

8. Auflage 2003

Umschlaggestaltung Patrizia Di Stefano
unter Verwendung eines Fotos von gettyimages
Druck Nørhaven Paperback A/S, Viborg
Printed in Denmark

www.aufbau-taschenbuch.de

Mathilde kramte ihr Notizbuch hervor und notierte: »Dem Typen links neben mir bin ich völlig egal.«

Sie trank einen Schluck Bier und warf erneut einen Blick auf ihren Nachbarn, einen riesigen Kerl, der seit zehn Minuten mit den Fingern auf dem Tisch herumtrommelte.

Sie fügte in ihrem Notizbuch hinzu: »Er hat sich so nahe neben mich gesetzt, als ob wir uns kennen würden, dabei habe ich ihn nie gesehen. Bin mir sicher, daß ich ihn nie gesehen habe. Sehr viel mehr ist über den Typen mit der dunklen Brille nicht zu berichten. Ich sitze auf der Terrasse vom *Café Saint-Jacques* und habe eine Halbe bestellt. Ich trinke mein Bier. Ich konzentriere mich völlig auf mein Bier. Ich wüßte nicht, was ich Besseres tun könnte.«

Der Nachbar von Mathilde trommelte weiter herum.

»Ist irgendwas?« fragte sie.

Mathilde hatte eine tiefe und sehr verbrauchte Stimme. Der Mann schätzte, daß es sich um eine Frau handelte, die soviel rauchte, wie sie nur konnte.

»Nichts. Warum?« fragte der Mann.

»Ich glaube, es nervt mich, Sie hier auf dem Tisch herumtrommeln zu sehen. Heute macht mich alles nervös.«

Mathilde trank ihr Bier aus. Das Ganze war langweilig, typisch für einen Sonntag. Mathilde hatte den Eindruck, stärker als andere unter dem ziemlich verbreiteten Übel zu leiden, das sie das Übel des siebten Tages nannte.

»Sie sind um die fünfzig, vermute ich?« fragte der Mann, ohne sich von ihr abzuwenden.

»Möglich«, erwiderte Mathilde.

Sie war verstimmt. Was ging das diesen Typen an? Gerade hatte sie bemerkt, daß der Wasserstrahl des Brunnens gegenüber, der vom Wind verweht wurde, den Arm einer weiter unten gelegenen Engelsfigur besprühte, und so was waren vielleicht Augenblicke der Ewigkeit. Im Grunde war dieser Typ dabei, ihr den einzigen Augenblick von Ewigkeit ihres siebten Tages zu vermiesen.

Und außerdem hielt man sie allgemein für zehn Jahre jünger. Sie sagte es ihm.

»Na und?« bemerkte der Mann. »Ich kann nicht so allgemein schätzen wie andere. Aber ich vermute, Sie sind eher schön, oder täusche ich mich?«

»Stimmt irgendwas mit meinem Gesicht nicht? Sie scheinen nicht sehr sicher zu sein«, sagte Mathilde.

»Doch«, erwiderte der Mann. »Ich vermute, daß Sie eher schön sind, aber ich kann es nicht beschwören.«

»Halten Sie's, wie Sie wollen«, sagte Mathilde. »Sie jedenfalls sind schön, und das kann ich beschwören, wenn Ihnen das was nützt. In Wahrheit nützt es immer. Und jetzt werde ich Sie verlassen. Ich bin heute zu nervös, um gerne mit Typen wie Ihnen zu reden.«

»Ich bin auch nicht sehr entspannt. Ich wollte mir eine Wohnung ansehen, die ich gern gemietet hätte, aber sie war schon weg. Und Sie?«

»Ich habe jemand entwischen lassen, der mir wichtig war.«

»Eine Freundin?«

»Nein, eine Frau, der ich in der Metro gefolgt bin. Ich habe mir eine ganze Menge Notizen gemacht, und plötzlich war sie weg. Haben Sie die Szene vor Augen?«

»Nein, ich sehe nichts.«

»Sie versuchen es nicht, das ist der Kern der Sache.«

»Ja, ganz offensichtlich versuche ich es nicht.«

»Sie sind ein anstrengender Mensch.«

»Ja, ich bin anstrengend. Und außerdem bin ich blind.«

»Mein Gott«, sagte Mathilde, »das tut mir leid.«

Der Mann wandte sich ihr mit einem ziemlich bösartigen Lächeln zu.

»Warum tut Ihnen das leid?« fragte er. »Es ist doch schließlich nicht Ihre Schuld.«

Mathilde sagte sich, daß sie aufhören sollte zu reden. Aber sie wußte auch, daß sie es nicht schaffen würde.

»Wessen Schuld ist es denn?« fragte sie.

Der schöne Blinde, wie Mathilde ihn insgeheim bereits nannte, wandte ihr wieder drei Viertel seines Rückens zu.

»Die einer Löwin, die ich seziert habe, um den Bewegungsapparat der Großkatzen zu verstehen. Was weiß man schon vom Bewegungsapparat der Großkatzen! Manchmal habe ich mir gesagt, das ist phantastisch, und manchmal dachte ich, verdammt noch mal, Löwen laufen, weichen zurück, springen, und mehr gibt's da nicht zu wissen. Eines Tages habe ich das Skalpell schlecht geführt…«

»Und alles ist herausgespritzt.«

»Genau. Woher wissen Sie das?«

»Es gab mal einen Typen, den, der die Kolonnade des Louvre gebaut hat, der ist auf diese Weise gestorben, durch ein verfaultes Kamel, das auf einem Tisch ausgebreitet lag. Aber das war vor langer Zeit, und es war ein Kamel. Im Grunde ein ziemlicher Unterschied.«

»Verfault bleibt aber verfault. Das Verfaulte ist mir ins Auge gesprungen. Ich bin ins Dunkle geworfen worden. Schluß, aus, keinerlei Möglichkeit mehr, zu sehen, Scheiße.«

»Das war die Sauerei einer Löwin. Ich habe mal so ein Tier gekannt. Wie lange ist das her?«

»Elf Jahre. Womöglich findet die Löwin das jetzt ziemlich lustig. Na ja, ich lache ja heute auch manchmal. Aber direkt danach nicht. Einen Monat später bin ich wieder ins Labor gegangen und habe alles verwüstet, ich hab überall Verfaultes ausgebreitet, ich wollte, daß das Zeug allen in die Augen kommt, und ich habe die gesamte Forschung der Arbeitsgruppe über den Bewegungsapparat der Großkatzen zunichte gemacht. Natürlich hat mich das nicht befriedigt. Ich war enttäuscht.«

»Welche Farbe hatten Ihre Augen?«

»Schwarz wie Mauersegler, schwarz wie die Sicheln am Himmel.«

»Und wie sind sie jetzt?«

»Niemand wagt es, sie mir zu beschreiben. Schwarz, rot und weiß, glaube ich. Die Leute bringen kein Wort raus, wenn sie sie sehen. Ich stelle mir vor, daß der Anblick abscheulich ist. Ich setze nie mehr meine Sonnenbrille ab.«

»Ich würde sie gerne einmal sehen«, sagte Mathilde, »wenn Sie wirklich wissen wollen, wie sie aussehen. Das Abscheuliche stört mich nicht.«

»Das sagt man so. Und hinterher jammert man.«

»Eines Tages hat mir ein Hai beim Tauchen ins Bein gebissen.«

»Gut, das dürfte nicht schön sein.«

»Was vermissen Sie am stärksten, was Sie nicht mehr sehen können?«

»Ihre Fragen bringen mich um. Wir werden doch nicht den ganzen Tag von Löwen und Haien und häßlichen Viechern reden.«

»Nein, sicherlich nicht.«

»Ich vermisse die Mädchen. Das ist ziemlich banal.«

»Sind die Mädchen nach der Geschichte mit der Löwin abgehauen?«

»Sieht so aus. Sie haben mir noch nicht gesagt, warum Sie diese Frau verfolgt haben?«

»Ohne Grund. Ich verfolge eine Menge Leute, wissen Sie. Ich kann nichts dagegen machen.«

»Ist ihr Geliebter nach der Geschichte mit dem Hai abgehauen?«

»Abgehauen, und andere sind gekommen.«

»Sie sind eine eigenartige Frau.«

»Warum sagen Sie das?« fragte Mathilde.

»Wegen Ihrer Stimme.«

»Was hören *Sie* in den Stimmen?«

»Also das kann ich Ihnen wirklich nicht sagen! Was bliebe mir dann noch, verdammt? Man muß dem Blinden doch irgendwas lassen, Madame«, sagte der Mann lächelnd.

Er erhob sich, um zu gehen. Er hatte nicht einmal sein Glas ausgetrunken.

»Warten Sie. Wie nennt man Sie?« fragte Mathilde.

Der Mann zögerte.

»Charles Reyer«, sagte er.

»Danke. Ich heiße Mathilde.«

Der schöne Blinde sagte, das sei ein ziemlich schicker Name, die Königin Mathilde habe im 12. Jahrhundert in England regiert, und er ging, indem er sich mit den Fingern an der Wand entlangtastete. Mathilde war das 12. Jahrhundert scheißegal, und sie trank das Glas des Blinden aus, während sie die Stirn runzelte.

Lange Zeit, wochenlang suchte Mathilde bei ihren Streifzügen durch die Stadt mit dem Blick zugleich auch den schönen Blinden. Sie fand ihn nicht. Sie schätzte ihn auf fünfunddreißig.

* * *

Man hatte ihn zum Kommissar in Paris berufen, im 5. Arrondissement. Er ging zu Fuß zu seinem neuen Büro, es war sein zwölfter Tag.

Zum Glück war es Paris.

Es war die einzige Stadt des Landes, mit der er sich anfreunden konnte. Er hatte lange geglaubt, daß der Ort, an dem er lebte, ihm egal war, so egal wie die Nahrung, die er zu sich nahm, so egal wie die Möbel, die ihn umgaben, so egal wie die Kleidungsstücke, die er trug – geschenkte, geerbte, irgendwo gefundene Kleidungsstücke.

Aber mit dem Ort, an dem er lebte, war es schließlich nicht so einfach. Jean-Baptiste Adamsberg war barfuß durch das gesamte felsige Gebirge der Basses-Pyrénées gezogen. Er hatte dort gelebt und geschlafen, und später, als er Bulle geworden war, hatte er dort gearbeitet, sich mit Morden beschäftigt, mit Morden in steinernen Dörfern, Morden auf mineralischen

Pfaden. Er kannte das Geräusch der Steine unter den Füßen auswendig, er kannte das Gebirge, das einen an sich drückt und einen bedroht wie ein alter, muskulöser Mann. In dem Kommissariat, in dem er mit fünfundzwanzig angefangen hatte, sagten sie, er sei ein »Wäldler«. Vielleicht in Anspielung auf seine Wildheit, seine Einsamkeit, er wußte es nicht genau. Und er fand es weder originell noch schmeichelhaft.

Er hatte eine der jungen Inspektorinnen gefragt, warum, sie war seine direkte Vorgesetzte, die er gerne geküßt hätte, die aber zehn Jahre älter war, so daß er es nicht wagte. Sie wurde verlegen, sie meinte: »Wie soll ich sagen, betrachten Sie sich mal in einem Spiegel, dann verstehen Sie schon von allein.« Abends hatte er mißmutig, weil er hellhäutige, hochgewachsene Gestalten liebte, seinen kleinen, stämmigen, dunklen Körper betrachtet, und am nächsten Tag hatte er gesagt: »Ich habe mich vor den Spiegel gestellt, ich habe hineingesehen, aber ich habe nicht richtig verstanden, was Sie meinen.«

»Adamsberg«, hatte die Inspektorin etwas müde, etwas überfordert erwidert, »warum sagen Sie solche Sachen? Warum fragen Sie so was? Wir arbeiten an einem Uhrendiebstahl, das ist alles, was es zu wissen gibt, und ich habe nicht die Absicht, über Ihren Körper zu reden.« Und sie hatte hinzugefügt: »Ich werde nicht bezahlt, um über Ihren Körper zu reden.«

»Schon gut«, hatte Jean-Baptiste gesagt, »regen Sie sich nicht so auf.«

Eine Stunde später hatte er gehört, wie die Schreibmaschine innehielt und die Inspektorin nach ihm rief. Sie war verstimmt. »Klären wir das«, hatte sie gesagt, »sagen wir, es ist der Körper eines Waldkindes, das ist alles.« Er hatte geantwortet: »Wollen Sie sagen, er sei primitiv, er sei häßlich?« Da war sie ihm noch überforderter vorgekommen. »Bringen Sie mich nicht dazu zu sagen, Sie seien schön, Adamsberg, aber Sie haben Anmut genug, kommen Sie damit im Leben zurecht«, und Müdigkeit und Zärtlichkeit hatten in ihrer Stimme gelegen, dessen war er sicher. So sicher, daß er sich noch mit einem leichten Kribbeln daran erinnerte, vor allem, weil das mit ihr nie wieder vorgekommen war. Er hatte mit klopfendem Herzen auf die weitere Entwicklung gewartet. Vielleicht würde sie ihn küssen, vielleicht, aber sie hörte auf, ihn zu duzen, und sie hatte nie mehr etwas dazu bemerkt. Nur dies noch, und sie sagte es irgendwie hoffnungslos: »Und Sie haben nichts bei der Polizei verloren, Jean-Baptiste. Die Polizei ist nicht der Wald.«

Sie hatte sich getäuscht. Im Lauf der folgenden fünf Jahre hatte er Schlag auf Schlag vier Morde aufgeklärt – auf eine Weise, die seine Kollegen verblüffend fanden, das heißt ungerecht und provozierend. »Du tust keinen Strich, Adamsberg«, sagten sie ihm, »du sitzt da, trödelst rum, träumst, betrachtest die Wände, kritzelst auf den Knien kleine Skizzen auf Zettel, als ob du die Weisheit gepachtet und das ganze Leben vor dir hättest, und dann kommst du eines Tages unbekümmert und freundlich an und sagst: ›Man sollte den Herrn Pfarrer verhaften, er hat den Kleinen erwürgt, damit er nicht redet.«

Auf diese Weise war das Waldkind mit den vier Morden zunächst Inspektor geworden, dann Kommissar, und kritzelte noch immer stundenlang winzige Zeichnungen auf den Knien, auf völlig unförmigen Hosen. Vor zwei Wochen hatte man ihm Paris vorgeschlagen. Er hatte seinen mit Graffiti übersäten Schreibtisch hinter sich gelassen, den er zwanzig Jahre lang vollgekritzelt hatte, ohne daß das Leben ihn je ermüdet hätte.

Und dennoch, was konnten die Leute ihn manchmal nerven! Als ob er zu häufig im voraus wüßte, was er hören würde. Und jedes Mal dachte er: ›Jetzt wird der Typ das und das sagen‹, und er ärgerte sich über sich selbst, er fand sich unausstehlich, und das noch mehr, wenn der Typ es tatsächlich sagte. Dann litt er und flehte, irgendein Gott möge ihm eines Tages die Überraschung und nicht das Wissen gewähren.

Jean-Baptiste Adamsberg rührte in seinem Kaffee, er saß in einem Bistrot auf der Straßenseite gegenüber seinem neuen Kommissariat. Wußte er jetzt besser, warum man ihn für einen Wäldler gehalten hatte? Ja, er sah in der Sache schon ein bißchen klarer, aber die Leute reden ja auch einfach so drauflos. Er vor allem. Eins jedenfalls war sicher, daß allein Paris in der Lage war, ihm die Welt der Steine wiederzugeben, die er brauchte, wie ihm klarwurde.

Paris, die Stadt aus Stein.

Natürlich gab es hier auch Bäume, das war unvermeidlich, aber sie waren einem egal, er brauchte sie einfach nur nicht anzusehen. Und die Grünanlagen müßte er einfach nur meiden, und alles liefe gut. In Sachen Vegetation mochte Adamsberg ausschließlich kümmerliche Büsche und unterirdisch wachsendes Gemüse. Sicher war auch, daß er sich offensichtlich gar nicht so verändert hatte, denn die Blicke seiner neuen Kollegen erinnerten ihn an die in den Pyrenäen vor zwanzig Jahren, es war dieselbe diskrete Bestürzung, die hinter seinem Rücken gemurmelten Worte, ein gewisses Kopfschütteln, verärgert zusammengekniffene Lippen und die zum Zeichen der Machtlosigkeit ausgebreiteten Arme. All diese lautlosen Reaktionen, die ausdrückten: Was ist das bloß für einer?

Er hatte behutsam und ruhig gelächelt, behutsam und ruhig hatte er die Hände geschüttelt, hatte erklärt und zugehört, weil Adamsberg immer alles behutsam und ruhig machte. Aber nach elf Tagen näherten sich ihm seine Kollegen noch immer mit dem Ausdruck von Menschen, die sich fragen, mit welcher neuen Gattung sie es hier nun eigentlich zu tun haben, womit man ihn wohl füttern, wie man wohl mit ihm reden müßte, wie man ihn wohl zerstreuen oder Interesse bei ihm wecken könnte. Seit elf Tagen war das Kommissariat des 5. Arrondissements in Gewisper versunken, als ob ein heikles Geheimnis das normale Leben hätte innehalten lassen.

Der einzige Unterschied zu Adamsbergs Anfängen in den Pyrenäen lag darin, daß sein guter Ruf die Dinge jetzt ein wenig einfacher machte. Aber darüber vergaß man trotzdem nicht, daß er von anderswo herkam. Gestern hatte er den ältesten Pariser der Truppe leise sagen hören: »Er kommt aus den Pyrenäen, verstehst du, also quasi vom Ende der Welt.«

Adamsberg hätte seit einer halben Stunde im Büro sein müssen, aber er saß noch immer im Bistrot gegenüber und rührte in seinem Kaffee.

Nicht, daß er es sich erlaubte, zu spät zu kommen, weil ihm heute, mit fünfundvierzig, ein gewisser Respekt entgegengebracht wurde. Er war schon mit zwanzig immer zu spät gekommen. Sogar bei seiner Geburt war er sechzehn Tage zu spät dran gewesen. Adamsberg hatte keine Uhr, aber er war auch nicht in der Lage zu erklären, warum nicht, er hatte nichts gegen Uhren. Auch nicht gegen Schirme. Eigentlich gegen gar nichts. Nicht, daß er nur das hätte tun wollen, was er mochte, es lag einfach daran, daß er sich nicht zu etwas zwingen konnte, wenn seine Stimmung etwas Gegenteiliges bevorzugte. Das hatte er noch nie gekonnt, nicht einmal, als er der schönen Inspektorin gefallen wollte. Nicht einmal für sie. Man hatte gesagt, Adamsberg sei ein hoffnungsloser Fall, und manchmal war das auch seine Ansicht. Aber nicht immer.

Und heute war seine Stimmung so, daß er langsam in einem Kaffee rühren mußte. Vor drei Tagen war jemand in seinem Stofflager ermordet worden. Seine Geschäfte schienen so zwielichtig, daß drei von den Inspektoren seine Kundenkartei durchforsteten, in der Überzeugung, den Mörder darin zu finden.

Adamsberg machte sich um den Fall keine allzu großen Sorgen, seitdem er die Familie des Toten gesehen hatte. Seine Inspektoren suchten einen betrügerischen Kunden, sie hatten sogar eine ernsthafte Spur, und er sah sich den Stiefsohn des Toten an, Patrice Vernoux, ein hübscher Kerl, dreiundzwanzig, zart, romantisch. Mehr machte er nicht, er sah ihn sich einfach nur an. Er hatte ihn schon dreimal aus verschiedenen Gründen ins Kommissariat bestellt und ließ ihn von egal was erzählen: Was er von der Glatzköpfigkeit seines Stiefvaters halte, ob ihn das anwidere, ob er Stoffabriken möge, was er darüber dächte, wenn es einen Streik der Elektrizitätswerke gäbe, wie er es sich erkläre, daß sich so viele Leute für Ahnenforschung interessierten.

Beim letzten Mal, gestern, war das Gespräch folgendermaßen abgelaufen:

»Finden Sie sich schön?« hatte Adamsberg gefragt.

»Es fällt mir schwer, nein zu sagen.«

»Sie haben recht.«

»Könnten Sie mir sagen, warum ich hier bin?«

»Ja. Wegen Ihres Stiefvaters natürlich. Es hat Sie doch gefuchst, daß er mit Ihrer Mutter schlief, haben Sie mir gesagt?«

Der Junge zuckte mit den Schultern.

»Ich hätte sowieso nichts dagegen tun können, außer ihn umzubringen, und das habe ich nicht getan. Aber es stimmt, mir wurde davon schon ein bißchen übel. Mein Stiefvater war eine Art Wildschwein. Mit Haaren bis in die Ohren, wirklich, das geht mir nicht in den Kopf. Würde Ihnen das Spaß machen?«

»Ich habe keine Ahnung. Eines Tages habe ich gesehen, wie meine Mutter mit einem Klassenkameraden von mir geschlafen hat. Dabei war der arme Liebling ansonsten eigentlich eher treu. Ich habe die Tür wieder zugemacht und erinnere mich, daß das einzige, woran ich gedacht habe, der grüne Leberfleck war, den der Junge auf dem Rücken hatte, und daß Maman das vielleicht gar nicht gesehen hat.«

»Ich verstehe nicht recht, was das mit mir zu tun hat«, hatte der Junge verlegen gebrummt. »Wenn Sie mutiger sind als ich, dann ist das Ihre Angelegenheit.«

»Nein, aber das ist nicht weiter schlimm. Finden Sie Ihre Mutter erbärmlich?«

»Natürlich.«

»Gut. Sehr gut. Sehen Sie sie nicht allzu häufig.«

Und dann hatte er dem Jungen gesagt, er solle gehen.

Adamsberg betrat das Kommissariat. Sein Lieblingsinspektor war zur Zeit Adrien Danglard, ein nicht gerade sehr schöner Mann, sehr gut angezogen, mit Hängebauch und Hängepo, der nicht wenig trank und nach vier Uhr nachmittags nicht mehr sehr verläßlich wirkte, manchmal schon früher. Aber er war reell, sehr reell, Adamsberg hatte noch keinen anderen Ausdruck gefunden, um ihn zu beschreiben. Danglard hatte ihm eine Zusammenfassung der Kundenkartei des Stoffhändlers auf seinen Tisch gelegt.

»Danglard, ich würde heute gerne den Stiefsohn sehen, diesen jungen Mann, Patrice Vernoux.«

»Schon wieder, Herr Kommissar? Was wollen Sie von dem armen Kerl?«

»Warum sagen Sie ›armer Kerl‹?«

»Er ist schüchtern, er fährt sich unaufhörlich durchs Haar, er ist zuvorkommend, er strengt sich an, es Ihnen recht zu machen, und wenn er wartend im Gang sitzt, ohne zu wissen, was Sie ihn alles noch fragen werden, macht er einen so verunsicherten Eindruck, daß er einem ein bißchen leid tut. Daher sage ich ›armer Kerl‹.«

»Haben Sie nichts anderes bemerkt, Danglard?«

Danglard schüttelte den Kopf.

»Habe ich Ihnen nicht die Geschichte von dem großen, geifernden Hund erzählt?« fragte ihn Adamsberg.

»Nein. Ich muß gestehen, nein.«

»Danach werden Sie mich für den übelsten Bullen auf Erden halten. Sie müssen sich schon einen Augenblick setzen, ich rede langsam, ich habe große Schwierigkeiten, konzentriert zu erzählen, häufig verliere ich sogar den Faden. Ich bin ein vager Mensch, Danglard. Ich war früh vom Dorf aufgebrochen, um den Tag im Gebirge zu verbringen, ich war elf Jahre alt. Ich mag keine Hunde, ich habe sie auch nicht gemocht, als ich klein war. Das da war ein großer, geifernder Hund, der mitten auf dem Pfad saß und mich anstarrte. Er geiferte auf meine Füße, er geiferte auf meine Hände, es war ein großer, dummer und sympathischer Hund. Ich habe ihm gesagt: ›Hör zu, großer Hund, ich gehe weit, ich versuche, mich zu verlaufen und mich dann wieder zurechtzufinden, du kannst mit mir mitkommen, aber hör verdammt noch mal auf, mich vollzugeifern, das ekelt mich an.‹ Der große Hund hat kapiert und ist mir gefolgt.«

Adamsberg machte eine Pause, zündete sich eine Zigarette an und nahm ein kleines Stück Papier aus seiner Tasche. Er schlug ein Bein über das andere, stützte sich darauf, um etwas zu zeichnen, und fuhr dann nach einem Blick auf seinen Kollegen fort.

»Es ist mir egal, wenn ich Sie langweile, Danglard, ich will die

Geschichte von dem großen Hunde erzählen. Der große Hund und ich haben den ganzen Weg miteinander diskutiert, über die Sterne des Kleinen Bären und die Kalbsknochen, und an einem verlassenen Schafstall haben wir angehalten. Da befanden sich sechs Jungs aus einem anderen Dorf, die ich gut kannte. Wir haben uns häufig geprügelt. Sie fragten: ›Ist das dein Köter?‹ – ›Für heute‹, habe ich geantwortet. Da hat der Kleinste von ihnen den großen Hund an seinen langen Haaren gepackt, den großen Hund, der ängstlich und schlaff wie ein Teppich war, und hat ihn bis zum Rand des Abgrunds gezogen. ›Ich mag deinen Köter nicht‹, hat er gesagt, ›dein Köter ist doof.‹ Der große Hund jaulte, ohne zu reagieren, es stimmte, er war wirklich doof. Der kleine Junge hat ihm einen Tritt in den Hintern versetzt, und der Hund ist ins Leere gefallen. Ich habe langsam meinen Rucksack auf den Boden gestellt. Ich mache alles langsam. Ich bin ein langsamer Mensch, Danglard.«

›Ja‹, war Danglard versucht zu sagen, ›das habe ich bemerkt.‹ Ein vager Mensch, ein langsamer Mensch. Aber das konnte er nicht sagen, Adamsberg war sein neuer Vorgesetzter. Außerdem hatte er Respekt vor ihm. Danglard hatte wie alle anderen von den wichtigsten Ermittlungen Adamsbergs erfahren und die Genialität seiner Lösungen bewundert, die ihm heute allerdings kaum mehr zu dem Mann zu passen schien, den er seit seiner Ankunft erlebte. Jetzt, wo er ihn sah, war er überrascht, nicht nur darüber, wie langsam er sich bewegte und wie langsam er redete. Zunächst war er enttäuscht gewesen von diesem kleinen, schmalen und kräftigen, aber nicht beeindruckenden Körper, von der allgemeinen Nachlässigkeit dieses Menschen, der sich ihnen nicht mal zur verabredeten Zeit vorgestellt hatte und der eine Krawatte über einem ausgebeulten Hemd trug, das er nachlässig in seine Hose stopfte. Dann hatte die Verführung begonnen, sie stieg allmählich wie ein Wasserspiegel. Mit der Stimme von Adamsberg hatte es begonnen. Danglard hörte sie gerne, sie beruhigte ihn, sie schläferte ihn fast ein. »Sie wirkt wie ein Streicheln«, hatte Florence gesagt, aber o.k., Florence war eine Frau, sie war allein für die Worte verantwortlich, die sie wählte. Castreau hatte gebrüllt: »Sag nicht, daß er schön ist.« Florence schien ratlos zu sein. »Wart, da muß ich nachdenken«, hatte sie geantwortet. Das sagte Florence immer. Sie war ein gewissenhaftes Mädchen, sie dachte viel nach, bevor sie redete. Sie war sich ihrer nicht sicher und hatte stockend gesagt: »Nein, aber es hat was mit Grazie zu tun, oder irgend so was. Ich denk drüber nach.« Da ein paar Kollegen lachten, wo Florence doch so eifrig schien, hatte Danglard gesagt: »Florence hat recht, das ist doch klar.« Margellon, ein junger Beamter, hatte die Gelegenheit genutzt und ihn eine Schwuchtel genannt. Noch nie hatte Margellon etwas Intelligentes von sich gegeben, noch nie. Und Danglard brauchte Intelligenz ebenso nötig wie Alkohol. Er hatte mit den Schultern gezuckt und flüchtig gedacht, daß er es eigentlich bedauerte, daß Margellon nicht recht hatte, weil er eine ganze Menge Enttäuschungen mit den Frauen hinter sich hatte und er meinte, daß Männer weniger kleinlich wären. Es hieß, Männer seien Dreckskerle, sie beurteilten eine Frau, sobald sie mit ihr geschlafen hätten; aber mit den Frauen war es noch schlimmer, sie weigerten sich, mit einem zu schlafen, wenn man ihnen nicht ganz genau paßte. Auf diese Weise wurde man nicht nur bewertet und eingeschätzt, sondern hatte außerdem auch mit niemandem geschlafen.

Das ist traurig.

Frauen sind hart. Danglard kannte Frauen, die ihn gemustert und nichts von ihm gewollt hatten. Zum Heulen bisweilen. Wie auch immer, er wußte, daß die aufrichtige Florence recht hatte, was Adamsberg betraf, und Danglard ließ sich bislang vom Charme dieses Mannes gefangen nehmen, den er um zwei Köpfe überragte. Er fing allmählich an zu verstehen, daß das unbestimmte Verlangen, ihm irgendwas zu erzählen, das einen überfiel, die Erklärung dafür sein konnte, daß ihm so viele Mörder haarklein ihre Massaker berichtet hatten, einfach so, aus Versehen, könnte man sagen. Einfach so, um mit ihm zu reden.

Danglard, der einen schönen Strich hatte, wie man ihm immer wieder sagte, zeichnete Karikaturen von seinen Kollegen. Was dazu führte, daß er sich ein bißchen in Gesichtern auskannte.

Die Visage von Castreau zum Beispiel hatte er gut getroffen. Aber er wußte im voraus, an Adamsbergs Gesicht würde er sich nicht heranwagen, denn das war so, als ob hier sechzig Gesichter aufeinandergeprallt wären, um es zu bilden. Weil die Nase zu groß war, weil der Mund gekrümmt, beweglich und zweifellos sinnlich war, weil die Augen unbestimmt blickten und herabhängende Lider hatten, weil die dünnen Wangenknochen zu deutlich hervortraten, schien es ein leichtes, diese zusammengestückelte Visage zu karikieren, die unter Mißachtung jeglicher auch nur entfernt klassischer Harmonie aus einem wahren Gerümpelhaufen entstanden war. Man hätte meinen können, daß Gott gerade kein Rohmaterial mehr gehabt hatte, als er Jean-Baptiste Adamsberg herstellte, und alle Tiefen seiner Schubladen hatte plündern und lauter Stücke zusammenkleben müssen, die sich nie zusammengefunden hätten, wenn Gott an diesem Tag über ordentliches Material verfügt hätte. Zum Ausgleich dafür schien sich Gott, des Problems bewußt, Mühe gegeben zu haben, viel Mühe sogar, um dieses Gesicht in einem meisterlichen Schwung auf unerklärliche Weise zu vollenden. Danglard, der sich nicht erinnerte, je einen solchen Schädel gesehen zu haben, dachte, es wäre Verrat, ihn mit drei Federstrichen zusammenzufassen, seine schnellen Striche hätten dessen Originalität nicht hervorgehoben, sondern im Gegenteil seinen Glanz zum Verschwinden gebracht.

Aus diesem Grund überlegte Danglard in diesem Moment, was sich wohl in den Tiefen von Gottes Schubladen befinden mochte.

»Hören Sie mir zu, oder schlafen Sie gerade ein?« fragte Adamsberg. »Ich habe nämlich bemerkt, daß ich die Leute manchmal in Schlaf versetze, in einen wirklichen Schlaf. Vielleicht, weil ich nicht laut genug oder nicht schnell genug rede, ich weiß es nicht. Erinnern Sie sich? Ich war bei dem Hund, der über die Felskante gestürzt ist. Ich habe meine Feldflasche aus Stahl von meinem Gürtel abgeschnallt und habe kräftig auf den Kopf des kleinen Jungen geschlagen.

Dann bin ich losgezogen, um diesen großen dummen Hund

zu suchen. Ich habe drei Stunden gebraucht, bis ich ihn gefunden habe. Natürlich war er tot. Das Wichtige an dieser Geschichte, Danglard, war die offensichtliche Grausamkeit bei dem kleinen Jungen. Ich wußte seit langem, das bei ihm was nicht stimmte, und das war's, es war die Grausamkeit.

Ich versichere Ihnen, daß er ein normales Gesicht hatte, daß er keine breiten Nasenflügel hatte. Ganz im Gegenteil, er war ein hübscher Junge, aber er sonderte Grausamkeit ab. Fragen Sie mich nicht nach mehr, ich weiß nichts weiter, außer daß er acht Jahre später eine Großmutter mit einer Standuhr erschlagen hat. Und daß die meisten vorsätzlichen Morde außer Leid, außer Erniedrigung, außer Neurosen, außer allem, was Sie wollen, Grausamkeit, Freude am Leid, am Flehen und am Todeskampf des andern, Freude am Zerfetzen voraussetzen. Es stimmt schon, daß man das nicht immer sofort bei jemandem bemerkt, aber man spürt wenigstens, daß bei dieser Person etwas nicht stimmt, daß sie irgend etwas ausbrütet, etwas, was zuviel ist, eine Wucherung. Und manchmal ist das die Grausamkeit, verstehen Sie, was ich meine? Eine Wucherung.«

»Das widerspricht meinen Grundsätzen«, erwiderte Danglard etwas abweisend. »Ich bin kein Prinzipienreiter, aber ich glaube nicht, daß es Menschen gibt, die von irgend etwas geprägt sind, so wie Kühe, die Markierungen an den Ohren haben, und daß man daran intuitiv den Mörder erkennt. Ich weiß, ich sage banale und simple Sachen, aber man orientiert sich doch auf der Grundlage von Indizien und verurteilt auf der Grundlage von Beweisen. Dieses emotionale Gerede über Wucherungen verschreckt mich, das ist der Weg zur Diktatur der Subjektivität und der Justizirrtümer.«

»Sie halten Reden, Danglard. Ich habe nicht gesagt, daß man das im Gesicht sieht, ich habe gesagt, das sei etwas Abscheuliches, das aus dem tiefen Innern dieser Person eitert. Es ist eine Eiterung, Danglard, und manchmal sehe ich sie hervorquellen. Ich habe gesehen, wie sie den Mund eines jungen Mädchens umspielte, so wie ich eine Schabe sehen würde, wenn sie hier über den Tisch liefe. Ich kann gar nicht anders, als es zu erkennen, wenn bei jemandem etwas nicht stimmt. Es kann die Lust am Verbrechen sein, aber auch etwas anderes, weniger Schlimmes. Es gibt Leute, die nur ihre Langeweile absondern oder ihren Liebeskummer, und das ist auch erkennbar, Danglard, man kann es riechen, ob es das eine oder das andere ist. Aber wenn es das andere ist, verstehen Sie, wenn es dieses Verbrechen ist, dann, glaube ich, weiß ich das auch.«

Danglard hob den Kopf, und sein Körper wirkte weniger weich als gewöhnlich.

»Trotzdem glauben Sie, etwas an den Leuten zu erkennen, Sie glauben, Schaben auf den Lippen zu sehen, Sie glauben, daß ihre Eindrücke Offenbarungen sind, weil es Ihre sind, und Sie glauben, daß die Menschen eitern, und das ist falsch. Die Wahrheit, die ebenfalls simpel und banal ist, besteht darin, daß alle Menschen gehässig sind, so wie sie Haare haben, und daß sie alle einen Knacks kriegen und zu Mördern werden können. Davon bin ich überzeugt. Alle Männer können vergewaltigen und morden, und alle Frauen können Beine abschneiden, so wie die Frau letzten Monat in der Rue Gay-Lussac. Es hängt nur davon ab, was einer erlebt hat, es hängt nur davon ab, ob einer Lust hat, sich im grauen Schlick zu verlieren und die Welt mit sich zu reißen. Man muß nicht von Geburt an eitern, um den Wunsch zu verspüren, die gesamte Erde als Preis für seinen Ekel zu vernichten.«

»Danglard, ich habe Ihnen ja gesagt, daß Sie mich nach der Geschichte mit dem großen Hund abscheulich finden würden«, sagte Adamsberg mit gerunzelter Stirn und unterbrach seine Zeichnung.

»Sagen wir, gefährlich«, murrte Danglard. »Man darf sich nicht so stark fühlen.«

»Darin, daß man sieht, wie die Schaben sich bewegen, liegt wenig Stärke. Für das, was ich Ihnen erzähle, kann ich nichts. Was mein Leben angeht, so ist das sogar eine Katastrophe. Nicht ein Mal habe ich mich in jemandem getäuscht, wenn es darum ging, herauszufinden, ob er stand, lag, traurig war, intelligent, unecht, zerrissen, gleichgültig, gefährlich, schüchtern, all das, verstehen Sie, kein einziges Mal! Können Sie sich vorstellen, wie schmerzlich das sein kann? Ich flehe manchmal, die Leute mögen mich doch mal überraschen, wenn ich anfange, von Anfang an das Ende zu erkennen. Ich habe in meinem Leben sozusagen nur Anfänge gekannt, immer verrückt vor Hoffnung, ich könnte mich irren. Und sehr rasch zeichnete sich das Ende vor meinen Augen ab wie in einem dieser öden Filme, bei dem Sie sofort erraten, wer sich in wen verliebt und wer einen Unfall haben wird. Sie sehen den Film trotzdem, aber es ist zu spät, er ödet Sie an.«

»Nehmen wir an, Sie seien ein intuitiver Mensch«, sagte Danglard. »Der Spürsinn des Bullen ist alles, was ich Ihnen zubillige. Aber selbst den darf man nicht nutzen, es ist zu riskant, es ist zu abscheulich. Nein, nicht mal nach zwanzig Jahren erkennt man die anderen.«

Adamsberg stützte sein Kinn auf die Hand. Der Rauch seiner Zigarette ließ seine Augen glänzen.

»Nehmen Sie mir dieses Erkennen, Danglard. Befreien Sie mich davon, das ist alles, was ich erwarte.«

»Die Menschen sind keine Tiere«, fuhr Danglard fort.

»Nein. Ich mag sie, und mir sind Tiere und alles, was sie denken und wollen mögen, völlig egal. Obwohl die auch was wollen, warum auch nicht.«

»Das stimmt«, pflichtete Danglard bei.

»Ist Ihnen schon mal ein Justizirrtum unterlaufen, Danglard?«

»Haben Sie meine Akte gelesen?« fragte Danglard und warf Adamsberg, der rauchte und zeichnete, einen Blick von der Seite zu.

»Wenn ich nein sage, dann werden Sie mir vorwerfen, hier den großen Magier zu spielen. Und doch habe ich sie nicht gelesen. Was war da los?«

»Es ging um ein junges Mädchen. Es gab einen Einbruch in das Juweliergeschäft, in dem sie arbeitete. Ich habe meine ganze Überzeugung eingesetzt, um ihre Mitschuld zu beweisen. Es war eben ganz offensichtlich. Ihr Verhalten, ihre Heuchelei, ihre Bosheit, ich habe schließlich auch meinen Bullenspürsinn, nicht wahr? Sie hat drei Jahre gekriegt und sich zwei Monate später in ihrer Zelle umgebracht, auf ziemlich schreckliche Weise. Aber sie hatte mit dem Einbruch nicht das geringste zu tun, das kam kurz danach heraus. Bei mir ist jetzt Schluß mit der Scheißintuition und mit Ihren Scheißschaben auf den Mündern junger Mädchen. Von dem Tag an habe ich private Spitzfindigkeiten und innerste Überzeugungen gegen öffentliche Unentschlossenheit und banale Gedanken getauscht.«

Danglard erhob sich.

»Warten Sie«, sagte Adamsberg. »Vergessen Sie nicht, den Stiefsohn Vernoux herzubestellen.«

Adamsberg machte eine Pause. Es war ihm etwas unangenehm. Seine Entscheidung paßte schlecht nach einer solchen Diskussion. Etwas leiser fuhr er fort:

»Und nehmen Sie ihn vorläufig in Gewahrsam.«

»Das meinen Sie nicht ernst, Kommissar?« fragte Danglard.

Adamsberg biß sich mit den Zähnen auf die Unterlippe.

»Seine Freundin deckt ihn. Ich bin sicher, daß sie am Mordabend nicht gemeinsam im Restaurant essen waren, auch wenn ihre beiden Versionen übereinstimmen. Verhören Sie sie noch mal beide, einen nach dem anderen: Wie lange hat es zwischen dem ersten und dem zweiten Gang gedauert? Hat ein Gitarrist irgendwas im Lokal gespielt? Wo stand die Weinflasche auf dem Tisch, rechts, links? Was für ein Wein? Was für eine Form hatten die Gläser? Welche Farbe hatte das Tischtuch? Und so weiter, bis sie die Details nicht mehr wissen. Sie werden sich verplappern, Sie werden sehen. Und dann stellen Sie eine Liste mit allen Schuhen des Jungen auf. Erkundigen Sie sich bei der Putzfrau, die ihm seine Mutter bezahlt. Es muß ein Paar fehlen, das Paar, das er am Abend des Mordes trug, denn der Boden ist schlammig um das Lager herum, wegen der Baustelle nebenan, wo sie einen Lehm abtragen, der klebt wie Fensterkitt. Der junge Mann ist nicht blöd, er hat sie verschwinden lassen. Lassen Sie in den Gullys in der Nähe seiner Wohnung suchen, er hat die letzten Meter zwischen dem Gully und seiner Haustür in Strümpfen laufen können.«

»Wenn ich richtig verstehe«, sagte Danglard, »dann schwitzt der arme Kerl ihrem Gespür nach etwas aus?«
»Ich fürchte ja«, sagte Adamsberg leise.
»Was schwitzt er aus?«
»Grausamkeit.«
»Erscheint Ihnen das offensichtlich?«
»Ja, Danglard.«
Aber diese Worte waren fast unhörbar.

* * *

Nachdem der Inspektor gegangen war, zog Adamsberg den Stapel Zeitungen zu sich, den man ihm vorbereitet hatte. In drei Zeitungen fand er, was er suchte. Das Phänomen nahm noch nicht viel Raum in der Presse ein, aber er war sicher, das würde noch kommen. Ohne große Sorgfalt schnitt er eine kleine Spalte aus, die er vor sich hinlegte. Er mußte sich immer sehr konzentrieren, wenn er las, und wenn er gezwungen war, laut zu lesen, war es noch schlimmer. Adamsberg war ein schlechter Schüler gewesen, der nie so recht verstanden hatte, weshalb man ihn zur Schule schickte, der sich aber bemühte, den Anschein zu erwecken, als arbeitete er ganz brav, um seine Eltern nicht zu betrüben und vor allem, um sie nie wissen zu lassen, daß es ihm völlig egal war. Er las:

»Scherz oder Manie eines schlechten Philosophen? Auf jeden Fall vermehren sich die blauen Kreidekreise des Nachts weiterhin wie Unkraut auf den Bürgersteigen der Hauptstadt und erwecken allmählich die Neugier der Pariser Intellektuellen. Die Kreise erscheinen immer häufiger. 63 Kreise sind bereits entdeckt worden, seitdem vor vier Monaten im 12. Arrondissement die ersten auftauchten. Diese neue Zerstreuung, die aussieht wie eine Schnitzeljagd, bietet ein völlig unerforschtes

Gesprächsthema für Leute, die sich in den Cafés sonst nichts zu sagen haben. Und da es davon viele gibt, wird überall darüber gesprochen…«

Adamsberg unterbrach die Lektüre, um den Namen des Verfassers am Ende des Artikels zu suchen. Wieder dieser Kretin, murmelte er, da braucht man ja nicht viel zu erwarten.

»… Bald schon wird es darum gehen, wer die Ehre haben wird, morgens beim Weg zur Arbeit einen Kreis vor seiner Haustür zu finden. Sei es nun ein zynischer Scherzbold oder ein echter Verrückter – sollte er Bekanntheit und Ruhm anstreben, so hat der Zeichner der blauen Kreise jedenfalls sein Ziel erreicht. All jene, die ihr ganzes Leben darum kämpfen, endlich bekannt zu werden, werden die Lust verlieren angesichts seiner Demonstration, daß ein Stück Kreide und ein paar nächtliche Rundgänge ausreichen, um zur berühmtesten Pariser Person des Jahres 1990 zu werden. Zweifellos würde das Fernsehen ihn einladen, um in ›Die kulturellen Phänomene am Ende des zweiten Jahrtausends‹ aufzutreten, wenn es gelingen würde, ihn zu fassen. Indes: Er ist ein echtes Phantom. Noch niemand hat ihn bislang dabei überrascht, wie er seine weiten blauen Kreise auf dem Asphalt zeichnete. Er tut es nicht jede Nacht, und er sucht sich ein beliebiges Viertel von Paris aus. Wir können sicher sein, daß bereits zahlreiche Nachtschwärmer seine Fährte verfolgen. Waidmanns Heil.«

Ein etwas geistreicherer Artikel war in einer Zeitung aus der Provinz erschienen.

»Paris im Griff eines harmlosen Zwangsneurotikers.

Alle amüsieren sich darüber, aber die Fakten an sich sind schon eigenartig. Seit über vier Monaten werden nachts in Paris mit blauer Kreide große Kreise von fast zwei Metern Durchmesser um einen auf dem Bürgersteig herumliegenden Gegenstand gezeichnet; der Täter ist vermutlich ein Mann. Einziges

›Opfer‹ dieser eigenartigen Obsession sind die Gegenstände, die die Person mit ihren Kreisen umschließt, wobei es sich immer um einen einzelnen Gegenstand handelt. Die Inhalte der bisher entdeckten sechzig Kreise ergeben eine recht eigenartige Liste: zwölf Kronkorken, eine Gemüsestiege, vier Büroklammern, zwei Schuhe, eine Zeitschrift, eine Ledertasche, vier Feuerzeuge, ein Taschentuch, ein Vogelbein, ein Brillenglas, fünf Hefte, der Knochen eines Lammkoteletts, eine Kugelschreibermine, ein Ohrring, ein Hundehaufen, ein Splitter eines Autoscheinwerfers, eine Batterie, eine Coca-Cola-Dose, ein Stück Eisendraht, ein Wollknäuel, ein Schlüsselanhänger, eine Orange, ein Röhrchen Kohletabletten, ein Fleck Erbrochenes, ein Hut, der Inhalt eines Autoaschenbechers, zwei Bücher (*Die Metaphysik der Wirklichkeit* und *Kochen ohne Mühe*), ein Nummernschild, ein zerplatztes Ei, ein Button mit der Aufschrift ›I love Elvis‹, eine Enthaarungspinzette, der Kopf einer Puppe, ein Zweig von einem Baum, ein Unterhemd, ein Kleinbildfilm, ein Vanille-Joghurt, eine Kerze und eine Badehaube. Eine eintönige, aber für die unerwarteten Schätze, die die Bürgersteige für den Suchenden bereithalten, aufschlußreiche Aufzählung. Nachdem der Psychiater René Vercors-Laury sich für den Fall interessiert und versucht hat, seine Kenntnisse einzubringen, spricht man inzwischen von ›resemantisierten Objekten‹, und der Mann mit den Kreisen ist in der gesamten Hauptstadt zu einem gesellschaftlichen Thema geworden, das selbst die Sprayer, die jetzt sicherlich verärgert sind, daß ihre Graffiti einer derart harten Konkurrenz ausgesetzt sind, in Vergessenheit geraten läßt. Jeder versucht herauszufinden, was wohl der Beweggrund für die Aktivität des Mannes mit den blauen Kreisen sein mag – bisher erfolglos. Denn das Irritierendste daran ist, daß um jeden Kreis in einer schönen, schrägen Schrift – offenbar die Schrift eines gebildeten Mannes – der folgende Satz geschrieben steht, der die Psychologen in einen wahren Abgrund von Fragen stürzt: ›Victor, sieh dich vor, was treibst du jetzt noch vor dem Tor?‹«

Ein mißlungenes Foto illustrierte den Text.

Ein dritter Artikel schließlich war weniger genau und sehr kurz, aber er beschrieb die Entdeckung der vorangegangenen Nacht in der Rue Caulaincourt: In dem großen blauen Kreis lag eine tote Maus, und um den Kreis war wie gewöhnlich geschrieben: »Victor, sieh dich vor, was treibst du jetzt noch vor dem Tor?«

Adamsberg verzog das Gesicht. Das war genau das, was er geahnt hatte.

Er schob die Artikel unter den Fuß seiner Schreibtischlampe und fand, daß er Hunger hatte, ohne zu wissen, wie viel Uhr es war. Er verließ das Kommissariat, ging lange durch noch wenig vertraute Straßen, kaufte ein Sandwich mit irgendwas drauf, etwas zu trinken und Zigaretten und ging langsam zum Kommissariat zurück. In seiner Hosentasche fühlte er bei jedem Schritt, wie der Brief von Christiane, den er heute morgen erhalten hatte, zerknitterte. Sie schrieb auf einem dicken, kostbaren Papier, das in Hosentaschen sehr störend war. Adamsberg mochte das Papier nicht.

Er mußte ihr seine neue Adresse mitteilen. Es würde ihr nicht allzu schwerfallen, häufig vorbeizukommen, da sie in Orléans arbeitete. Aber in ihrem Brief gab sie zu verstehen, daß sie eine Stelle in Paris suche. Seinetwegen. Er schüttelte den Kopf. Er würde später drüber nachdenken. Seit er sie kannte, vielleicht ein halbes Jahr, war das immer so, er sah zu, daß er später drüber nachdachte. Nicht dumm, das Mädchen, ziemlich gewitzt sogar, aber ein bißchen in Gefahr, Klischeevorstellungen zu erliegen. Das war natürlich schade, aber nicht allzu schlimm, weil es nur ein leichter Makel war und man nicht das Unmögliche erträumen sollte. Außerdem hatte er ebendies Unmögliche – Brillanz, Unvorhersehbarkeit, sehr weiche Haut, das ständige Pendeln zwischen Ernst und Flüchtigkeit – bereits einmal kennengelernt, vor acht Jahren, mit Camille und ihrem idiotischen Seidenäffchen, das sie zum Pinkeln auf die Straße führte, wobei sie Passanten, die sich beschwerten, sagte: »Richard III. muß eben draußen pinkeln.«

Häufig war der kleine Affe, der nach Orangen roch, warum auch immer, denn er fraß keine, an ihnen beiden hochgeklettert und hatte mit konzentriertem Blick und sorgfältigen und präzisen Gesten so getan, als ob er Läuse auf ihren Armen suchte. Camille, er und Richard III., der nach einer unsichtbaren Beute an ihren Handgelenken kratzte. Aber sie war ihm entwischt, sein kleiner Liebling. Und er, der Bulle, war nie in der Lage gewesen, sie wiederzufinden, die ganze Zeit, die er gesucht hatte, ein ganzes Jahr, ein so langes Jahr, und schließlich hatte seine Schwester ihm gesagt: »Du hast kein Recht dazu, laß sie in Ruhe.« Der kleine Liebling, wiederholte Adamsberg. »Würdest du sie gern wiedersehen?« hatte ihn seine Schwester gefragt. Nur die jüngste seiner fünf Schwestern wagte es, von dem kleinen Liebling zu reden. Er hatte gelächelt und gesagt: »Von ganzem Herzen, ja, wenigstens eine Stunde, bevor ich verrecke.«

Adrien Danglard erwartete ihn im Büro, einen Plastikbecher mit Weißwein in der Hand und mit recht gemischten Gefühlen im Gesicht.

»Die Stiefel von dem jungen Vernoux fehlen, Kommissar. Knöchelhohe Stiefel mit Schnallen.«

Adamsberg erwiderte nichts. Er versuchte, Danglards Unzufriedenheit zu respektieren.

»Ich habe Ihnen heute morgen nichts demonstrieren wollen«, sagte er. »Ich kann nichts dafür, wenn der Sohn Vernoux der Mörder ist. Haben Sie die Stiefel gesucht?«

Danglard stellte eine Plastiktüte auf den Tisch.

»Da sind sie«, sagte er seufzend. »Das Labor hat schon mit der Arbeit begonnen, aber bereits auf den ersten Blick erkennt man den Lehm von der Baustelle an den Sohlen, er klebt derartig, daß das Wasser der Kanalisation ihn nicht abgewaschen hat. Sehr schöne Schuhe. Schade.«

»Sie lagen tatsächlich in der Kanalisation?«

»Ja, fünfundzwanzig Meter unterhalb des Gullys, der seiner Wohnung am nächsten liegt.«

»Sie arbeiten schnell, Danglard.«

Danach herrschte Schweigen. Adamsberg nagte an seinen

Lippen. Er hatte sich wieder eine Zigarette genommen, einen Bleistiftstummel aus der Tiefe seiner Tasche geholt und ein kleines Blatt auf die Knie gelegt. Er dachte: Er wird mir jetzt eine lange Rede halten, er ist verärgert, er ist schockiert, ich hätte ihm nie die Geschichte von dem großen, geifernden Hund erzählen sollen, ihm nie sagen sollen, daß Patrice Vernoux die gleiche Grausamkeit ausschwitzt wie der kleine Junge aus dem Gebirge.

Aber nein. Adamsberg betrachtete seinen Kollegen. Der lange, weiche Körper von Danglard, der auf dem Stuhl die Form einer Flasche annahm, die gerade dabei ist, zusammenzuschmelzen, bot einen friedlichen Anblick. Er hatte seine großen Hände in die Taschen seines schönen Anzuges gesteckt, seinen Plastikbecher auf die Erde gestellt, sein Blick ging ins Leere, und selbst in diesem Zustand sah Adamsberg, daß er verdammt intelligent war. Danglard sagte:

»Ich gratuliere Ihnen, Kommissar.«

Dann stand er auf, wie er es schon zuvor getan hatte, indem er zunächst den oberen Teil seines Körpers nach vorne beugte, dann den Po erhob und sich schließlich aufrichtete.

»Ich muß Ihnen noch sagen«, fügte er, schon im Gehen, hinzu, »daß ich nach vier Uhr nachmittags vermutlich nicht mehr viel tauge, besser, Sie wissen das. Wenn Sie mich Dinge zu fragen haben, tun Sie das vormittags. Und Nachstellungen, Schießereien, Verfolgungsjagden und derlei Quark – damit muß ich gar nicht erst anfangen, meine Hand zittert, und meine Knie sind hin. Abgesehen davon sind meine Beine und mein Kopf aber zu gebrauchen. Ich glaube, mein Kopf ist gar nicht so übel, auch wenn er mir ziemlich anders zu sein scheint als Ihrer. Ein übertrieben freundlicher Kollege hat mir einmal gesagt, daß ich bei allem, was ich an Weißwein vernichte, nur noch dank der einäugigen Gutwilligkeit einiger Vorgesetzter Inspektor wäre und weil ich die Großtat vollbracht habe, zweimal zwei Zwillinge zu zeugen, was vier Kinder macht, wenn man richtig zählt, die ich allein erziehe, weil meine Frau mit ihrem Liebhaber verschwunden ist, um die Statuen auf den Osterinseln zu erforschen. Als ich noch quasi ein Säugling war, also etwa mit fünfundzwanzig Jahren, wollte ich die *Mémoires d'outre-tombe* schreiben oder aber nichts. Es wird Sie nicht erstaunen, wenn ich Ihnen erzähle, daß es anders gekommen ist. Gut. Ich nehme die Stiefel wieder mit, ich werde mir Patrice Vernoux und seine Freundin vornehmen, sie warten nebenan auf mich.«

»Ich mag Sie, Danglard«, sagte Adamsberg, während er weiterkritzelte.

»Ich glaube, das weiß ich«, erwiderte Danglard und nahm sein Glas.

»Bitten Sie den Fotografen, sich morgen den Vormittag frei zu halten, und begleiten Sie ihn. Ich will eine Beschreibung und sehr genaue Aufnahmen von dem blauen Kreidekreis, der vielleicht kommende Nacht in Paris gezeichnet wird.«

»Von dem Kreis? Meinen Sie diese Geschichte mit den Kreisen um Kronkorken? ›Victor, sieh dich vor, was treibst du jetzt noch vor dem Tor?‹«

»Genau das meine ich, Danglard. Ganz genau das.«

»Aber das ist doch Schwachsinn... Was soll...«

Adamsberg schüttelte ungeduldig den Kopf.

»Ich weiß, Danglard, ich weiß. Aber machen Sie es. Ich bitte Sie darum. Und reden Sie einstweilen mit niemandem darüber.«

Daraufhin beendete Adamsberg die Zeichnung, die auf seinen Knien entstand. Im Büro nebenan hörte er plötzlich lautes Stimmengewirr. Die Freundin von Vernoux brach gerade zusammen. Sie hatte mit dem Mord an dem alten Händler nichts zu tun, das war offensichtlich. Ihre einzige, aber möglicherweise weitreichende Fehlentscheidung hatte darin bestanden, Vernoux in ausreichendem Maße geliebt zu haben oder ausreichend gefügig gewesen zu sein, um seine Lüge zu decken. Das Schlimmste für sie wäre nicht die Gerichtsverhandlung gewesen, das Schlimmste geschah jetzt gerade: die Entdeckung der Grausamkeit ihres Geliebten.

Was hatte er bloß zu Mittag gegessen, um jetzt solche Bauchschmerzen zu haben? Unmöglich, er kam nicht mehr drauf. Er nahm das Telefon, um einen Termin mit dem Psychiater René

Vercors-Laury zu vereinbaren. Morgen elf Uhr, schlug ihm dessen Sprechstundenhilfe vor. Er hatte kaum seinen Namen genannt, Jean-Baptiste Adamsberg, und schon öffneten sich alle Türen. Er war diese Art Berühmtheit noch nicht gewöhnt. Dabei währte sie schon eine ganze Weile. Aber Adamsberg hatte den Eindruck, mit seinem öffentlichen Bild nicht das geringste zu tun zu haben, was dazu führte, daß es seine Persönlichkeit spaltete. Aber da er sich seit seiner Kindheit schon oft doppelt gefühlt hatte, Jean-Baptiste auf der einen und Adamsberg auf der anderen Seite, der Jean-Baptiste zusah und ihm hämisch lachend an den Fersen klebte, hatte das dazu geführt, daß sie jetzt drei waren: Jean-Baptiste, Adamsberg und der öffentliche Mann Jean-Baptiste Adamsberg. Heilige und Zerrissene Dreieinigkeit. Er erhob sich, um sich im Raum nebenan einen Kaffee zu holen, wo ein Automat stand, vor dem man häufig Margellon antraf. In diesem Augenblick waren allerdings fast alle da, zusammen mit einer Frau, die ein gehöriges Spektakel zu veranstalten schien und der Castreau gerade geduldig sagte: »Bitte gehen Sie, Madame.«

* * *

Adamsberg nahm sich einen Kaffee und sah zu: Die Frau redete mit heiserer Stimme, sie war genervt und auch traurig. Ganz offensichtlich nervten die Bullen sie. Sie war schwarz gekleidet. Adamsberg fand, sie habe den Kopf einer Ägypterin oder irgend so eines Volkes, das diese herrlichen hakennasigen, dunklen Gesichter hervorbringt, die man nie vergißt und die einen überallhin begleiten, ein bißchen wie der kleine Liebling.

Castreau sagte gerade:

»Madame, das hier ist kein Auskunftsbüro, seien Sie so freundlich und gehen Sie, na, gehen Sie jetzt.«

Sie war nicht mehr jung, Adamsberg schätzte sie auf zwischen fünfundvierzig und sechzig. Sie hatte braune, grobe Hände mit kurzen Nägeln, die Hände einer Frau, die ihr Leben anderswo verbracht haben mußte, damit beschäftigt, etwas mit ihnen zu suchen.

»Wozu sind die Bullen dann gut?« fragte die Frau und schüttelte ihr schwarzes, über die Schulter fallendes Haar. »Eine winzige Anstrengung, ein kleiner Tip wird Sie doch wohl nicht umbringen, oder? Ich würde zehn Jahre brauchen, ihn zu finden, und Sie kostet das nur einen Tag!«

Jetzt verlor Castreau seine Gelassenheit.

»Mit Ihrem Chaos hab ich nichts zu schaffen!« rief er. »Steht Ihr Typ auf der Vermißtenliste? Nein? Na, also. Verschwinden Sie hier, wir sind nicht für Kontaktanzeigen zuständig! Und wenn Sie hier weiter einen Skandal machen, rufe ich den Vorgesetzten!«

Adamsberg lehnte an der Wand im Hintergrund.

»Ich bin der Vorgesetzte«, sagte er, ohne sich zu rühren.

Mathilde wandte sich um. Sie sah den Mann mit den hängenden Augen, der sie mit seltener Sanftheit betrachtete, das Hemd, das auf der einen Seite in eine schwarze Hose gestopft war und auf der anderen heraushing, sie sah, daß das schmale Gesicht nicht zu seinen Händen paßte, die einer Rodin-Statue gehört haben könnten, und sie begriff, daß ab jetzt alles besser laufen würde.

Adamsberg löste sich ein wenig von der Wand, stieß die Tür seines Büros auf und bedeutete ihr einzutreten.

»Es stimmt schon«, räumte Mathilde ein, während sie sich setzte. »Sie sind kein Auskunftsbüro. Mein Tag hat schlecht angefangen. Gestern und vorgestern war's nicht besser. Die Phase der Woche ist eben hin. Ich wünsche Ihnen, daß Sie eine bessere Phase hinter sich haben als ich.«

»Eine Phase?«

»Nach meiner Vorstellung bilden Montag-Dienstag-Mittwoch eine Phase, und zwar Phase 1. Was in Phase 1 erfolgt, ist von ziemlich anderer Qualität, als was in Phase 2 passiert.«

»Donnerstag-Freitag-Samstag?«

»Genau. Wenn man genau hinsieht, dann sieht man in Phase 1 im allgemeinen mehr ernsthafte Überraschungen, ich sage bewußt im allgemeinen, und mehr Überstürzung, Tempo und Vergnügungen in Phase 2. Eine Frage des Rhythmus'. Das wechselt nie, im Gegensatz zur Parkerlaubnis für Autos in bestimmten Straßen, wo man vierzehn Tage lang parken darf, und die nächsten vierzehn Tage nicht. Warum? Damit die Straße sich ausruht? Um sie eine Weile brachliegen zu lassen? Großes Geheimnis. Bei den Wochenphasen jedenfalls wechselt es nie. Phase 1: Man interessiert sich für etwas, man glaubt an Dinge, man findet was. Anthropologisches Drama und Wunder. Phase 2: Man findet nicht das geringste, man lernt null, Lächerlichkeit des Lebens und Co. In Phase 2 gibt es ziemlich viel irgendwas mit irgendwem, und man trinkt nicht gerade wenig, während Phase 1 erheblich wichtiger ist, ganz klar. Im Grunde kann eine Phase 2 praktisch nicht schiefgehen, oder sagen wir besser, da hat es keine Konsequenzen. Aber wenn man eine Phase 1 so dahinpfuscht wie in dieser Woche, dann versetzt einem das einen ganz schönen Schlag. Dazu kam noch, daß in der Brasserie Schweineschulter mit Linsen auf der Karte stand. Schweineschulter mit Linsen macht mich völlig nieder. Absolute Hoffnungslosigkeit. Und das voll am Ende von Phase 1. Wirklich ein Unglück, diese verdammte Schweineschulter.«

»Und der Sonntag?«

»Sonntag dagegen ist Phase 3. Der Tag zählt allein als vollständige Wochenphase, das zeigt schon, wie wichtig er ist. Phase 3 ist regellose Flucht. Wenn sich eine Schweineschulter mit Linsen mit einer Phase 3 verbindet, bleibt in Wahrheit nur noch Abtreten.«

»Wo waren wir?« fragte Adamsberg, der den plötzlichen und gar nicht unangenehmen Eindruck hatte, sich in dieser Frau noch stärker zu verirren als in sich selbst.

»Wir waren nirgends.«

»Ach, richtig, nirgends.«

»Jetzt fällt's mir wieder ein«, sagte Mathilde. »Da meine

Phase 1 also mehr oder minder hin war, habe ich mir, als ich an Ihrem Polizeihaus vorbeigekommen bin, gedacht, hin ist hin, da kann ich's auch gut drauf ankommen lassen. Aber Sie sehen ja, der Versuch, eine Phase 1 an ihrem Ende zu retten, ist verlockend, bringt jedoch nichts. War's bei Ihnen gut?«

»Nicht schlecht«, räumte Adamsberg ein.

»Meine Phase 1 der letzten Woche hätten Sie sehen müssen, phantastisch!«

»Was ist da passiert?«

»Ich kann das nicht so einfach zusammenfassen, dazu müßte ich meine Notizbücher sehen. Na ja, ab morgen ist jedenfalls Phase 2, da werden wir die Zügel ein bißchen lockern können.«

»Morgen sehe ich einen Psychiater. Ist das ein guter Anfang für eine Phase 2?«

»Verdammt, als Patient?« fragte Mathilde. »Nein, ich bin blöd, unmöglich. Ich denke mir, selbst wenn Sie die Manie hätten, gegen alle Straßenlaternen auf dem linken Bürgersteig zu pinkeln, würden Sie sich sagen: ›Was auch geschieht, möge Gott die Straßenlaternen und die linken Bürgersteige erhalten‹, aber Sie würden nicht zu einem Psychiater gehen, um herauszufinden, warum. Und außerdem – Scheiße, ich rede zuviel. Mir reicht's. Ich ermüde mich selbst.«

Mathilde nahm sich eine Zigarette von ihm, fragte: »Darf ich?« und kniff den Filter ab.

»Vielleicht gehen Sie wegen dem Mann mit den blauen Kreisen zu dem Psychiater«, fügte sie hinzu. »Sehen Sie mich nicht so an, ich habe nicht herumspioniert, wissen Sie; allerdings liegen da unter dem Fuß Ihrer Lampe die Zeitungsausschnitte, und da frage ich mich natürlich...«

»Es stimmt«, gab Adamsberg zu, » deswegen gehe ich zu ihm. Warum sind Sie ins Kommissariat gekommen?«

»Ich suche einen Typen, den ich nicht kenne.«

»Warum suchen Sie ihn dann?«

»Weil ich ihn nicht kenne, was für eine Frage!«

»Natürlich«, sagte Adamsberg.

»Ich habe eine Frau auf der Straße verfolgt, und dann hab ich sie verloren. Daraufhin habe ich ein bißchen im Café herumgesessen, und so bin ich dem schönen Blinden begegnet. Unglaublich, was es so alles für Leute auf der Straße gibt. Man weiß nicht mehr, wo einem der Kopf steht, man müßte allen folgen, um es richtig zu machen. Wir, der schöne Blinde und ich, haben eine Weile miteinander geredet, über was, weiß ich nicht mehr, dazu müßte ich meine Notizbücher hernehmen, und am Ende hat mir dieser Mann gefallen. Normalerweise mache ich mir keine Sorgen, wenn mir jemand gefallen hat, ich bin mir sicher, daß ich ihm wieder begegnen werde. Aber in diesem Fall: nichts. Letzten Monat habe ich achtundzwanzig Leute verfolgt und neun Verstecke gehabt. Ich habe zweieinhalb Notizbücher gefüllt. Das gibt einem ganz schön Zeit, was zu sehen von der Welt, nicht wahr? Na ja, jedenfalls nichts, auch nicht das kleinste Fitzelchen von dem Blinden. So ein Mißerfolg ist schwer zu verdauen. Er heißt Charles Reyer, das ist alles, was ich von ihm weiß. Sagen Sie mal, zeichnen Sie eigentlich immer?«

»Immer.«

»Ich vermute, ansehen darf man es sich nicht.«

»Stimmt. Man darf nicht.«

»Es ist lustig, wenn Sie sich auf Ihrem Stuhl umdrehen. Ihr linkes Profil ist streng, und Ihr rechtes Profil ist weich. Das hat zur Folge, daß Sie sich so rum drehen, wenn Sie einem Verdächtigen Angst machen wollen, oder anders rum, wenn Sie jemanden anrühren wollen.«

Adamsberg lächelte.

»Und wenn ich mich die ganze Zeit so rum und dann so rum drehe?«

»Dann weiß man nicht mehr, woran man ist. Hölle und Paradies.«

Mathilde fing an zu lachen. Dann besann sie sich.

»Nein«, sagte sie erneut, »ich rede zuviel. Das beschämt mich. ›Mathilde, du redest kreuz und quer irgendwas Beliebiges‹, sagte mir mal ein Freund, der Philosoph ist. ›Ja‹, antworte ich ihm, ›aber wie redet man gerade und bestimmt?‹«

»Und wenn wir's versuchen würden?« fragte Adamsberg. »Arbeiten Sie?«

»Sie werden es mir nicht glauben. Ich heiße Mathilde Forestier.«

Adamsberg steckte seinen Bleistift in die Tasche.

»Mathilde Forestier«, wiederholte er. »Dann sind Sie die bekannte Meereskundlerin... Stimmt das?«

»Es stimmt, aber das soll Sie nicht vom Zeichnen abhalten. Ich weiß auch, wer Sie sind, ich habe Ihren Namen an der Tür gelesen, und Ihren Namen kennen alle. Das hält mich nicht davon ab, kreuz und quer Beliebiges zu erzählen – und das noch mitten im Ende einer Phase 1.«

»Wenn ich den schönen Blinden finde, werde ich es Ihnen sagen.«

»Warum? Wem wollen Sie einen Gefallen tun?« fragte Mathilde argwöhnisch. »Mir oder eher der bekannten Meereskundlerin, deren Name in den Zeitungen steht?«

»Weder der einen noch der anderen. Einer Frau, die ich in mein Büro gebeten habe.«

»Das ist mir recht«, erwiderte Mathilde.

Sie blieb einen Moment sitzen, ohne etwas zu sagen, als ob sie mit einer Entscheidung kämpfte. Adamsberg hatte erneut eine Zigarette und sein Papier hervorgeholt. Nein, diese Frau würde er nicht vergessen, dieses Stückchen Schönheit der Welt, die dabei war, zu zerbrechen. Und er war nicht in der Lage vorauszusehen, was sie ihm sagen würde.

»Wissen Sie«, nahm Mathilde plötzlich das Gespräch wieder auf, »die Dinge geschehen bei Einbruch der Nacht – im Meer wie auch in der Stadt. Alles erhebt sich, die Hungrigen wie die, die Schmerzen haben. Und diejenigen, die suchen, wie Sie, Jean-Baptiste Adamsberg, erheben sich auch.«

»Sie glauben, daß ich suche?«

»Ganz ohne jeden Zweifel, und noch dazu eine Menge Dinge gleichzeitig. Genauso verläßt auch der Mann mit den blauen Kreisen das Haus, wenn er Hunger hat. Er streift umher, er späht herum, und plötzlich zeichnet er. Ich kenne ihn. Ich habe ihn ganz am Anfang schon gesucht und habe ihn an dem Abend mit dem Feuerzeug und dem mit dem Puppenkopf gesehen. Und gestern auch, in der Rue Caulaincourt.«

»Wie haben Sie das geschafft?«

»Das werd ich Ihnen gerade sagen; das ist ohne Bedeutung, das sind so meine Kniffe. Es ist komisch, man könnte fast meinen, er ließe mich ein bißchen machen, der Mann mit den Kreisen, als ob er aus der Ferne zutraulich würde. Wenn Sie ihn eines Abends sehen wollen, dann kommen Sie zu mir. Aber nur von ferne zusehen, sich nicht nähern und ihn nicht stören. Das Angebot, mein Geheimnis zu teilen, mache ich nicht dem bekannten Bullen, sondern dem Mann, der mich in sein Büro gebeten hat.«

»Das ist mir recht«, sagte Adamsberg.

»Aber was wollen Sie von dem Mann mit den blauen Kreisen? Er hat nichts verbrochen. Warum interessiert er Sie?«

Adamsberg sah auf und blickte Mathilde an.

»Weil das eines Tages größer wird. Die Sache in dem Kreis wird langsam größer werden. Fragen Sie mich nicht, woher ich das weiß, ausgerechnet Sie, ich bitte Sie, denn ich habe keine Ahnung, aber es ist unvermeidlich.«

Er schüttelte den Kopf und wischte sich die Haare zur Seite, die ihm in die Augen hingen.

»Ja, die Sache wird größer werden.«

Adamsberg löste seine übereinandergeschlagenen Beine und machte sich daran, vage die Akten auf seinem Schreibtisch zu ordnen.

»Ich kann Ihnen nicht verbieten, ihn zu verfolgen«, fügte er hinzu. »Aber ich rate Ihnen davon ab. Seien Sie wachsam, passen Sie auf sich auf. Vergessen Sie das nicht.«

Er sah aus, als sei ihm nicht wohl, so als ob ihm die eigene Überzeugung Übelkeit bereitete. Mathilde lächelte und ging.

Als er wenig später hinausging, legte Adamsberg Danglard die Hand auf die Schulter und sagte leise:

»Versuchen Sie gleich morgen früh herauszufinden, ob es in der Nacht einen neuen Kreis gegeben hat. Und untersuchen Sie ihn wirklich gründlich, ich verlaß mich auf Sie. Ich habe dieser Frau gesagt, sie soll aufpassen: Die Sache wird größer werden, Danglard. Seit einem Monat werden die Kreise zahlreicher. Es beschleunigt sich. Darin liegt etwas Gräßliches, spüren Sie das nicht?«

Danglard dachte nach. Zögernd antwortete er:

»Vielleicht einfach nur etwas Krankhaftes. Vielleicht ist es aber auch nur ein monströser Scherz...«

»Nein, Danglard, nein. Die Kreise sondern Grausamkeit ab.«

* * *

Charles Reyer verließ ebenfalls sein Büro. Er war es leid, für die Blinden zu arbeiten, die Prägung und die kleinen Löcher all dieser gräßlichen Bücher in Blindenschrift zu überprüfen, diese Milliarden von winzigen Löchern, die zur Haut seiner Finger sprachen. Vor allem war er es leid, verzweifelt den Originellen zu spielen, nur weil er das Augenlicht verloren hatte und außergewöhnlich sein wollte, um diese Tatsache vergessen zu machen. Ja, genau wie mit dieser symphatischen Frau neulich, die im Café Saint-Jacques neben ihm gesessen hatte. Diese Frau war intelligent, sicherlich ein bißchen aus den Gleisen geraten, auch wenn er eigentlich daran zweifelte, aber liebevoll und lebhaft, das war offensichtlich. Und was hatte er getan? Er hatte versucht, den Originellen zu spielen, wie gewöhnlich. Ungewöhnliche Sätze zu sagen mit dem einzigen Ziel, daß man denkt, ach, dieser Typ da ist zwar blind, aber er ist kein gewöhnlicher Mensch.

Und die Frau war darauf eingegangen. Sie hatte versucht, das Spiel mitzuspielen, so schnell wie möglich auf seinen Wechsel von gespielten Herzensergüssen und Rüpelhaftigkeit zu reagieren. Sie aber war dabei aufrichtig gewesen, sie hatte die Geschichte mit dem Hai erzählt, einfach so, offenherzig, einfühlsam, hilfsbereit, wobei sie seine Augen ansehen wollte, um ihm zu sagen, wie das aussah. Er aber, allein mit dem aufsehenerregenden Eindruck beschäftigt, den er hervorzurufen beabsichtigte, zerstörte alle Herzensregungen, weil er für einen klarsichtigen und zynischen Denker gehalten werden wollte. Nein wirklich, Charles, dachte er, das hast du schlecht gemacht. Mit all deinen Bluffs bist du nicht mal mehr in der Lage zu beurteilen, ob du irgend etwas Vernünftiges im Kopf hast.

Und was war das für eine Art, auf der Straße neben den Leuten herzulaufen, um ihnen Angst zu machen, diese armselige Macht über sie auszuüben, oder sich ihnen bei Rot mit deinem weißen Stock zu nähern und sie zu fragen: »Darf ich Sie über die Straße führen?«, natürlich um sie in Verlegenheit zu bringen und von deinem Status als Unberührbarer zu profitieren. Die armen Leute trauen sich dann nichts zu sagen, sie bleiben am Rand des Bürgersteigs stehen und sind kreuzunglücklich. Du rächst dich, genau das tust du, Charles. Du bist nichts anderes als ein hochgewachsener kleiner Dreckskerl. Und diese Frau, diese Königin Mathilde, sitzt ganz aufrichtig da und sagt dir sogar noch, daß du schön bist. Und ich bin nicht einmal in der Lage, ihr zu zeigen, daß mich das ein bißchen glücklich macht, oder ihr dafür zu danken.

Charles blieb tastend an einer Bordsteinkante stehen. Jemand neben ihm konnte die Stofflappen sehen, die in den Rinnstein gelegt werden, um das Wasser zu leiten, ohne auch nur auf die Idee zu kommen, wie phantastisch das war. Scheißlöwin. Er hatte Lust, seinen weißen Stock aufzuklappen und mit einem fiesen Lächeln zu fragen: »Darf ich Sie über die Straße führen?« Er hielt sich die Erinnerung an die Stimme von Mathilde vor, die ihm ohne Bosheit sagte: »Sie sind ein anstrengender Mensch.« Und er wandte sich um.

* * *

Danglard hatte versucht, dagegen anzukämpfen. Aber am nächsten Morgen stürzte er sich auf die Zeitungen, wobei er die politischen, wirtschaftlichen und gesellschaftlichen Themen und all den Kram, der ihn sonst interessierte, links liegen ließ.

Nichts. Nichts über den Mann mit den Kreisen. Es gab keinerlei Grund, weshalb die Angelegenheit täglich die Aufmerksamkeit eines Journalisten auf sich ziehen sollte.

Ihn allerdings hatte es gepackt.

Seine Tochter, der erste Zwilling der zweiten Zwillinge, die sich am stärksten dafür interessierte, was ihr Vater erzählte, wobei sie ihm regelmäßig vorhielt: »Papa, hör auf zu trinken, du hast so schon einen ziemlich dicken Hintern«, hatte gestern abend gesagt: »Dein neuer Chef hat einen komischen Namen. Der heilige Johannes der Täufer vom Berge Adams, wenn man's übersetzt. Ein komisches Programm. Aber im Grunde gefällt er mir, wenn er dir gefällt. Zeigst du ihn mir irgendwann?« Tatsächlich war Danglard so voller Liebe für seine vier Zwillinge, daß er vor allem *sie* gern Adamsberg gezeigt und gern gehabt hätte, daß dieser sagen würde: »Sie sehen aus wie Engel.« Aber er war sich nicht sicher, ob sich Adamsberg für seine Kleinen interessieren würde. »Meine Kleinen, meine Kleinen«, sagte sich Danglard. »Meine Lieblinge.«

Vom Büro aus rief er alle Kommissariate der verschiedenen Arrondissements an, um zu erfahren, ob einer der Streifenbeamten einen Kreis gesehen hätte, einfach so, wo sich doch alle darüber amüsierten. Seine Fragen riefen Erstaunen hervor, er erklärte, das sei für einen befreundeten Psychiater, eine kleine Gefälligkeit, die er ihm so nebenbei erweise. Ach so, ja dann, die Bullen kannten diese kleinen Gefälligkeiten, um die man ständig gebeten wurde.

In der Nacht waren in Paris zwei neue Kreise erschienen. Der erste war in der Rue du Moulin-Vert gezeichnet worden, ein Streifenpolizist aus dem 14. Arrondissement, der sich über seinen Rundgang freute, hatte ihn entdeckt. Der andere war im selben Viertel in der Rue Froidevaux von einer Frau gemeldet worden, die ins Kommissariat gekommen war, um sich zu beschweren, weil sie der Meinung war, jetzt würde es allmählich reichen.

Danglard ging nervös und ungeduldig die Treppe hinauf und betrat das Büro von Conti, dem Fotografen. Conti war wie ein Soldat mit kleinen Taschen und Schulterriemen behängt und bereit aufzubrechen. Da Conti schwächlich war, dachte Danglard, daß ihm diese ganze Apparatur voller Knöpfe und respektheischender Technik Sicherheit geben mochte, aber in Wirklichkeit wußte er sehr gut, daß Conti nicht so blöd war, eigentlich überhaupt nicht. Zunächst fuhren sie zur Rue du Moulin-Vert: ein weiter blauer Kreis mit der schönen Schrift drumherum. Nicht ganz in der Mitte lag ein Stück von einem Uhrarmband. Warum so große Kreise für so kleine Dinge? fragte sich Danglard. Diese Unverhältnismäßigkeit war ihm bislang nicht aufgefallen.

»Rühr das nicht an!« rief er Conti zu, der in den Kreis trat, um sich die Sache genauer anzusehen.

»Was denn?« fragte Conti. »Das Uhrarmband ist doch nicht umgebracht worden! Ruf doch gleich den Gerichtsmediziner, wo du schon dabei bist.«

Achselzuckend verließ er den Kreis wieder.

»Frag nicht weiter«, sagte Danglard. »Er hat gesagt, es soll in dem Zustand fotografiert werden, also mach es bitte.«

Allerdings dachte Danglard, während Conti fotografierte, daß Adamsberg ihn in eine ziemlich lächerliche Situation brachte. Wenn ein Bulle des zuständigen Kommissariats hier unglücklicherweise vorbeikäme, hätte er guten Grund zu der Behauptung, das 5. Arrondissement ginge ganz entschieden zu weit, hier Uhrarmbänder zu fotografieren. Und Danglard dachte, daß das Kommissariat des 5. Arrondissements tatsächlich ganz entschieden verrückt zu werden drohte, und er mit ihm. In der Zwischenzeit hatte er noch nicht einmal sein Verfahren mit Patrice Vernoux zu Ende gebracht, was er als allererstes hätte tun sollen. Sein Kollege Castreau dürfte sich ziemlich wundern.

In der Rue Émile-Richard, dieser trostlosen, geraden Schneise mitten durch den Friedhof von Montparnasse, verstand Danglard, warum sich eine Frau bei der Polizei beschwert hatte, und er war beinahe erleichtert, das zu entdecken.

Die Sache war größer geworden.

»Hast du gesehen?« fragte er Conti.

Der blaue Kreis vor ihnen umgab die Überreste einer überfahrenen Katze. Keinerlei Blut war geflossen, die Katze mußte bereits seit einigen Stunden tot gewesen und in einem Rinnstein aufgesammelt worden sein. Das Bündel schmutziger Haare in dieser düsteren Straße, der Kreis und das »Victor, sieh dich vor, was treibst du jetzt noch vor dem Tor?« wirkten ziemlich morbide. Man hätte meinen können, eine groteske Hexenszene vor sich zu haben.

»Ich bin fertig«, sagte Conti.

Es war vielleicht blöd, aber Danglard hatte den Eindruck, daß Conti ein bißchen beeindruckt war.

»Ich auch«, sagte Danglard. »Ich bin auch fertig. Komm, wir verschwinden, wir brauchen den Typen vom hiesigen Kommissariat nicht gerade hier zu begegnen.«

»Stimmt«, bemerkte Conti. »Wofür würden die uns halten?«

Adamsberg hörte sich Danglards Bericht gleichmütig an, ließ dabei die Zigarette zwischen den Lippen qualmen und hatte die Augen halb geschlossen, damit der Qualm ihn nicht reizte. Seine einzige Beschäftigung bestand darin, ab und zu mit den Zähnen an einem Fingernagel herumzukauen. Und da Danglard anfing, die Persönlichkeit seines Vorgesetzten ein wenig zu erfassen, verstand er, daß Adamsberg die Entdeckung in der Rue Émile-Richard in ihrer richtigen Bedeutung zur Kenntnis genommen hatte.

Aber welche Bedeutung? Zu diesem Punkt äußerte sich Danglard noch nicht. Die Art und Weise, wie Adamsbergs Denken funktionierte, blieb ihm rätselhaft und furchterregend. Manchmal – aber nie länger als eine Sekunde – sagte er sich: »Geh ihm aus dem Weg.«

Aber er wußte, daß er ihn verteidigen müßte, sobald man im Kommissariat mitbekäme, daß der Chef seine Zeit und die seiner Inspektoren mit dem Mann mit den Kreisen vergeudete. Und er versuchte sich darauf vorzubereiten.

»Gestern die Maus«, sagte Danglard, als ob er mit sich selber reden würde, während er seine künftige Rede ausprobierte, mit der er seinen Kollegen entgegentreten würde, »und dann diese Nacht die Katze. Das ist schon ein bißchen übel. Aber da gab es auch das Uhrarmband. Und Conti hat recht, das Uhrarmband ist nicht tot.«

»Doch, es ist tot«, sagte Adamsberg. »Natürlich ist es tot! Das gleiche machen wir morgen früh noch mal, Danglard. Ich treffe mich mit Vercors-Laury, dem Psychiater, der die Sache zur Sprache gebracht hat. Seine Meinung interessiert mich. Aber vermeiden Sie es, darüber zu reden. Je später man sich über mich lustig macht, desto besser.«

Bevor er aufbrach, schrieb Adamsberg an Mathilde Forestier. Er hatte heute morgen keine Stunde gebraucht, um ihren Charles Reyer zu finden, nachdem er mit den wichtigsten Institutionen telefoniert hatte, die in Paris Blinde beschäftigten, Instrumentenstimmer, Verlage, Konservatorien. Reyer war seit ein paar Monaten in der Stadt, er wohnte in einem Zimmer in der Nähe des Panthéon, im *Hôtel des Grands Hommes*. Adamsberg schickte Mathilde all diese Informationen, dann vergaß er sie.

* * *

René Vercors-Laury ist nicht gerade großartig, sagte sich Adamsberg sofort. Er war enttäuscht von ihm, weil er sich immer viel erhoffte und der Absturz danach immer sehr schmerzhaft war.

Nein, ganz und gar nicht großartig. Und außerdem fiel er einem auch noch auf die Nerven. Er unterbrach seine Sätze mit

Sachen wie: »Können Sie mir folgen? Sie folgen mir doch?« oder Erklärungen wie: »Sie werden mit mir übereinstimmen, daß der sokratische Selbstmord nur ein Modell ist«, wobei er Adamsbergs Antwort nicht abwartete, da diese Formulierungen nur dazu dienten, sich aufzuplustern. Und Vercors-Laury vergeudete eine unvorstellbare Zeit und eine unvorstellbare Anzahl von Sätzen damit, sich aufzuplustern. Der dicke Arzt lehnte sich in seinem Sessel zurück, die Daumen in seinen Gürtel gehakt, und schien intensiv nachzudenken, dann schoß er ruckartig nach vorne, um einen Satz einzuleiten: »Kommissar, dieser Patient ist kein gewöhnlicher...«

Davon abgesehen war der Psychiater natürlich kein Dummkopf, das war klar. Nachdem die erste Viertelstunde ihrer Unterhaltung vorüber war, lief es auch besser, noch immer nicht großartig, aber besser.

»Dieser Patient«, begann Vercors-Laury, »gehört nicht zur Kategorie der ›gewöhnlichen‹ Zwangsneurotiker, wenn Sie denn wirklich meine Meinung als Arzt hören wollen. Die Zwangsneurotiker folgen *per definitionem* einem Zwang, das darf man nicht vergessen, können Sie mir folgen?«

Vercors-Laury war nicht unzufrieden mit diesem Ausdruck. Er fuhr fort:

»Und weil sie zwanghaft handeln, sind die Zwangsneurotiker exakt, pedantisch und Ritualisten. Sie folgen mir doch? Und was findet man nun bei unserem Patienten? Keinerlei Ritual bei der Wahl des Gegenstandes, keinerlei Ritual in der Wahl des Viertels, keinerlei Ritual in der Wahl des Zeitpunktes, keinerlei Ritual bei der Anzahl der Kreise pro Nacht... So! Bemerken Sie den gewaltigen Bruch? Alle Parameter, die bei seinem Tun beteiligt sind, Gegenstand, Ort, Uhrzeit, Menge, variieren, als ob das immer ein bißchen hiervon oder davon abhinge. Nun hängt aber bei einem Zwangsneurotiker nichts hiervon oder davon ab, Kommissar. Können Sie mir folgen? Darin besteht sogar das Charakteristische eines Zwangsneurotikers. Der Zwangsneurotiker wird dieses oder jenes eher seinem Willen unterwerfen, als sich von ihm bestimmen lassen. Keine Banalität des Alltags kann stark genug sein, um mit dem unveränderlichen Ablauf seines zwanghaften Handelns zu konkurrieren. Ich weiß nicht, ob Sie mir folgen?«

»Dieser Zwangsneurotiker ist also nicht gewöhnlich? Könnte man sogar sagen, daß er gar kein Zwangsneurotiker ist?«

»Das ist richtig, Kommissar, das könnte man fast sagen. Und das eröffnet ein weites Feld von Fragen: Wenn es sich nicht um einen Zwangsneurotiker in der pathologischen Bedeutung des Wortes handelt, dann deshalb, weil die Kreise ein Ziel verfolgen, das von ihrem Urheber präzise geplant ist, dann deshalb, weil unser Patient sich aufrichtig für die Dinge interessiert, die er auf diese Weise mit Aufmerksamkeit bedenkt, als ob er uns etwas vorführen würde. Folgen Sie mir? Um uns zum Beispiel zu sagen: Die Menschen beachten die Dinge, die sie aufgeben, nicht mehr. Sobald diese Dinge ihren Nutzen verloren haben, ihre Funktion, nehmen unsere Augen sie nicht einmal mehr als Materie wahr. Ich zeige Ihnen einen Bürgersteig und frage Sie: Was liegt auf dem Boden? Und Sie antworten mir: Da liegt nichts. Wo doch in *Wirklichkeit*«, er betonte das Wort, »eine Menge Dinge dort liegen. Sie folgen mir doch? Dieser Mann scheint sich mit einer schmerzhaften metaphysischen, philosophischen oder – warum auch nicht – poetischen Befragung über die Art und Weise auseinanderzusetzen, wie der Mensch entscheidet, wo er die Wirklichkeit der Dinge beginnen und enden läßt, zu deren Richter er sich macht, da die Existenz der Dinge in seinen Augen doch vielleicht nicht auf unser direktes Umfeld beschränkt bleibt. Und alles, was ich mit meinem Interesse für den Mann sagen wollte, ist: Vorsicht, scherzt nicht mit dieser Zwangsneurose, der Mann mit den Kreisen ist vielleicht ein sehr hellsichtiger Geist, der nicht anders zu reden vermag als in Form dieser Äußerungen, die zwar der Beweis für einen verwirrten Geist sind, der aber sehr ordentlich ist, können Sie mir folgen? Jedenfalls jemand sehr Starkes, glauben Sie mir.«

»In der Serie gibt es aber Fehler: die Maus, die Katze – das sind keine Gegenstände.«

»Ich habe Ihnen ja gesagt, es liegt wesentlich weniger Logik darin, als es den Anschein hat und man darin finden sollte, wenn es sich um eine echte Zwangsneurose handelte. Das ist das Verwirrende. Aber aus der Sicht unseres Patienten zeigt es, daß der Tod Lebendiges in Dingliches verwandelt, was ab dem Augenblick stimmt, in dem das Emotionale den leblosen Körper nicht mehr umgibt. Von dem Augenblick an, wo der Kronkorken nicht mehr auf der Flasche sitzt, wird der Kronkorken zu nichts mehr, und von dem Augenblick an, wo der Körper eines Freundes sich nicht mehr bewegt, wird er... zu was? Eine Frage dieser Art muß das Hirn unseres Mannes umtreiben... Anders gesagt, um die Sache beim Namen zu nennen: der Tod.«

Vercors-Laury machte eine Pause und lehnte sich in seinem Sessel zurück. Er blickte Adamsberg gerade in die Augen, wie um zu sagen, jetzt, hören Sie genau zu, werde ich Ihnen etwas Sensationelles verkünden. Adamsberg dachte, daß es nichts dergleichen sein würde.

»Aus Ihrer Sicht als Polizist fragen Sie sich, ob Gefahr für menschliches Leben besteht, nicht wahr, Kommissar? Ich werde Ihnen folgendes sagen: Das Phänomen kann unverändert bleiben und von selbst nachlassen, andererseits aber sehe ich theoretisch keinen Grund, daß ein Mann dieses Schlages, das heißt ein Verrückter, der sich unter Kontrolle hat, wenn Sie mir gefolgt sind, und getrieben wird von dem Bedürfnis, seine Gedanken zur Schau zu stellen, auf halbem Weg aufhört. Ich sage mit Bedacht: theoretisch.«

Als Adamsberg zu Fuß ins Büro zurückging, dachte er vage über das Gespräch nach. Er dachte nie gründlich über etwas nach. Er hatte nie verstanden, was wirklich vor sich ging, wenn er sah, wie Leute ihren Kopf in die Hände nahmen und sagten: »Gut, denken wir nach.« Was dann in ihrem Hirn erfolgte, wie sie es anstellten, genaue Ideen zu formen, zu folgern, abzuleiten und zu erkennen, war für ihn ein vollständiges Geheimnis. Er stellte fest, daß gründliches Nachdenken zu unleugbaren Ergebnissen führte, daß die Leute nach diesen etwas fehle. Wenn er sich aber hinsetzte und sich sagte: »Denken wir nach«, dann geschah in seinem Kopf nichts. In solchen Augenblicken machte er sogar die Erfahrung des Nichts. Adamsberg war sich nie bewußt, daß er nachdachte, und wenn es ihm bewußt wurde, hörte das Nachdenken auf. Was dazu führte, daß er nie wußte, woher all seine Ideen, all seine Absichten und all seine Entscheidungen kamen.

Jedenfalls schien es ihm, als ob er über das, was ihm Vercors-Laury gesagt hatte, nicht überrascht gewesen sei und als ob er immer gewußt habe, daß der Mann mit den Kreisen kein gewöhnlicher Zwangsneurotiker war. Als ob er gewußt habe, daß diese Verrücktheit von irgendeiner grausamen Eingebung gespeist wurde, daß diese Reihe von Gegenständen nur zu einem einzigen Ziel, zu einer einzigen, schmetternden Apotheose führen könne: dem Tod eines Menschen. Mathilde Forestier hätte gesagt, es sei normal, daß er nichts Grundlegendes erfahren habe, da man sich in Phase 2 befinde, er aber dachte eher, es liege daran, daß Vercors-Laury zwar ganz ordentlich, aber eben nicht großartig war.

* * *

Am nächsten Morgen fand man den großen Kreis in der Rue Cunin-Gridaine im 3. Arrondissement. In seiner Mitte lag nur ein Lockenwickler.

Conti fotografierte den Lockenwickler.

Die nächste Nacht brachte einen Kreis in der Rue Lacretelle und einen weiteren in der Rue de la Condamine im 17. Arrondissement, die eine alte Damenhandtasche und ein Wattestäbchen umschlossen.

Conti fotografierte die alte Damenhandtasche, dann das Wattestäbchen, ohne irgendeinen Kommentar abzugeben, wenn auch sichtlich verärgert. Danglard schwieg.

Die drei folgenden Nächte lieferten ein Franc-Stück, eine Ampulle Vitapharm, einen Schraubenzieher und – was Danglards Laune etwas verbesserte, wenn man so sagen kann – eine tote Taube mit abgerissenem Flügel in der Rue Geoffroy-Saint-Hilaire.

Adamsberg war unerschütterlich, lächelte und verwirrte den Inspektor. Er fuhr damit fort, die Zeitungsartikel auszuschneiden, die sich mit dem Mann mit den blauen Kreisen beschäftigten, und sie ohne jede Ordnung zusammen mit den Abzügen, die ihm Conti nach und nach lieferte, in seine Schublade zu stopfen. Inzwischen war das alles im Kommissariat bekannt, und Danglard machte sich ein bißchen Sorgen. Aber das vollständige Geständnis von Patrice Vernoux hatte Adamsberg für eine Weile unangreifbar gemacht.

»Wie lange wird diese Geschichte noch dauern, Kommissar?« fragte Danglard.

»Welche Geschichte?«

»Die Kreise, mein Gott! Wir werden nicht unser Leben lang jeden Morgen vor Lockenwicklern in Andacht verharren, verdammt!«

»Ach, die Kreise! Ja, das kann lange gehen, Danglard. Sogar sehr lange. Aber was macht das? Das oder was anderes, was hat das für eine Bedeutung? Die Lockenwickler sind doch lustig.«

»Also hören wir damit auf?«

Adamsberg hob abrupt den Kopf.

»Das kommt gar nicht in Frage, Danglard, keinesfalls.«

»Meinen Sie das ernst?«

»So ernst ich nur sein kann. Die Sache wird größer werden, Danglard, ich hab's Ihnen gesagt.«

Danglard zuckte mit den Achseln.

»Wir werden all diese Unterlagen brauchen«, fuhr Adamsberg fort und zeigte auf seine Schublade. »Später ist das vielleicht unentbehrlich.«

»Wann später, mein Gott?«

»Seien Sie nicht so ungeduldig, Danglard, Sie werden doch nicht den Tod eines Menschen herbeiwünschen, oder?«

Am nächsten Tag gab es eine Eiswaffel in der Avenue du Docteur-Brouardel im 7. Arrondissement.

* * *

Mathilde war im *Hôtel des Grands Hommes* vorstellig geworden, um den schönen Blinden zu suchen. Es war ein recht kleines Hotel für einen so großen Namen, wie sie fand. Oder vielleicht sollte es auch bedeuten, daß man nicht viele Zimmer brauchte, um alle großen Männer zu beherbergen.

Der Mann am Empfang rief im Zimmer an, um Bescheid zu geben, und sagte ihr daraufhin, Monsieur Reyer könne nicht herunterkommen, er sei verhindert. Mathilde ging zu seinem Zimmer hinauf.

»Was ist los?« rief sie durch die Tür. »Sind Sie nackt und haben Besuch?«

»Nein«, antwortete Charles.

»Ist es schlimmer?«

»Ich bin häßlich anzusehen, ich finde meinen Rasierapparat nicht.«

Mathilde dachte eine ganze Weile nach.

»Sie können kein Auge drauf werfen, ist es das?«

»Stimmt«, sagte Charles. »Ich habe überall herumgetastet. Ich verstehe das nicht.«

Er öffnete die Tür.

»Verstehen Sie, Königin Mathilde, die Dinge nutzen meine Schwäche aus. Ich hasse die Dinge. Sie verstecken sich, sie schlüpfen zwischen Bettgestell und Matratze, sie lassen die Mülltonne umfallen, sie quetschen sich zwischen die Dielen des Fußbodens. Ich habe genug. Ich glaube, ich werde die Dinge abschaffen.«

»Sie sind ungeschickter als ein Fisch«, sagte Mathilde. »Denn die Fische, die ganz in der Tiefe leben, in völliger Dunkelheit so wie Sie, schaffen es trotzdem, etwas zu fressen zu finden.«

»Die Fische rasieren sich nicht«, erwiderte er. »Und außerdem, verdammt, für Fische habe ich wirklich keine Augen!«

»Augen, immer Augen! Machen Sie das extra?«

»Ja, das mache ich extra. Ich habe eine ganze Liste mit solchen Ausdrücken: vor die Augen kommen, ein Auge auf etwas werfen, ich traue meinen Augen nicht, ich habe meine Augen überall, ich habe Sie ganz aus den Augen verloren usw. Es gibt Tausende. Ich verwende sie gerne. Das ist wie bei denen, die ihre Erinnerungen wiederkäuen. Aber es stimmt, daß ich für Fische keine Augen habe.«

»Das passiert vielen Leuten. Es stimmt, daß man die Tendenz hat, Fischen nur Gleichgültigkeit entgegenzubringen. Kann ich mich auf den Stuhl hier setzen?«

»Bitte sehr. Was finden Sie an Fischen?«

»Die Fische und ich verstehen uns. Und außerdem leben wir seit dreißig Jahren zusammen, da wagt man nicht mehr, sich zu verlassen. Wenn mich ein Fisch sitzenlassen würde, wäre ich verwirrt. Außerdem arbeite ich mit ihnen, sie lassen mich Geld verdienen, sie sichern meinen Unterhalt, wenn Sie so wollen.«

»Sind Sie zu mir gekommen, weil ich einem Ihrer verdammten Fische im Dunkeln ähnle?«

Mathilde dachte nach.

»So kommen Sie nicht weiter«, schloß sie. »Sie sollten ein bißchen fischähnlicher sein, ein bißchen wendiger, fließender. Na ja, das ist Ihre Angelegenheit, wenn Sie vorhaben, der ganzen Welt das Leben schwerzumachen. Ich komme, weil Sie eine Wohnung gesucht haben und anscheinend immer noch suchen. Vielleicht haben Sie nicht soviel Geld. Dabei ist das Hotel hier doch teuer.«

»Seine Gespenster sind mir ebenfalls teuer. Vor allem aber haben die Leute keine Lust, an einen Blinden zu vermieten, wissen Sie, Königin Mathilde. Die Leute haben Angst, daß der Blinde überall Dummheiten macht, daß er seinen Teller neben den Tisch stellt und daß er auf den Teppich pinkelt, weil er denkt, er sei im Badezimmer.«

»Mir dagegen kommt ein Blinder gelegen. Meine Arbeiten

über den Stichling, den Fliegenden Knurrhahn und vor allem über den stachligen Meerengel haben mir drei Wohnungen übereinander eingebracht. Die große Familie, die in der ersten und der dritten Etage gewohnt hat, das heißt im Meerengel und im Stichling, ist weggezogen. Ich wohne im zweiten Stock, beim Fliegenden Knurrhahn. Ich habe den Stichling an eine komische Dame vermietet und habe für den Meerengel, also die erste Etage, wenn Ihnen das lieber ist, an Sie gedacht. Ich werde sie Ihnen günstig vermieten.«

»Warum günstig?«

Charles hörte, wie Mathilde lachte und sich eine Zigarette anzündete. Mit der Hand suchte er einen Aschenbecher, den er ihr hinstreckte.

»Sie strecken den Aschenbecher zum Fenster«, sagte Mathilde. »Ich sitze einen guten Meter weiter links, als Sie denken.«

»Oh, entschuldigen Sie. Sie sind schon ein bißchen brutal. In solchen Fällen wissen die Leute sich zu helfen, sie beugen sich vor, um den Aschenbecher zu fassen zu kriegen, und sagen nichts.«

»Sie werden mich noch brutaler finden, wenn Sie erfahren, daß die Wohnung schön und groß ist, aber niemand darin wohnen will, weil sie sehr dunkel ist. Also habe ich mir gesagt: Charles Reyer mag ich gern. Und da er blind ist, paßt das wunderbar, es wird ihm egal sein, an einem dunklen Ort zu wohnen.«

»Sind Sie immer so taktlos?« fragte Charles.

»Ich glaube«, erwiderte Mathilde sehr ernsthaft. »Nun, reizt Sie der stachlige Meerengel?«

»Ich habe Lust, ein Auge darauf zu werfen«, sagte Charles lächelnd und faßte mit der Hand an seine Brille. »Ich glaube, daß mir ein sehr dunkler stachliger Meerengel gut paßt. Aber wenn ich dort wohnen soll, will ich die Sitten dieser Fische kennenlernen, sonst würde mich meine eigene Wohnung für einen Idioten halten.«

»Das ist einfach. *Squatina aculeata*, Wanderfisch, Bewohner der lockeren Meeresböden entlang der Mittelmeerküsten. Fleisch relativ fad, wird sehr unterschiedlich geschätzt. Schwimmt wie die Haie, indem er mit der Schwanzflosse wedelt. Abgeplattetes Maul, seitliche, mehr oder weniger ausgefranste Kiemenöffnungen. Weite, halbmondförmige Spritzlöcher, das Maul mit einhöckrigen, kegelförmigen Zähnen bewehrt, und so weiter und so fort. Braun, dunkelmarmoriert mit hellen Flecken, ein bißchen wie der Teppichboden im Eingang, wenn Sie so wollen.«

»Das Tier könnte mir gefallen, Königin Mathilde.«

* * *

Es war sieben Uhr. Clémence Valmont arbeitete bei Mathilde. Sie ordnete Dias und kam vor Hitze um. Sie hätte gern ihre schwarze Baskenmütze abgelegt, sie wäre gerne keine siebzig gewesen und hätte auch auf Haare verzichten können, die von der Oberfläche ihres Kopfes verschwanden. Jetzt nahm sie nie mehr ihre Mütze ab. Heute abend würde sie Mathilde zwei recht interessante Kontaktanzeigen vom Tage zeigen, auf die sie versucht war zu antworten:

»M., 66 Jahre, gut gehalten, groß, kleine Rente, sucht Frau, nicht häßlich, klein, große Rente, für die letzte Lebensstrecke, um nicht einsam zu sterben.«

Das war freimütig. Und dann war da noch die folgende, ziemlich verlockende:

»Großes Medium mit der Gabe seines Vater sofort Kontakt sagt jede Wahrheit die sie wünschen Schutz dauerhafte Liebe neue Chance Mann oder Frau weg Arbeit Attraktivität stärkt Glück und fördert Zuwendung arbeitet per Briefkontakt Foto + frankierter Rückumschlag für zufriedenstellende Antwort in allen Bereichen.«

»Was riskiere ich dabei?« fragte sich Clémence.

Die Wohnung des stachligen Meerengels hatte Charles Reyer gefallen. In Wirklichkeit hatte er sich schon entschlossen, als Mathilde ihm im Hotel davon erzählt hatte, und er hatte nur gezögert, um seine Eile zu verbergen. Denn Charles merkte, daß er von Monat zu Monat schlimmer wurde, er bekam allmählich Angst. Und er hatte den Eindruck, daß Mathilde ganz unwissentlich sein Hirn aus den krankhaften Phasen des Widerwillens herausreißen könnte, in denen er versank. Zugleich sah er keinerlei andere Zuflucht, als weiter im Haß zu verharren, und die Vorstellung, blind-und-gut zu werden, erschreckte ihn. Er war Schritt für Schritt an den Wänden der Wohnung entlanggegangen und hatte sie mit den Händen abgetastet, und Mathilde hatte ihm gezeigt, wo sich Türen, Wasserhähne und elektrische Schalter befanden.

»Wozu elektrische Schalter?« fragte Charles. »Wozu Licht? Sie sind ein Idiot, Königin Mathilde.«

Mathilde zuckte mit den Achseln. Sie merkte, daß Charles Reyer etwa alle zehn Minuten bösartig wurde.

»Und die anderen?« entgegnete Mathilde. »Wenn Leute zu Ihnen zu Besuch kommen, machen Sie dann kein Licht, lassen Sie sie im Dunkeln?«

»Hab Lust, alle umzubringen«, sagte Charles leise, wie um sich zu entschuldigen.

Er suchte einen Sessel, stieß sich an all den Einrichtungsgegenständen, die er noch nicht kannte, und Mathilde half ihm nicht. Dann blieb er stehen und drehte sich zu ihr.

»Stehe ich Ihnen hier ungefähr gegenüber?«

»Ungefähr.«

»Machen Sie das Licht an, Mathilde.«

»Es ist an.«

Charles nahm seine Brille ab, und Mathilde betrachtete seine Augen.

»Natürlich«, sagte sie nach einem Augenblick. »Hoffen Sie nicht darauf, daß ich Ihnen sage, daß Ihre Augen schön sind, denn sie sind schrecklich. Auf Ihrer fahlen Haut verleihen sie Ihnen offengestanden das Aussehen eines lebenden Toten. Mit der Brille sind Sie herrlich, aber ohne ähneln Sie einem Drachenkopf. Wäre ich Chirurg, mein kleiner Charles, dann würde ich versuchen, Ihnen das zurechtzuflicken, damit es ein bißchen sauberer aussieht. Es gibt keinerlei Grund, auszusehen wie ein Drachenkopf, wenn man es ändern kann. Ein Freund von mir macht so was gut, er hat mal jemanden nach einem Unfall wieder hergerichtet, der aussah wie ein Petersfisch. Auch nicht schön, der Petersfisch.«

»Und wenn es mir gefällt, einem Drachenkopf zu ähneln?« fragte Charles.

»Verdammt«, sagte Mathilde. »Sie werden mich nicht mein ganzes Leben lang mit ihrer Blindengeschichte anöden, Himmel! Wollen Sie häßlich sein? Gut, seien Sie häßlich. Wollen Sie bösartig sein und die Leute ausnehmen und aus ihnen schmale Lederstreifen machen? Gut, machen Sie es, mein kleiner Charles, mir ist das gleichgültig. Sie können es noch nicht wissen, aber Sie kommen ungelegen, weil heute Donnerstag ist, mitten im Anfang von Phase 2, folglich habe ich bis einschließlich Sonntag jeglichen Sinn für Sittlichkeit verloren. Mit Mitleid, geduldigem Trösten, hellsichtiger Ermutigung und anderen humanitären Werten ist Schluß für die Woche. Man wird geboren und verreckt, und dazwischen rackert man sich damit ab, seine Zeit zu verlieren, indem man so tut, als würde man sie gewinnen, und das ist alles, was ich von den Menschen sagen möchte. Nächsten Montag werde ich sie alle in ihren kleinsten Unentschlossenheiten und ihrer uralten Flugbahn ganz wunderbar finden, aber heute ist das undenkbar. Heute herrscht Zynismus, regellose Flucht, Flüchtigkeit und unmittelbares Vergnügen. Also können Sie sich gerne wünschen, drachenköpfig, muränenhaft, wasserspeierartig, hydraartig mit zwei Köpfen, korallenhaft oder mißgestaltet zu sein, soviel Sie wollen, das ist Ihre Sache, mein kleiner Charles, machen Sie sich keine Hoffnung, mich aus der Fassung zu bringen. Ich liebe alle Fische, einschließlich der häßlichen. Folglich ist all das kein

Gespräch für einen Donnerstag, überhaupt nicht. Sie machen meine Woche mit Ihren hysterischen Rache-Krisen kaputt. Was dagegen gut im Sinne von Phase 2 gewesen wäre, wäre, im Fliegenden Knurrhahn was trinken zu gehen, wo ich Ihnen die alte Dame vorgestellt hätte, die darüber wohnt. Aber das kommt heute gar nicht in Frage, Sie wären zu boshaft zu ihr. Bei Clémence muß man mit Feingefühl vorgehen. Seit siebzig Jahren hat sie nur eine einzige Idee, eine Liebe und einen Mann zu finden, wenn möglich beides zusammen, eine Seltenheit also. Sehen Sie, Charles, jedem sein großes Elend. Liebe hat sie mehr als genug, es passiert ihr, daß sie sich allein auf eine Kontaktanzeige hin verliebt. Sie reagiert auf alle Kontaktanzeigen, in die sie sich verliebt, sie antwortet, geht hin, wird gedemütigt, kommt zurück, fängt von neuem an. Sie scheint ein bißchen einfältig, ein bißchen entmutigend vor lauter Liebenswürdigkeit und mühseligen Aufmerksamkeiten, wenn sie immer ihr Taschenkartenspiel aus ihren dicken Hosen zieht, um Wahrsage-Patiencen zu legen. Damit beschreibe ich Ihnen jetzt ihren Kopf, da Sie die skurrile Vorstellung haben, nichts zu sehen: ein nicht gerade einnehmendes, schmales, maskulines Gesicht mit kleinen spitzen Spitzmauszähnen, *Crocidura russula*, man hätte Angst davor, die Hand hineinzuhalten. Sie schminkt sich zu stark. Ich habe sie für zwei Tage in der Woche eingestellt, daß sie meine gesamten Unterlagen neu ordnet. Sie ist genau und geduldig, als ob sie nie sterben würde, und das beruhigt mich manchmal. Sie ist bei der Arbeit mit den Gedanken woanders, brabbelt dabei von ihren Wünschen und Enttäuschungen, rekapituliert ihre hypothetischen Verabredungen, übt ihre Liebeserklärungen im Vorfeld, und trotzdem ordnet sie eifrig, obwohl ihr die Fische genau wie Ihnen egal sind. Das muß Ihre einzige Gemeinsamkeit sein.«

»Glauben Sie, daß ich mich mit ihr verstehen kann?« fragte Charles.

»Machen Sie sich keine Sorgen, Sie werden sie praktisch nie zu Gesicht bekommen. Immer draußen, immer auf der Suche nach einem Gatten. Und Sie mögen ja ohnehin niemanden, was hat es also für eine Bedeutung, wie meine Mutter immer gesagt hat?«

»Das stimmt«, bemerkte Charles.

* * *

Sieben Tage später, am Donnerstag morgen, wurde in der Rue de l'Abbé-de-l'Épée ein Weinkorken gefunden und in der Rue Pierre-et-Marie-Curie, im 5. Arrondissement, eine Frau mit durchschnittener Kehle, die ihre Augen zum Himmel verdrehte.

Trotz des Schocks konnte Adamsberg sich den Gedanken nicht verkneifen, daß die Entdeckung zu Beginn einer Phase 2 stattgefunden hatte, der Phase des Lächerlichen, daß der Mord aber am Ende von Phase 1 begangen worden war, der ernsthaften Phase.

Adamsberg ging mit einem weniger vagen Ausdruck als sonst im Zimmer auf und ab, das Kinn vorgestreckt, die Lippen geöffnet, als sei er außer Atem. Danglard sah, daß er beschäftigt war, auch wenn er nicht den Eindruck machte, als konzentriere er sich sehr. Bei dem vorherigen Kommissar war es umgekehrt gewesen. Er war unaufhörlich in seinen Überlegungen versunken gewesen. Der vorherige Kommissar war ein ewiges Grübeln gewesen. Adamsberg dagegen war für jeden Windhauch offen, wie eine Bretterbude, ein Hirn in freier Luft, dachte Danglard. Stimmt, man hätte glauben können, daß alles, was durch die Ohren, Augen oder Nase in ihn Eingang fand, Rauch, Farbe, Papierrascheln, wie ein Luftzug über seine Gedanken strich und sie daran hinderte, Gestalt anzunehmen. Dieser Typ, sagte sich Danglard, ist allem gegenüber aufmerksam, was dazu führt, daß er sich auf nichts konzentriert. Die vier Inspektoren gewöhnten sich sogar schon an, in seinem Büro ein und aus zu gehen, ohne je Angst zu haben, den Fluß wovon auch immer zu unterbrechen. Und Danglard hatte sehr wohl gesehen, daß Adamsberg in manchen Momenten noch stärker woanders war als sonst. Wenn er kritzelte, und zwar nicht auf seinem angewinkelten rechten Knie, sondern indem er das kleine Stück Papier gegen seinen Bauch drückte, dann sagte sich Danglard: Wenn ich ihm jetzt verkünde, daß ein Pilz gerade den Planeten anknabbert, bis er die Größe einer Pampelmuse haben wird, dann wird ihm das vollkommen egal sein. Dabei wäre das sehr schlimm, denn auf einer Pampelmuse haben nicht besonders viele Menschen Platz. Man braucht nicht sehr helle zu sein, um das zu verstehen.

Auch Florence beobachtete den Kommissar. Seit ihrer Diskussion mit Castreau hatte sie weiter nachgedacht und verkündet, der neue Kommissar mache auf sie den Eindruck eines etwas zerfurchten, verwüsteten florentinischen Fürsten, den sie auf einem Gemälde in einem Buch gesehen habe, aber in welchem Buch, das wußte sie jetzt nicht mehr. Auf jeden Fall würde sie sich gerne wie bei einer Ausstellung auf eine Bank gegenüber setzen, um ihn sich anzusehen, wenn sie genug vom Leben hatte, genug von den ständigen Laufmaschen und genug davon, daß Danglard ihr ständig sagte, daß er keine Ahnung habe, wo das Universum zu Ende sei, und vor allem, worin sich das Universum befinde.

Sie sah ihnen zu, wie sie in zwei Wagen zur Rue Pierre-et-Marie-Curie aufbrachen.

Im Auto murmelte Danglard:

»Ein Weinkorken und eine Frau mit durchschnittener Kehle, ich sehe da keinen Zusammenhang, das übersteigt meinen Verstand. Ich kann mir einfach nicht vorstellen, was der Typ im Hirn hat.«

»Wenn man auf das Wasser in einem Eimer sieht«, sagte Adamsberg, »dann sieht man den Boden. Man streckt den Arm hinein und kann etwas berühren. Selbst in einem Faß schafft man das noch. In einem Brunnen ist nichts zu machen. Selbst wenn man kleine Kieselsteine hineinwirft, um etwas herauszufinden, nützt das nichts. Das Drama besteht darin, daß man es trotzdem versucht. Der Mensch muß immer ›etwas herausfinden‹. Das bringt ihm nur Nerverei ein. Sie können sich die gigantische Zahl kleiner Kiesel nicht vorstellen, die sich auf dem Grund von Brunnen befinden. Die Leute werfen sie nicht hinein, um das Geräusch zu hören, das sie machen, wenn sie ins Wasser fallen, nein. Es ist, um ›etwas herauszufinden‹. Aber ein Brunnen ist etwas Schreckliches. Wenn die Leute, die ihn gegraben haben, einmal tot sind, weiß niemand mehr etwas über ihn. Er entwischt uns, er verhöhnt uns aus der Tiefe seines unbekannten Bauchs voll von zylinderförmigem Wasser. Das macht der Brunnen meiner Vorstellung nach. Aber wie viel Wasser? Bis wohin Wasser? Man müßte sich hinüberbeugen, sich vorbeugen, um es zu wissen, müßte Fäden hineinhängen.«

»Eine gute Gelegenheit, um zu ertrinken«, bemerkte Castreau.

»Natürlich.«

»Aber ich sehe den Zusammenhang mit dem Mord nicht«, sagte Castreau.

»Ich habe nicht gesagt, daß es einen gibt«, erwiderte Adamsberg.

»Warum erzählen Sie uns dann die Geschichte mit dem Brunnen?«

»Warum nicht? Man kann nicht immer nur reden, weil es nützlich ist. Aber Danglard hat recht. Ein Weinkorken, eine Frau – das ergibt keinen Zusammenhang. Das ist das Wichtige.«

Die Frau mit durchschnittener Kehle hatte vor Schreck aufgerissene Augen und einen ebensolchen Mund, bei dem der Kiefer fast ausgerenkt war. Man hatte den Eindruck, sie sei gerade dabei, den großen Satz herauszubrüllen, der um sie herum geschrieben stand, »Victor, sieh dich vor, was treibst du jetzt noch vor dem Tor?«

Es war ohrenbetäubend, man hatte das Bedürfnis, sich die Ohren zuzuhalten, obwohl Schweigen in der Gruppe der Polizisten herrschte, die um den Kreis herumstanden.

Danglard betrachtete den einfachen, bis oben ordentlich geschlossenen Mantel der Frau, ihre durchschnittene Kehle und das Blut, das bis zu einer Haustür gelaufen war. Er mußte sich beinahe übergeben. Nicht ein einziges Mal hatte er eine Leiche gesehen, ohne sich beinahe übergeben zu müssen, was ihn aber nicht störte. Es war ihm nicht unangenehm, sich beinahe übergeben zu müssen, das ließ ihn andere Sorgen vergessen, die Sorgen der Seele, wie er höhnisch dachte.

»Sie ist von einer Ratte getötet worden, einer menschlichen Ratte«, sagte Adamsberg. »Ratten springen einem so an die Kehle.«

Dann fügte er hinzu:

»Wer ist die Dame?«

Der kleine Liebling sagte immer »die Dame«, »der Herr«, »die Dame ist hübsch«, »der Herr will mit mir schlafen«, und Adamsberg war diese Angewohnheit nicht losgeworden.

Inspektor Delille antwortete:

»Sie hat ihre Papiere bei sich, der Mörder hat ihr nichts weggenommen. Sie heißt Madeleine Châtelain, sie ist einundfünfzig Jahre alt.«

»Haben Sie schon ihre Tasche durchsucht?«

»Noch nicht im einzelnen, aber wir haben nichts von Interesse gefunden.«

»Ich würde es gern wissen.«

»Nun, für's erste eine Strickzeitschrift, ein winzig kleines Taschenmesser, kleine Seifenstücke, wie es sie in Hotels gibt, ihre Brieftasche und ihre Schlüssel, einen roten Plastikradiergummi und schließlich einen kleinen Taschenkalender.«

»Hatte sie unter dem gestrigen Datum etwas notiert?«

»Ja, aber keine Verabredung, wenn Sie das meinen. Sie hat notiert: ›Ich glaube nicht, daß es so toll ist, in einem Strickgeschäft zu arbeiten.‹«

»Gibt's noch viele solche Einträge?«

»Im Grunde gar nicht wenige. Vor drei Tagen hat sie zum Beispiel geschrieben: ›Ich frage mich, was Mama an Martini eigentlich so gut gefunden hat‹, und die Woche davor: ›Um nichts in der Welt würde ich auf den Eiffelturm steigen.‹«

Adamsberg lächelte. Der Gerichtsmediziner murmelte, daß man keine Wunder von ihm erwarten dürfe, wenn man die Leichen nicht früher fände, und daß er den Eindruck habe, sie sei zwischen zweiundzwanzig Uhr dreißig und Mitternacht umgebracht worden, daß er sich aber lieber noch den Mageninhalt ansehen wolle, bevor er Genaueres sagen würde. Die Verletzung sei ihr mit einem Messer mit mittellanger Klinge, nach einem kräftigen Schlag auf den Hinterhauptsknochen, zugefügt worden.

Adamsberg hörte auf, an die kleinen Einträge im Kalender zu denken, und betrachtete Danglard. Der Inspektor war blaß, konturlos, seine Arme baumelten an seinem schlaffen Körper herab. Er runzelte die Stirn.

»Haben Sie gesehen, was da nicht stimmt, Danglard?« fragte ihn Adamsberg.

»Ich weiß nicht. Mich stört daran, daß das rinnende Blut einen ganzen Teil des Kreidekreises bedeckt und fast ausgelöscht hat.«

»Stimmt, Danglard. Und die Hand der Dame liegt direkt am Strich des Kreises. Wenn er seinen Kreis gezogen hat, nachdem er ihr die Kehle aufgeschlitzt hatte, hätte die Kreide vielleicht eine Spur im Blut hinterlassen müssen. Und außerdem, wenn ich der Mörder gewesen wäre, hätte ich das Opfer umkreist, um den Kreis zu zeichnen, und ich glaube nicht, daß ich dann ihrer Hand derart nahe gekommen wäre.«

»Man könnte denken, der Kreis sei vorher gezogen worden, nicht wahr? Und der Mörder hätte die Leiche danach hineingelegt?«

»Es sieht danach aus. Idiotisch, nicht wahr? Danglard, Sie werden sich mit den Leuten vom Labor und mit Meunier, wenn ich seinen Namen richtig im Kopf habe, dem Graphologen, darum kümmern. Jetzt werden uns die Fotos von Conti nützlich sein, ebenso wie die Maße aller vorhergehenden Kreise und die Kreideproben, die Sie entnommen haben. All das muß mit dem neuen Kreis hier verglichen werden, Danglard. Es muß herausgefunden werden, ob es derselbe Mann war, der ihn gezeichnet hat, oder nicht, und ob der Kreis vor oder nach dem Mord gezeichnet wurde. Sie, Delille, kümmern sich um die Wohnung, die Nachbarn, um Bekanntschaften und Freunde der Dame. Castreau, Sie übernehmen die Sache mit ihrem Arbeitsplatz, wenn sie einen hatte, und ihren Kollegen sowie ihrem Einkommen. Und Sie, Nivelle, erforschen ihre Familie, ihre Liebschaften und Zwistigkeiten sowie Erbschaften.«

Adamsberg hatte ohne Eile gesprochen. Danglard hörte ihn zum ersten Mal Befehle erteilen. Das tat er, ohne daß es den Anschein hatte, als bilde er sich etwas darauf ein noch als wolle er sich dafür entschuldigen. Merkwürdig, alle Inspektoren schienen wie porös und aufnahmefähig für Adamsbergs Verhalten. So aufnahmefähig, wie wenn es regnet und man nichts anderes tun kann als seine Jacke naß werden zu lassen. Die Inspektoren wurden naß und begannen, ganz ohne es zu merken, sich zu verhalten wie Adamsberg, langsame Bewegungen zu machen, zu lächeln, abwesend zu wirken. Am meisten veränderte sich Castreau, der das mannhafte Gebrumm sehr gemocht hatte, das ihr vorheriger Kommissar von ihnen verlangt hatte, die ohne unnötige Kommentare geäußerten militärischen Befehle, das Verbot, in Ohnmacht zu fallen, kräftig zugeschlagene Wagentüren, in den Jackentaschen geballte Fäuste. Heute erkannte Danglard Castreau kaum wieder. Castreau blätterte in dem kleinen Kalender der Dame, las mit leiser Stimme einzelne Sätze, warf Adamsberg aufmerksame Blicke zu, schien jedes Wort abzuwägen, und Danglard sagte sich, daß er ihm vielleicht sein Problem mit den Leichen anvertrauen könne.

»Wenn ich sie ansehe, muß ich mich fast übergeben«, sagte Danglard.

»Bei mir ist es etwas anderes. Bei mir sitzt es in den Knien. Vor allem bei Frauen, auch bei so häßlichen Frauen wie ihr«, antwortete Castreau.

»Was liest du in dem Kalender?«

»Hör zu: ›Ich habe mir die Haare ondulieren lassen, aber ich bleibe häßlich. Papa war häßlich, und Mama war häßlich. Da kann man nicht träumen. Eine Kundin hat nach blauer Mohairwolle gefragt, und ich hatte keine mehr. Es gibt eben schlechte Tage.«

Adamsberg sah zu, wie die vier Inspektoren wieder ins Auto stiegen. Er dachte an den kleinen Liebling, an Richard III. und an den Kalender der Dame. Eines Tages hatte der kleine Liebling gefragt: »Ist ein Mord so etwas wie ein zusammengeklumpter Haufen Fadennudeln? Reicht es aus, sie ins kochende Wasser zu werfen, um sie auseinanderzukriegen? Das kochende Wasser ist das Motiv, oder?« Er hatte geantwortet: »Auseinander kriegt man es eher durch Wissen, man muß sich vom Wissen leiten lassen.« Und sie hatte gesagt: »Ich bin mir nicht sicher, ob ich deine Antwort verstehe«, was normal war, weil er sie im Detail ebenfalls nicht verstand.

Er wartete, bis der Gerichtsmediziner, der noch immer nörgelte, mit den ersten vorbereitenden Maßnahmen an der Leiche fertig war. Der Fotograf und die Leute vom Labor waren bereits gefahren. Er war der einzige, der die Dame betrachtete – neben den Polizisten, die mit dem Kastenwagen warteten. Er hoffte, daß ein bißchen Wissen in ihm aufsteigen würde. Aber solange er dem Mann mit den blauen Kreisen nicht begegnet war, wußte er, daß er sich nicht anzustrengen brauchte. Er mußte bloß Informationen sammeln, und für ihn hatten Informationen nichts mit Wissen zu tun.

* * *

Da es Charles anscheinend besser ging, dachte Mathilde, sie könne auf eine Viertelstunde Ruhe hoffen, in der er nicht versuchen würde, die ganze Welt zu Brei zu schlagen, und ihn an diesem Abend der alten Clémence vorstellen. Sie hatte Clémence gebeten, aus diesem Anlaß zu Hause zu bleiben, und, um das Schlimmste zu verhüten, sie eindringlich darüber informiert, daß der neue Mieter blind sei und sie weder

»Allmächtiger, wie schrecklich« rufen noch so tun solle, als ob sie es überhaupt nicht sah.

Charles hörte zu, wie Mathilde ihn vorstellte, und er hörte auf die Stimme von Clémence. Bei dieser Stimme hätte er sich niemals eine so naive Frau vorgestellt wie die, die ihm Königin Mathilde beschrieben hatte. In dieser Stimme hörte er eher eine fanatische Entschlossenheit und eine eigenartige, hochentwickelte Intelligenz. Natürlich erschienen ihre Äußerungen einfältig, aber hinter ihnen, in ihrem Klang, in ihrer Intonation schwang irgendeine geheime Gelehrsamkeit mit, die eingesperrt war und ihren Atem vernehmen ließ wie ein Löwe in einem Dorfzirkus. Man hört sein Fauchen in der Nacht, und man sagt sich, dieser Zirkus ist vielleicht doch nicht das, was man gedacht hat, er ist vielleicht nicht ganz so erbärmlich, wie es einem dem Programm nach erschienen ist. Und dieses leicht beunruhigende, weil verborgene Fauchen nahm Charles, der Meister der Geräusche und Klänge, mit großer Deutlichkeit wahr.

Mathilde hatte ihm einen Whisky gebracht, und Clémence erzählte Geschichten aus ihrem Leben. Charles war irritiert wegen Clémence und glücklich wegen Mathilde. Göttliche Frau, der seine Bösartigkeit gleichgültig war.

»... und von diesem Mann«, fuhr Clémence fort, »hätten Sie wirklich gesagt, er hat Schick. Er fand mich interessant, genau das waren seine Worte. Er ging nicht so weit, mich anzurühren, aber ich habe damit gerechnet, daß das schließlich kommen würde. Wo er mich auf eine große Reise nach Ozeanien mitnehmen wollte, wo er doch heiraten wollte. Allmächtiger, welche Freude. Er hat mich dazu gebracht, mein Haus in Neuilly und all mein Hab und Gut zu verkaufen. Was noch übrigblieb, habe ich in zwei Koffer gepackt. ›Du wirst nichts brauchen‹, hatte er gesagt. Und ich bin so froh nach Paris zu der Verabredung gekommen, daß ich mir ja schon hätte denken können, daß da was faul war. Ich habe mir gesagt, Clémence, meine liebe Clémence, so lange hast du dafür gebraucht, aber jetzt ist es so weit, Allmächtiger, jetzt bist du verlobt mit einem kultivierten

Mann, und du wirst Ozeanien sehen. Statt Ozeanien habe ich achteinviertel Stunden die Metrostation Censier-Daubenton gesehen. Ich habe den ganzen Tag auf ihn gewartet, und da, an der Metrostation, hat Mathilde mich am Abend getroffen, so wie sie mich schon am Morgen gesehen hatte. Sie wird sich gesagt haben, Allmächtiger, da ist was faul mit der guten alten Frau.«

»Clémence denkt sich leicht so allerhand aus«, unterbrach Mathilde. »Sie erfindet alles neu, was ihr nicht paßt. In Wirklichkeit hat sie sich am Abend ihres Verlobungsfestes an der Metrostation Censier-Daubenton auf die Suche nach einem Hotel gemacht, und als sie durch meine Straße kam, hat sie das kleine Schild ›Zu vermieten‹ im Fenster gesehen. Daraufhin ist sie bei mir vorbeigekommen.«

»Vielleicht«, erwiderte Clémence. »Es ist gut möglich, daß es sich so abgespielt hat. Seitdem kann ich an der Station Censier-Daubenton nicht mehr die Metro nehmen, ohne an die pazifischen Inseln zu denken. So reise ich trotzdem. Ach, Mathilde, für Sie hat zweimal ein Herr angerufen mit einer sanften Stimme, Allmächtiger, ich habe geglaubt, ich werde ohnmächtig, aber ich habe seinen Namen vergessen. Es war dringend, schien mir. Irgendwas schien nicht in Ordnung zu sein.«

Clémence befand sich ständig am Rande der Ohnmacht, aber mit der Stimme am Telefon konnte sie recht haben. Mathilde dachte, es handele sich vielleicht um diesen halb seltsamen, halb bezaubernden Bullen, den sie zehn Tage zuvor kennengelernt hatte. Aber sie sah nicht den geringsten Grund, weshalb Jean-Baptiste Adamsberg sie dringend hätte sprechen wollen. Es sei denn, er hätte sich an ihr Angebot erinnert, ihn zu dem Mann mit den Kreisen zu führen. Sie hatte das so ganz spontan vorgeschlagen, aber auch, weil es ihr widerstrebte, nie wieder Gelegenheit zu haben, diesem Bullen zu begegnen, der die wahre Entdeckung jenes Tages gewesen war und ihr ihre Phase 1 in letzter Minute gerettet hatte. Sie wußte, daß sie diesen Typen nicht so leicht vergessen würde, daß er in einer Ecke ihres

Gedächtnisses einquartiert war und dort noch für einige Wochen sein unbekümmertes Licht verbreiten würde. Mathilde fand die Nummer, die Clémence in ihrer kleinen Spitzmausschrift hingekritzelt hatte.

Adamsberg war nach Hause gegangen, um auf den Anruf von Mathilde Forestier zu warten. Der Tag hatte sich als typisch für jene Tage angelassen, die der Entdeckung eines Mordes folgen, mit der stummen und schweißtreibenden Aktivität der Leute vom Labor, den stinkenden Büros, den Plastikbechern auf den Tischen, mit dem Graphologen, der sich auf Contis Fotos gestürzt hatte, und außerdem mit einer Art Beben, vielleicht Besorgnis, in die dieser ungewöhnliche Fall das Kommissariat des 5. Arrondissements versetzt zu haben schien. Die Sorge zu scheitern oder die Sorge vor einem möglicherweise monströsen Mörder – Adamsberg hatte nicht versucht, diese Frage zu beantworten. Um das alles nicht mehr zu sehen, war er hinausgegangen und den ganzen Nachmittag durch die Straßen gelaufen. Danglard hatte ihn an der Tür noch erwischt. Es war noch nicht Mittag, und Danglard hatte bereits zuviel getrunken. Er hatte gesagt, es sei leichtsinnig, am Tag eines Mordes einfach so zu gehen. Aber Adamsberg konnte nicht zugeben, daß nichts derart den Gebrauch seines Verstandes behinderte, wie zehn Menschen zu sehen, die dabei waren nachzudenken. Das Kommissariat mußte mit seinem Fieber, zweifellos einem Dreitagesfieber, aufhören, und es durfte niemand mehr irgend etwas von ihm erwarten, damit Adamsberg seine eigenen Ideen wiederfand. Und im Augenblick hatte die Unruhe im Kommissariat sie flüchten lassen wie verängstigte Soldaten im härtesten Kampf. Adamsberg hatte sich seit langem die Binsenweisheit zu eigen gemacht, daß die Kämpfe aufhören, wenn die Kämpfer fehlen, so daß er mangels Ideen aufhörte zu arbeiten und nicht mehr versuchte, sie aus den Spalten, in denen sie sich verkrochen haben mochten, herauszulocken, was sich immer als vergeblich erwiesen hatte.

Christiane erwartete ihn vor seiner Tür.

Er hatte kein Glück. Diesen Abend hätte er gern allein verbracht. Oder aber Abend und Nacht mit der jungen Nachbarin von unten, der er schon fünfmal im Treppenhaus und einmal auf der Post begegnet war und die ihn ernsthaft gerührt hatte.

Christiane sagte, sie käme aus Orléans, um das Wochenende mit ihm zu verbringen.

Er fragte sich, ob die junge Nachbarin mit ihrem Blick neulich auf der Post hatte sagen wollen: »Ich würde Sie gerne lieben« oder einfach »Ich würde gern mit Ihnen reden, ich langweile mich.« Adamsberg war gefügig, er neigte dazu, mit allen Mädchen zu schlafen, die Lust dazu hatten; manchmal schien ihm das das Richtige zu sein, da es allen zu gefallen schien, und manchmal erschien es ihm fruchtlos. In jedem Fall aber wußte er nicht, was das junge Mädchen von unten ihm zu verstehen geben wollte. Er hatte auch versucht, darüber nachzudenken, und dann hatte er es auf später verschoben. Was hätte seine kleine Schwester daraus gefolgert? Seine kleine Schwester war eine wahre Nachdenk-Fabrik, das brachte ihn schier um. Sie gab zu all seinen Freundinnen, die sie kennenlernte, ihre Meinung ab. Über Christiane hatte sie gesagt: »Note ausreichend, tadelloser Körper, unterhaltsam für eine Stunde, Hirnverknüpfungen mittel bis schwerfällig, zentripetaler Geist und konzentrische Gedanken, drei Hauptgedanken, dreht sich nach zwei Stunden im Kreis, geht ins Bett, unterwürfige Selbstverleugnung in der Liebe, am nächsten Tag dasselbe. Diagnose: Nicht übertreiben, wechseln, sobald sich was Besseres findet.«

Das alles war aber nicht der Grund, weshalb Adamsberg Christiane heute abend nicht gebrauchen konnte. Vielleicht lag es an dem Blick des jungen Mädchens in der Post. Vielleicht, weil er Christiane angetroffen hatte, während sie auf ihn wartete und sicher war, daß er lächeln würde, sicher, daß er seine Tür öffnen würde, daß er sein Hemd öffnen würde und dann sein Bett, sicher, daß sie am nächsten Morgen den Kaffee machen würde. Sicher. Und Adamsberg brachten Sicherheiten, die andere auf ihm abluden, um. Sie verursachten bei ihm ein nicht zu unterdrückendes Bedürfnis, zu enttäuschen. Und dann hatte er in letzter Zeit ein bißchen zuviel an den kleinen Liebling gedacht, und das bei der geringsten Kleinigkeit. Vor allem heute nachmittag war ihm beim Umherlaufen klargeworden, daß er sie jetzt neun Jahre nicht mehr gesehen hatte. Neun Jahre, meine Güte! Und plötzlich hatte er das nicht normal gefunden. Und er hatte Angst bekommen.

Bis dahin hatte er sie sich immer vorgestellt, wie sie die Welt auf dem Schiff eines holländischen Seemanns, dann auf dem Kamel eines Berbers durchmaß, wie sie sich unter den Ratschlägen eines Peul-Kriegers im Werfen übte, später dann, wie sie im *Café des Sports et des Artistes* in Belleville drei Croissants aß, dann wieder, wie sie die Kakerlaken in einem Hotelbett in Kairo verjagte.

Und heute hatte er sich vorgestellt, daß sie tot sei.

Das hatte ihn derartig gepackt, daß er angehalten hatte, um mit glühender Stirn und Schweißperlen an den Schläfen einen Kaffee zu trinken. Er sah sie tot vor sich, seit einiger Zeit schon, ein verwester Leichnam unter einer Steinplatte, und in ihrem Grab neben ihr das Bündelchen Knochen von Richard III.. Er hatte den Kameltreiber, den Speerwerfer der Peul, den holländischen Seemann und den Pächter des Cafés in Belleville zu Hilfe gerufen. Er hatte sie angefleht, zurückzukommen und wie gewöhnlich vor seinen Augen zum Leben zu erwachen, die Marionetten zu spielen und diesen Grabstein zu vertreiben. Aber die vier Dreckskerle waren unauffindbar geblieben. Sie überließen der Angst das Feld. Tot tot tot. Camille tot. Natürlich tot. Und solange er sich vorstellen konnte, daß sie lebte, selbst wenn sie ihn so sehr betrog, wie er sie betrogen hatte, selbst wenn er sie aus all seinen Gedanken wegzauberte, ja selbst wenn sie die Schultern des Hotelboys in ihrem Hotelbett in Kairo streichelte, nachdem dieser die Kakerlaken verscheucht hatte, selbst wenn sie alle Wolken Kanadas fotografierte – denn Camille sammelte Wolken mit menschlichem Profil, die alles in allem ziemlich schwer zu finden sind –, und selbst wenn sie sogar sein Gesicht und seinen Namen vergessen hatte – selbst dann: Wenn Camille sich irgendwo auf der Welt rührte, dann war alles gut. Aber wenn Camille irgendwo auf der Welt tot war, wurde das Leben erdrückend. Wenn Camille tot war, Camille, der unwahrscheinliche Sprößling eines griechischen Gottes und einer ägyptischen Prostituierten (wie er sich ihre Abstammung vorgestellt hatte), lohnte es sich vielleicht gar nicht mehr so sehr, morgens loszurennen und den Tag über herumzuhetzen. Es lohnte sich vielleicht nicht mehr so sehr, sich herumzuärgern und Mörder zu jagen, herauszufinden, wie viele Stück Zucker man in seinen Kaffee will, mit Christiane zu schlafen, alle Steine aller Straßen anzusehen, wenn Camille nicht mehr an irgendeinem Ort das Leben um sich herum weit machte mit ihrem Ernst und ihrer Flüchtigkeit, der Ernst auf ihrer Stirn und die Flüchtigkeit auf ihren Lippen, die sich zu einer Acht schlossen, die die Unendlichkeit andeutete. Wenn Camille tot war, verlor Adamsberg die einzige Frau, die ihm eines Morgens leise gesagt hatte: »Jean-Baptiste, ich fahre nach Ouahigouya. Das liegt an den Quellen des Weißen Volta.« Sie hatte sich von ihm gelöst, sie hatte gesagt: »Ich liebe dich«, sie hatte sich angezogen und war hinausgegangen. Brot kaufen, hatte er gedacht. Der kleine Liebling war nicht zurückgekommen. Neun Jahre. Er hätte gar nicht sehr gelogen, wenn er gesagt hätte: »Ich habe Ouahigouya gut gekannt, ich habe sogar einige Zeit dort gelebt.«

Und nun war Christiane da und war sich sicher, daß sie morgen früh den Kaffee machen würde, während der kleine Liebling irgendwo verreckt war, ohne daß er dagewesen wäre, um irgend etwas zu tun. Und so würde er eines Tages verrecken, ohne die Kleine je wiedergesehen zu haben. Er stellte sich vor, daß Mathilde Forestier ihn aus dieser Schwärze herausziehen könnte, auch wenn er sie nicht deshalb suchte. Aber er hoffte, daß der Film bei ihrem Anblick an der Stelle weitergehen würde, wo er stehengeblieben war, bei dem Hotelboy in Kairo.

Und Mathilde rief an.

Er riet Christiane, die schnell ernüchtert war, bald schlafenzugehen, da er spät zurückkommen würde, und traf sich eine halbe Stunde später mit Mathilde Forestier in ihrem Haus.

* * *

Sie empfing ihn mit einer Freude, die den eisernen Griff, der die Welt seit ein paar Stunden umklammert hielt, ein wenig lockerte. Sie küßte ihn sogar flüchtig, nicht richtig auf die Wange, nicht richtig auf den Mund. Sie lachte, sie sagte, das sei köstlich, sie habe den richtigen Blick für die Stelle, wohin man küssen müsse, sie sei für derlei Dinge eine scharfe Beobachterin, man dürfe sich nicht beunruhigen, weil sie sich als Liebhaber nur Männer ihres Alters aussuche, das sei ein absoluter Grundsatz, das würde einem Geschichten und Vergleiche ersparen. Dann führte sie ihn an der Schulter zu einem Tisch, an dem eine alte Dame Patiencen legte und gleichzeitig Korrespondenz erledigte und ein riesiger Blinder ihr bei beidem Ratschläge zu geben schien. Der Tisch hatte eine ovale Form und war durchsichtig, darunter war Wasser mit Fischen drin.

»Das ist ein Aquariums-Tisch«, erklärte Mathilde. »Ich habe ihn eines Abends erfunden. Ein bißchen kitschig, ein bißchen oberflächlich… so wie ich. Die Fische mögen es nicht, wenn Clémence Patiencen legt. Jedesmal, wenn sie eine Karte auf den Tisch wirft, nehmen sie Reißaus, sehen Sie?«

»Sie geht nicht auf«, sagte Clémence seufzend und schob die Karten zusammen. »Das Zeichen dafür, daß ich auf die Anzeige mit dem gutgehaltenen Sechsundsechzigjährigen nicht antworten sollte. Es reizt mich aber schon. Ich habe das Gefühl, diese Anzeige ist gut.«

»Haben Sie schon auf viele Anzeigen geantwortet?« fragte Charles.

»Zweitausenddreihundertvierundfünfzig. Ich habe nie das Passende gefunden. Man sollte glauben, ich hätte ein Schicksal. Ich sage mir, Clémence, du schaffst es nie, nie.«

»Doch, Clémence«, sagte Mathilde, um sie zu ermutigen, »vor allem, wenn Charles uns dabei hilft, die Antworten zu formulieren. Er ist ein Mann, er weiß, was gefällt.«

»Aber das Produkt scheint nicht leicht zu verkaufen«, bemerkte Charles.

»Ich verlasse mich auf Sie, um trotzdem eine Möglichkeit zu finden«, entgegnete Clémence, die den Eindruck erweckte, als würde sie sich über nichts ärgern.

Mathilde führte Adamsberg in ihr Arbeitszimmer.

»Wir setzen uns an meinen kosmischen Tisch, wenn Ihnen das nichts ausmacht. Das entspannt mich.«

Adamsberg besah sich den großen Tisch aus schwarzem Glas, der von Hunderten von Lichtpunkten durchsetzt war, die von unten erleuchtet wurden und alle Sternzeichen des Himmels darstellten. Es war schön, ein bißchen zu schön.

»Meine Tische haben keinerlei Erfolg im Handel«, sagte Mathilde. »Ihnen gegenüber«, fuhr sie fort und zeigte mit einem Finger auf den Tisch, »haben Sie den Skorpion, hier die Schlange und da die Leier, den Herkules, die nördliche Krone. Gefällt Ihnen das? Ich setze mich hierher, mit den Ellbogen auf dem Sternbild des südlichen Fischs. Womöglich ist das alles falsch. Und womöglich sind Tausende von Sternen, die man noch leuchten sieht, schon verschwunden, was besagt, daß der Himmel ziemlich altmodisch ist. Können Sie sich das vorstellen, Adamsberg? Der Himmel altmodisch? Was macht das schon, wenn man ihn trotzdem sieht?«

»Madame Forestier«, sagte Adamsberg, »ich möchte gern, daß Sie mich noch heute abend zu dem Mann mit den Kreisen führen. Haben Sie nicht Radio gehört?«

»Nein«, sagte Mathilde.

»Heute morgen wurde nur einen Katzensprung von hier entfernt, in der Rue Pierre-et-Marie-Curie, in einem seiner Kreise eine Frau mit durchschnittener Kehle gefunden. Eine brave, dicke Frau, die nicht im Verdacht irgendeiner Verworfenheit steht, die zu ihrer Ermordung hätte führen können. Der Mann mit den Kreisen hat jetzt einen schnelleren Gang eingelegt.«

Mathilde stützte ihr dunkles Gesicht in die Hände, dann stand sie plötzlich auf, holte eine Flasche Scotch und zwei Gläser und stellte alles auf das Sternbild des Adlers zwischen ihnen.

»Ich bin heute abend nicht sehr gut drauf«, sagte Adamsberg. »Der Tod geht in meinem Kopf auf und ab.«

»Das sieht man. Da muß man was trinken«, erwiderte Mathilde. »Erzählen Sie zunächst mal von der Frau mit der durchschnittenen Kehle, von der anderen Leiche reden wir später.«

»Welcher anderen Leiche?« fragte Adamsberg.

»Es gibt zwangsläufig noch eine weitere«, erwiderte Mathilde. »Wenn Sie bei jedem Mord so ein Gesicht machen würden, dann hätten Sie schon lange den Beruf gewechselt. Folglich gibt es noch eine weitere Leiche, die Ihnen das Hirn spaltet. Wollen Sie, daß ich Sie zu dem Mann mit den Kreisen führe, um ihn festzunehmen?«

»Dazu ist es zu früh. Ich würde ihn gern aufspüren, ich würde ihn gern sehen, ich würde ihn gern kennen.«

»Das ist mir unangenehm, Adamsberg, weil dieser Mann und ich inzwischen ein bißchen vertraut miteinander sind. Zwischen uns ist ein bißchen mehr als das, was ich Ihnen neulich erzählt habe. In Wirklichkeit habe ich ihn schon mehr als zwölfmal gesehen, ab dem dritten Mal hat er meine Schliche bemerkt. Er hat zwar weiter Distanz gehalten, hat sich aber von mir verfolgen lassen, er hat mir Blicke zugeworfen, vielleicht sogar ein Lächeln, ich weiß es nicht, er hielt sich immer zu weit entfernt oder hatte den Kopf gesenkt. Aber beim letzten Mal hat er mir sogar ein kleines Zeichen mit der Hand gegeben, bevor er aufgebrochen ist, davon bin ich überzeugt. Ich wollte Ihnen das neulich nicht erzählen, weil ich keine Lust hatte, daß Sie mich in die Kategorie Zwangsneurotiker einordnen. Na, schließlich und endlich kann man die Bullen ja nicht daran hindern, einen einzuordnen. Aber jetzt ist das was anderes, weil die Polizei ihn wegen Mordes sucht. Der Mann scheint mir harmlos, Adamsberg. Ich bin häufig genug nachts in den Straßen herumgezogen, um ein Gespür für Gefahr zu haben. Bei ihm nicht. Er ist klein, fast winzig für einen Mann, schmächtig, gepflegt, seine Züge sind beweglich, unbeständig, verworren, er ist nicht schön. Er ist vielleicht fünfundsechzig. Bevor er sich niederkniet, um seinen Satz zu schreiben, hebt er den Saum seines Regenmantels, um ihn nicht schmutzig zu machen.«

»Wie zeichnet er seine Kreise? Von innen oder von außen?«

»Von außen. Plötzlich bleibt er vor irgendeiner Kleinigkeit stehen und zieht sofort seine Kreide hervor, als ob er ohne zu zögern wüßte, daß das jetzt die richtige Kleinigkeit für den Abend ist. Er blickt sich um, wartet, bis die Straße verlassen ist, er möchte nicht gesehen werden außer von mir, die er zu tolerieren scheint, ich wüßte nicht zu sagen, warum. Vielleicht glaubt er, ich könne ihn verstehen. Die ganze Operation dauert etwa zwanzig Sekunden. Er zeichnet den großen Kreis, indem er um den Gegenstand herumgeht, dann kniet er nieder, um zu schreiben, dabei blickt er sich ständig um. Dann verschwindet er mit Lichtgeschwindigkeit. Er ist flink wie ein Wiesel und scheint seine Wege zu kennen. Er hat mich immer abgehängt, sobald der Kreis fertig war, ich habe nie seine Wohnung aufspüren können. Jedenfalls habe ich Angst, daß Sie eine Dummheit begehen, wenn Sie den Typen festnehmen.«

»Ich weiß nicht«, sagte Adamsberg. »Ich muß ihn zunächst einmal sehen. Wie haben Sie ihn entdeckt?«

»Das ist keine Zauberei, ich habe gesucht. Zunächst habe ich ein paar Journalistenfreunde angerufen, die sich für seinen Fall interessierten, ganz zu Anfang. Sie haben mir die Namen von denen gesagt, die sie über die Kreise informiert haben. Ich habe diese Zeugen angerufen. Vielleicht kommt Ihnen das seltsam vor, daß ich mich so sehr um etwas kümmere, was mich nichts angeht, aber das liegt daran, daß Sie nicht über Fische arbeiten. Wenn man so viele Stunden damit verbringt, Fische zu erforschen, sagt man sich, daß da was nicht stimmt, daß es doch das Mindeste wäre, auch den Menschen etwas Aufmerksamkeit zu schenken, sie ebenfalls zu beobachten. Nun, ich werde Ihnen das ein andermal erklären. Und fast alle diese Zeugen hatten die Kreise vor halb eins in der Nacht entdeckt, nie später. Da der Mann mit den Kreisen ganz Paris durchzog, habe ich mir gedacht, sehr gut, der Typ nimmt die Metro, und er will die letzte Verbindung nicht verpassen, eine durchaus mögliche Hypothese. Idiotisch, oder? Aber zwei Kreise waren gegen zwei Uhr morgens entdeckt worden, im selben Umkreis, Rue

Notre-Dame-de-Lorette und Rue de la Tour-d'Auvergne. Da das sehr belebte Straßen sind, habe ich mir vorgestellt, daß die Kreise dort ziemlich spät, nach der letzten Metro, gezeichnet worden sein müssen. Vielleicht, weil er zu Fuß nach Hause gehen konnte, vielleicht, weil er ganz in der Nähe wohnt. Bin ich bis hierhin nicht allzu verworren?«

Adamsberg schüttelte langsam den Kopf. Er bewunderte sie.

»Also habe ich gedacht, mit einem bißchen Glück ist seine Metrostation Pigalle oder Saint-Georges. Ich habe mich vier aufeinanderfolgende Abende lang an der Station Pigalle versteckt: nichts. In den Nächten hat es im 17. und im 2. Arrondissement trotzdem zwei neue Kreise gegeben, aber ich habe zwischen zehn Uhr und Betriebsschluß niemand Entsprechendes in die Metro gehen oder herauskommen sehen. Dann habe ich es bei Saint-Georges versucht. Da habe ich einen kleinen Einzelgänger bemerkt, die Fäuste tief in den Taschen, den Blick am Boden, der gegen Viertel vor elf eine Metro nahm. Ich habe auch noch andere gesehen, die dem entsprechen konnten, was ich suchte. Aber nur der kleine Einzelgänger ist um Viertel nach zwölf wieder herausgekommen, und vier Tage später dasselbe Kommen und Gehen. Am Montag darauf, Anfang von Phase 1, neue Ära, bin ich wieder zur Station Saint-Georges. Er kam, und ich bin ihm gefolgt. Das war der Abend mit der Kugelschreibermine. Denn er war es wirklich, Adamsberg. Andere Male habe ich am Metro-Ausgang auf ihn gewartet, um ihm bis zu seinem Haus zu folgen. Aber da ist er mir immer entwischt. Ich bin ihm nicht hinterhergerannt, ich bin kein Polizist.«

»Ich werde Ihnen nicht sagen, daß das eine fabelhafte Arbeit war, das wäre zu sehr Bulle, aber doch, doch, das ist fabelhafte Arbeit.«

Adamsberg gebrauchte häufig das Wort fabelhaft.

»Das ist richtig«, sagte Mathilde, »ich hab's geschickt angestellt, besser jedenfalls als bei Charles Reyer.«

»Ach, übrigens, gefällt er Ihnen?«

»Er ist boshaft, eine richtige Giftnudel, aber das stört mich nicht. Er ist ein Gegengewicht zu Clémence, der alten Dame, die Sie gesehen haben, die lieb ist bis zum Stumpfsinn. Man könnte fast meinen, sie macht es absichtlich. Charles wird bei ihr nicht mehr Erfolg haben als bei mir, um eine Reaktion auszulösen. Das wird ihm guttun, da wird er sich die Zähne ausbeißen.«

»Apropos, Clémence hat merkwürdige Zähne.«

»Haben Sie es bemerkt? Wie *Crocidura russula*, das sieht nicht menschlich aus. Und außerdem muß das doch ihre Freier entmutigen. Man müßte Charles die Augen neu machen, man müßte Clémence die Zähne neu machen, man müßte die ganze Welt neu machen. Und was würde man sich hinterher anöden. Wenn wir uns beeilen, könnten wir um zehn an der Metro Saint-Georges sein, wenn Sie wollen, aber ich habe es Ihnen gesagt, Adamsberg, ich glaube nicht, daß er es ist. Ich glaube, jemand anderes hat seinen Kreis nachträglich benutzt. Ist das ausgeschlossen?«

»Es müßte jemand sein, der verdammt gut über seine Gewohnheiten unterrichtet ist.«

»Ich bin sehr gut darüber unterrichtet.«

»Ja, und sagen Sie es nicht zu laut, weil man Sie verdächtigen würde, dem Mann mit den Kreisen an jenem Abend gefolgt zu sein, dann Ihr vorher betäubtes Opfer in Ihrem Auto bis zur Rue Pierre-et-Marie-Curie transportiert und ihm schließlich an Ort und Stelle, im Inneren des Kreises, die Kehle durchgeschnitten zu haben, sehr darauf bedacht, daß es kein Stück herausragt. Aber das erscheint mühsam, oder?«

»Nein. Ich finde, das ist sogar die Mühe wert, wenn man einem anderen die Schuld in die Schuhe schieben will. Dieser Zwangsneurotiker, der sich der Justiz auf einem silbernen Tablett darbietet und der außerdem noch Kreise mit zwei Meter Durchmesser vorbereitet, gerade groß genug für eine Leiche, ist sogar ziemlich verlockend. Das könnte eigentlich eine ganze Menge Leute dazu bringen, einen Mord zu begehen.«

»Und wo würde die Justiz das Motiv finden, wenn bewiesen ist, daß das Opfer dem Mann mit den Kreisen vollständig unbekannt ist?«

»Die Justiz würde auf das unmotivierte Verbrechen eines Zwangsneurotikers schließen.«

»Er weist kein einziges der klassischen Zeichen dafür auf. Wie könnte also der ›echte‹ Mörder nach Ihrer Hypothese sicher sein, daß der Mann mit den Kreisen an seiner Stelle verurteilt wird?«

»Haben Sie eine Vorstellung, Adamsberg?«

»Nein, Madame, keine einzige. Ich spüre nur von Anfang an, daß diese Kreise ein Unbehagen auslösen. Ich weiß nicht, ob Ihr Zeichner diese Frau jetzt umgebracht hat, und vielleicht haben Sie recht. Vielleicht ist der Mann mit den Kreisen nur ein Opfer. Sie scheinen viel besser nachzudenken und Schlüsse zu ziehen als ich, Sie sind eine Wissenschaftlerin. Ich gehe nicht mit diesen Schritten und Folgerungen vor. Aber alles, was ich im Augenblick spüre, sagt mir, daß der Mann mit den Kreisen nicht harmlos ist, auch wenn er Ihr Schützling ist.«

»Aber Sie haben dafür keinerlei Beweise?«

»Keinen einzigen. Aber seit Wochen habe ich alles über ihn wissen wollen. In meinen Augen war er schon gefährlich, als er Wattestäbchen und Lockenwickler umkreiste. Er bleibt es also auch heute.«

»Mein Gott, Adamsberg, Sie arbeiten völlig verdreht! Das ist, als ob Sie sagten, ein Essen sei verdorben, nur weil Ihnen schlecht ist, bevor Sie sich an den Tisch setzen!«

»Ich weiß.«

Adamsberg schien über sich selbst verärgert, seine Augen flohen zu Träumen oder Alpträumen, wohin Mathilde ihm nicht mehr folgen konnte.

»Kommen Sie«, sagte sie, »wir laufen zur Metro Saint-Georges. Wenn wir das Glück haben, ihn da zu sehen, werden Sie verstehen, warum ich ihn Ihnen gegenüber verteidige.«

»Und warum?« fragte Adamsberg und stand mit einem traurigen Lächeln auf. »Weil ein Mann, der Ihnen ein Zeichen mit der Hand gibt, nicht ganz schlecht sein kann?«

Er beobachtete sie mit zur Seite geneigtem Kopf, die Lippen ineinander verschoben, und in dieser Haltung war er so schön, daß Mathilde erneut spürte, daß das Leben mit diesem Mann ein bißchen besser gehen würde. Charles müßte man die Augen neu machen, Clémence müßte man die Zähne neu machen, aber in seinem Gesicht hätte man alles neu machen müssen. Sei es, weil es schief war, sei es, weil es zu klein war, sei es, weil es zu groß war. Aber Mathilde hätte verboten, daß man darin auch nur das Geringste anrührte.

»Sie sind zu hübsch, Adamsberg«, sagte sie. »Sie hätten sich verkaufen sollen.«

»Aber das tue ich ja, Madame Forestier. Genau wie Sie.«

»Dann muß das der Grund sein, weshalb ich Sie mag. Aber es wird mich nicht daran hindern, Ihnen zu beweisen, daß meine Vorahnung, was den Mann mit den Kreisen angeht, ebensoviel wert ist wie Ihre. Vorsicht, Adamsberg, Sie rühren ihn heute abend nicht an, nicht, wenn ich dabei bin, ich habe Ihr Wort.«

»Versprochen, ich werde nichts anrühren«, sagte Adamsberg.

Gleichzeitig dachte er, daß er versuchen würde, das gleiche mit Christiane zu tun, die ihn völlig nackt in seinem Bett erwartete. Und doch: Ein nacktes Mädchen lehnt man nicht ab. Wie Clémence sagte, war heute abend was faul. Mit Clémence war übrigens auch was faul. Bei Charles Reyer war es noch schlimmer, bei ihm gärte es richtig, es brodelte in seinem Inneren, hart am Rand des Umkippens.

Als Adamsberg wieder durch das große Zimmer mit dem Aquarium ging, um Mathilde zu folgen, die ihren Mantel holte, redete Charles noch immer mit Clémence, die ihm konzentriert und innig zuhörte, während sie wie ein Lehrmädchen an ihrer Zigarette zog. Charles sagte:

»Meine Großmutter ist eines Abends gestorben, weil sie zu viele Pfeffernüsse gegessen hatte. Aber das wirkliche Familiendrama war dann am nächsten Tag, als wir Papa sahen, wie er am Tisch saß und die restlichen Pfeffernüsse vertilgte.«

»Gut und schön«, sagte Clémence, »aber was schreiben wir in meinem Brief an den Sechsundsechzigjährigen?«

»Gute Nacht, meine Lieben«, sagte Mathilde im Vorbeigehen.

Mathilde war bereits in Aktion, sie lief zur Treppe, sie drängte zur Metrostation Saint-Georges. Aber Adamsberg hatte sich noch nie beeilen können.

»Ist der heilige Georg nicht der, der den Drachen getötet hat?« rief Mathilde ihm auf der Straße zu.

»Ich weiß es nicht«, sagte Adamsberg.

Um fünf nach zehn hielt ihr Taxi an der Station Saint-Georges.

»Das geht noch«, bemerkte Mathilde. »Wir sind noch nicht zu spät.«

Um halb zwölf war der Mann mit den Kreisen noch immer nicht aufgetaucht. Zu ihren Füßen lag ein ganzer Haufen Zigarettenkippen.

»Schlechtes Zeichen«, sagte Mathilde. »Er wird nicht mehr kommen.«

»Er ist mißtrauisch geworden«, erwiderte Adamsberg.

»Mißtrauisch weshalb? Des Mordes angeklagt zu werden? Das ist absurd. Nichts beweist uns, daß er Radio gehört hat, nichts beweist uns, daß er informiert ist. Sie wissen doch, daß er nicht jede Nacht das Haus verläßt, so einfach ist das.«

»Das stimmt, vielleicht weiß er es noch nicht. Oder er weiß es und ist mißtrauisch geworden. Jetzt, wo er weiß, daß er überwacht wird, wird er seine Wege ändern. Das ist sicher. Wir werden wahnsinnige Mühe haben, ihn zu finden.«

»Weil er der Mörder ist, nicht wahr, Adamsberg?«

»Ich weiß es nicht.«

»Wie oft sagen Sie täglich ›Ich weiß es nicht‹ und ›Vielleicht‹?«

»Ich weiß es nicht.«

»Ich weiß über alles Bescheid, was Sie bisher geschafft haben, und verdammt gut geschafft haben. Und doch – wenn man Sie sieht, fängt man an, sich zu fragen... Sind Sie sicher, daß Sie bei der Polizei an der richtigen Stelle sind?«

»Sicher. Und außerdem mache ich nicht nur das.«

»Zum Beispiel?«

»Zum Beispiel kritzle ich.«

»Was kritzeln Sie?«

»Baumblätter und Baumblätter.«

»Ist das interessant? Mir scheint das todlangweilig.«

»Sie interessieren Sich doch für Fische, das scheint mir nicht besser.«

»Was haben nur alle gegen Fische? Aber warum keine Gesichter kritzeln? Das ist wenigstens ein bißchen lustiger.«

»Später. Sehr viel später oder nie. Man muß zunächst mit den Baumblättern anfangen. Jeder beliebige Pedant wird Ihnen das sagen.«

»Später... Aber Sie sind doch schon fünfundvierzig, oder?«

»Stimmt, aber ich glaube kein Wort davon.«

»So, so, ganz wie bei mir.«

Und da Mathilde einen Flachmann mit Cognac in ihrem Mantel hatte und es gehörig kühl wurde, sagte sie, es sei Phase 2, alles gehe schief, da könne man auch gut was trinken.

Als die Metro-Gitter geschlossen wurden, war der Mann mit den Kreisen noch immer nicht aufgetaucht. Aber Adamsberg hatte Zeit gehabt, Mathilde zu erzählen, daß der kleine Liebling irgendwo auf der Welt gestorben sei, ohne daß er dagewesen wäre, um irgend etwas zu tun. Mathilde schien die ganze Geschichte faszinierend zu finden. Sie sagte, es sei eine Schande, die Kleine sterben zu lassen, sie kenne die Welt wie ihre Westentasche, sie würde sicher herausfinden, ob die Kleine mit ihrem Seidenäffchen begraben worden sei oder nicht. Adamsberg fühlte sich in erster Linie voll wie eine Haubitze, weil er es nicht gewohnt war zu trinken. Es gelang ihm nicht, »Ouahigouya« korrekt auszusprechen.

* * *

Danglard befand sich zur gleichen Zeit in etwa identischem Zustand. Die vier Zwillinge verlangten, er solle ein großes Glas Wasser trinken, »um zu verdünnen«, sagten die Kleinen. Außer den vier Zwillingen gab es noch einen kleinen fünfjährigen

Jungen, der zusammengekuschelt auf Danglards Knien schlief; von dem hatte er sich Adamsberg gegenüber nicht zu erzählen getraut. Den da hatte seine Frau mit einem Mann mit blauen Augen gemacht, das war ganz offensichtlich, und sie hatte ihn Danglard eines Tages dagelassen und gesagt, wenn's schon soviel zu tun gebe, sei es besser, wenn alle Kleinen zusammenblieben. Zweimal Zwillinge und dann noch so ein Ungerader, der immer zusammengekuschelt auf seinen Knien lag, machte also fünf, und Danglard fürchtete für einen Idioten gehalten zu werden, wenn er das alles erklärte.

»Ihr nervt mich mit eurem Verdünnen«, sagte Danglard. »Außerdem finde ich es gar nicht toll«, sagte er zu dem ersten Jungen der ersten Zwillinge, »daß du dir Weißwein in einen Plastikbecher gießt, unter dem Vorwand, Verständnis für mich zeigen zu wollen, unter dem Vorwand, das sei schick, unter dem Vorwand, zeigen zu wollen, daß du keine Angst vor Weißwein in Plastikbechern hast. Wie soll denn das Haus aussehen, wenn überall Plastikbecher herumliegen? Hast du daran mal gedacht, Édouard?«

»Das ist es doch gar nicht«, antwortete der Junge, »es ist wegen dem Geschmack, es ist wegen der Schlaffheit hinterher.«

»Das will ich gar nicht wissen«, sagte Danglard. »Um die Schlaffheit kannst du dich kümmern, wenn Monsieur le Vicomte de Chateaubriand und neunzig Mädchen dich abweisen und du ein außer Haus gutangezogener und zu Hause heruntergekommener Bulle wirst. Es sollte mich wundern, wenn du so weit kommst. Wie wäre es mit einem großen Palaver heute abend?«

Wenn Danglard und seine Kinder ein großes Palaver veranstalteten, bedeutete das, daß sie die aktuellen Polizeifälle diskutierten. Das konnte Stunden dauern, die Kleinen liebten das.

»Stellt euch vor«, begann Danglard, »Johannes der Täufer hat sich den ganzen Tag verdrückt und uns den Saustall überlassen. Das hat mich so genervt, daß ich um drei völlig betrunken war. Na ja, kein Zweifel jedenfalls, daß es derselbe Täter ist, der seinen Kommentar um die früheren Kreise und jetzt um den mit der Toten geschrieben hat.«

»Victor, sieh dich vor, was treibst du jetzt noch vor dem Tor?«

rezitierte Édouard, »oder auch ›Édouard, an der Bar, warum machst du dich so rar?‹ oder ›Liebes Leben, voll daneben, warum langweilst Du mich eben?‹ oder ›Die Wut, meine Brut, bricht hervor, und das ist gut.‹«

»Es reicht, mein Gott«, sagte Danglard. »Ja, ›Victor, sieh dich vor…‹, da klingt das Laster des Todes und Unglück und Bedrohung und alles mit, was du willst. O.k., Adamsberg hat das als erster verstanden. Aber reicht das aus, um den Mann anzuklagen? Der Graphologe ist eindeutig: Der Täter ist nicht verrückt, nicht einmal seelisch gestört, er ist kultiviert, um sein Erscheinungsbild und seinen Erfolg besorgt, wiederum aber auch unerfüllt, außerdem aggressiv und zugleich verstellt, das sind seine Worte. Er sagt auch: ›Der Mann ist alt, steckt in einer Krise, aber er hat sich unter Kontrolle; er ist Pessimist, besessen von seinem Ende, also von seiner Ewigkeit. Entweder ist es ein Gescheiterter, der im Begriff ist, Erfolg zu haben, oder ein Erfolgreicher, der im Begriff ist, zu scheitern.‹ So ist der Graphologe, meine Lieben, er dreht alle Sätze um wie die Finger eines Handschuhs, er sagt sie erst in der einen, dann in der anderen Richtung. Zum Beispiel könnte er nicht vom Verlangen nach Hoffnung reden, ohne sofort auch von der Hoffnung auf Sehnsucht zu reden, und so weiter. So auf den ersten Blick macht das einen intelligenten Eindruck, aber danach wird einem klar, daß es da nicht viel zu verstehen gibt. Außer daß es bislang immer derselbe Typ war, der die Kreise gezeichnet hat, ein vernünftiger, luzider Typ, und daß er an der Grenze zum Erfolg oder zum Scheitern steht. Was aber die Frage angeht, ob man die Tote nachträglich in einen bereits vorhandenen Kreis gelegt hat, so sagt das Labor, daß man das nicht herausfinden könne. Vielleicht ja, vielleicht nein, beides ist möglich. Findet ihr, daß das eine Chemikerantwort ist? Und von der Leiche selbst kann man nicht gerade sagen, daß sie sehr behilflich wäre: eine Leiche, die ein Puppenleben führte, so glatt wie ein Spülstein, ohne amouröse Verstrickungen, ohne krankhafte Familie, ohne Geldneurose: nichts. Nichts außer Wollknäuel, noch mehr Wollknäuel, Ferien in der Touraine, wadenlangen Röcken und festen Schuhen, einem kleinen Taschenkalender, um ein paar Sätze aufzuschreiben, und viel Rosinenzwieback in den Küchenschränken. Davon schreibt sie übrigens auf einer Seite ihres Kalenders: ›Unmöglich, bei der Arbeit Zwieback zu essen, überall gibt es Krümel, und die Chefin merkt es‹, und alles andere dementsprechend. Ihr werdet mir sagen: ›Was hat sie dann gestern abend draußen gemacht?‹ Sie kam von einem Besuch bei ihrer Cousine zurück, die am Schalter in der Metrostation Luxembourg arbeitet. Dort ist sie häufig hingegangen, sie hat sich in den kleinen Raum des Fahrkartenschalters gesetzt, Chips gegessen und Inka-Handschuhe gestrickt, die sie im Laden verkauft hat; dann ist sie zu Fuß nach Hause gegangen, zweifellos durch die Rue Pierre-et-Marie-Curie.«

»Ist das ihre ganze Familie?«

»Ja, und die Cousine wird erben. Aber ich sehe weder die Cousine noch deren Mann, wie sie Madeleine Châtelain die Kehle durchschneiden, um Rosinenzwiebäcke und eine Zuckerdose mit Geldscheinen darin zu erben.«

»Aber wenn jemand einen Kreis hätte nutzen wollen, wie hätte er im voraus wissen können, wo der in Paris in dieser Nacht gezeichnet werden würde?«

»Das ist die Frage, meine Lieben. Aber man muß dahinkommen können.«

Danglard stand auf, um Nummer Fünf, den kleinen René, behutsam in sein Bett zu legen.

»Zum Beispiel will die neue Freundin des Kommissars, Mathilde Forestier, den Mann mit den Kreisen gesehen haben«, fuhr er fort. »Adamsberg hat es mir gesagt. Ich kann seinen Namen wieder aussprechen. Das Palaver tut mir gut.«

»Im Augenblick ist es eher ein Monolog«, sagte Édouard.

»Und diese Frau, die den Mann mit den Kreisen kennt, beunruhigt mich«, fügte Danglard hinzu.

»Neulich hast du gesagt«, sagte die erste der zweiten Zwillinge, »daß sie schön und tragisch und kaputt und heiser wie eine gestürzte, phantastische Pharaonin ist, aber sie hat dich nicht beunruhigt.«

»Du hast nicht nachgedacht, bevor du angefangen hast zu reden, kleines Mädchen. Neulich war auch noch niemand ermordet worden. Jetzt sehe ich sie erneut unter einem absurden Vorwand ins Kommissariat kommen, die Verrückte spielen, bis zu Adamsberg vordringen, von allem möglichen reden, um am Ende zu verkünden, daß sie den Mann mit den Kreisen gut kennt. Etwa zehn Tage vor dem Mord, das paßt zu gut.«

»Willst du damit sagen, daß sie mit der Absicht, Madeleine zu ermorden, zu Adamsberg gekommen ist, um die Unschuldige zu spielen?« fragte Lisa. »So wie diese Frau, die ihren Großvater umgelegt hat, aber einen Monat vorher zu dir gekommen ist, um dir ihre ›Vorahnungen‹ anzuvertrauen? Erinnerst du dich?«

»Du erinnerst dich noch an dieses miese Weibsstück? Die war übrigens nicht im geringsten pharaonisch und eisig wie ein Reptil. Beinahe wäre sie damit durchgekommen. Die klassische Sache mit den Mördern, die anrufen, um die Entdeckung der Leiche mitzuteilen, nur deutlich besser ausgearbeitet. Das Eindringen von Mathilde Forestier läßt einen daran denken. Man hört sie schon protestieren: ›Kommissar, ich wäre doch nicht selbst gekommen und hätte Ihnen erzählt, daß ich dem Mann mit den Kreisen gefolgt bin, wenn ich die Absicht gehabt hätte, ihn zu benutzen, um selbst zu morden!‹ Ein gefährliches, aber überragendes Manöver, das ziemlich gut zu ihr passen würde. Denn sie gehört in eine ziemlich überragende Kategorie, das habt ihr verstanden.«

»Und sie hat die dicke Madeleine ermorden wollen?«

»Nein«, sagte Arlette. »Madeleine wäre nur eine arme Frau, die zufällig gewählt wurde, um damit eine Reihe zu beginnen, um das Ganze dem Irren mit den Kreisen anzuhängen. Der wahre Mord kommt später. Das ist es, was Papa durch den Kopf geht.«

»Vielleicht ist es das, was Papa durch den Kopf geht«, bemerkte Danglard.

* * *

Am nächsten Morgen begegnete Mathilde am Fuß der Treppe Charles Reyer, der sich vor seiner Tür bückte. Sie fragte sich, ob er nicht in Wahrheit auf sie wartete, während er so tat, als fände er das Schlüsselloch nicht. Allerdings sagte er nichts, als sie vorüberging.

»Charles«, sagte Mathilde, »heften Sie Ihr Auge auf die Schlüssellöcher?«

Charles richtete sich auf und zeigte in der Dunkelheit des Treppenhauses ein finsteres Gesicht.

»Sind Sie es, Königin Mathilde, die derart grausame Wortspiele machen?«

»Ich bin es, Charles. Ich überflügle Sie. Sie kennen die alte Regel: ›Wenn du Frieden willst, bereite den Krieg.‹«

Charles seufzte.

»Einverstanden, Mathilde. Dann helfen Sie einem armen Blinden, den Schlüssel ins Schloß zu stecken. Ich habe mich hier noch nicht eingewöhnt.«

»Da ist es«, sagte Mathilde und führte seine Hand. »So, jetzt ist abgeschlossen. Charles, haben Sie sich was zu dem Bullen gedacht, der gestern abend hier war?«

»Nein. Mir ist es nicht gelungen, hinter Ihr Gespräch zu kommen, und außerdem habe ich Clémence unterhalten. Mir gefällt an Clémence, daß sie einen Knacks hat, und die Anwesenheit von Leuten mit 'nem Knacks tut mir sehr gut.«

»Heute habe ich vor, einen Typen mit Knacks zu verfolgen, der sich für die sagenhafte Drehbewegung der Sonnenblumenstengel interessiert, ich würde gerne wissen, warum. Das kann den ganzen Tag und den Abend dauern. Wenn es Ihnen nichts ausmacht, würde ich Sie bitten, daß Sie an meiner Stelle zu dem Bullen gehen. Es liegt auf Ihrem Weg.«

»Was arrangieren Sie da, Mathilde? Sie haben Ihre Absichten – aber welche? – schon zum Teil verwirklicht, indem Sie dafür gesorgt haben, daß ich bei Ihnen wohne. Sie wollen meine Augen neu machen, Sie halsen mir Clémence für einen ganzen Abend auf, und jetzt treiben Sie mich in die Hände dieses Polizisten… Warum haben Sie mich nur gesucht? Was wollen Sie mit mir machen?«

Mathilde zuckte mit den Schultern.

»Sie fragen sich zuviel, Charles. Wir sind uns begegnet, das ist alles. Außer in Fällen von unterseeischer Biomasse sind meine Eingebungen im allgemeinen ohne Grundlage. Und wenn ich Sie so höre, bedaure ich, manchmal nicht ein bißchen mehr Grundlage zu haben. Das würde es mir ersparen, hier auf einer Stufe festgenagelt zu stehen und mir meinen Vormittag von einem schlechtgelaunten Blinden verhunzen zu lassen.«

»Entschuldigung, Mathilde. Was soll ich Adamsberg von Ihnen ausrichten?«

Charles rief in seinem Büro an, um mitzuteilen, daß er etwas später kommen würde. Er hatte Lust, zunächst den kleinen Gang auf das Kommissariat für Königin Mathilde zu erledigen, Lust, ihr diesen Dienst zu erweisen, Lust, ihr einen Gefallen zu tun. Heute abend zu versuchen, sanft zu ihr zu sein, ihr anzuvertrauen, daß er Hoffnung in sie setzte, ihr liebenswürdig zu sagen, daß er ihr liebenswürdig einen Dienst erwiesen habe. Er wollte Mathilde nicht niedermachen, das wäre das letzte, was er wünschte. Im Augenblick wollte er sich an Mathilde halten, versuchen, sie nicht loszulassen, versuchen, sich nicht abzuwenden, um ihr keinen Schlag zu versetzen. Ihr weiter zuhören, wie sie mit ihrer kaputten Stimme kreuz und quer erzählte, ihr seiltänzerisches Leben, immer an der Kippe, immer in Gefahr, auf die Schnauze zu fallen, man sollte ihr heute abend ein Schmuckstück mitbringen, um ihr eine Freude zu machen, eine Brosche aus Gold, nein, keine Brosche aus Gold, ein Hähnchen in Estragon, sie mag sicher lieber ein gutes Hähnchen in Estragon, ihr zuhören, wie sie in ihrer pompösen Art irgendwas sagen würde, und abends mit lauwarmem Champagner in den Taschen seines Schlafanzugs einschlafen, wenn man Taschen hat, wenn man einen Schlafanzug hat, man sollte sie nicht ihrer

Augen berauben, man sollte sie nicht niedermachen, man sollte ihr ein gutes Hähnchen in Estragon kaufen.

Er mußte jetzt auf der Höhe des Kommissariats angekommen sein, aber natürlich war er sich nicht sicher. Es gehörte noch nicht zu den Gebäuden, die er sich gemerkt hatte. Er würde fragen müssen. Zögernd tastete er mit der Spitze seines Stocks den Bürgersteig vor sich ab, während er langsam weiterging. In dieser Straße war er von seinem Weg abgekommen, das war ganz offensichtlich. Warum hatte Mathilde ihn hierher geschickt? Er fing an, tiefen Überdruß zu empfinden. Und wenn ihn einmal tiefer Überdruß überkam, konnte danach Wut kommen, die sich aus der Tiefe seines Magens in tödlichen Anfällen bis in die Kehle hinauf fortsetzte und anschließend das ganze Gehirn ausfüllte.

Danglard kam ziemlich elend und mit einem Brummschädel zur Arbeit. Er sah den riesigen Blinden, der nicht weit vom Eingang des Kommissariats stehengeblieben war, auf dem Gesicht hochmütige Verzweiflung.

»Kann ich Ihnen behilflich sein?« fragte Danglard. »Sind Sie vom Weg abgekommen?«

»Und Sie?« entgegnete Charles.

Danglard fuhr sich mit der Hand durchs Haar. Üble Frage. War er vom Weg abgekommen?

»Nein«, antwortete Danglard.

»Falsch«, sagte Charles.

»In was mischen Sie sich ein?« fragte Danglard.

»Und Sie?« entgegnete Charles.

»Scheiße«, sagte Danglard. »Kommen Sie doch allein zurecht.«

»Ich suche das Kommissariat.«

»Das trifft sich gut, ich bin von da. Ich bring Sie hin. Was wollen Sie dort?«

»Der Mann mit den Kreisen«, sagte Charles. »Ich komme, um Jean-Baptiste Adamsberg zu sprechen. Er ist Ihr Chef, oder?«

»Richtig«, bemerkte Danglard. »Aber ich weiß nicht, ob er schon da ist. Vielleicht treibt er sich gerade irgendwo herum.

Kommen Sie, um ihn zu informieren oder um ihn nach etwas zu fragen? Damit Sie's gleich wissen, der Chef gibt nie klare Auskünfte, ob man danach fragt oder nicht. Wenn Sie also Journalist sind, können sie genausogut zu Ihren Kollegen dahinten gehen. Sie sind schon eine ganze Bande.«

Sie erreichten das Hoftor des Gebäudes. Charles stolperte über die Stufe, Danglard mußte ihn am Arm zurückhalten. Hinter seinen Brillengläsern, in seinen toten Augen spürte Charles eine flüchtige Wut in sich aufsteigen. Er sagte sehr schnell:

»Ich bin kein Journalist.«

Danglard runzelte die Stirn und drückte sich mit einem Finger auf die Stirn, obwohl er sehr gut wußte, daß man Kopfschmerzen nicht dadurch vertreibt, daß man mit dem Finger draufdrückt.

Adamsberg war da. Danglard hätte nicht sagen können, daß er an seinem Schreibtisch arbeitete, nicht einmal, daß er saß. Er war dort abgesetzt worden, zu unbeständig für den großen Sessel und zu komprimiert für die weiße und grüne Umgebung.

»Monsieur Reyer wollte Sie sprechen«, sagte Danglard.

Adamsberg hob den Blick. Er war von Charles' Gesicht noch mehr überrascht als am Vorabend. Mathilde hatte recht, die Schönheit des Blinden war beeindruckend. Und Adamsberg bewunderte die Schönheit bei anderen, obwohl er es aufgegeben hatte, sie für sich selbst zu ersehnen. Übrigens erinnerte er sich nicht daran, sich je gewünscht zu haben, an eines anderen Stelle zu sein.

»Bleiben Sie auch, Danglard«, sagte er. »Es ist lang her, daß wir uns gesehen haben.«

Charles tastete nach den Konturen eines Sessels und setzte sich.

»Mathilde Forestier kann Sie heute nicht zur Metro Saint-Georges begleiten, wie versprochen«, sagte er. »Das ist die Nachricht. Ich überbringe sie nur und gebe sie weiter.«

»Und wie denkt sie, daß ich den Mann mit den Kreisen ohne sie entdecken kann, wo sie die einzige ist, die ihn kennt?« fragte Adamsberg.

»Daran hat sie gedacht«, antwortete Charles lächelnd. »Sie sagt, daß ich dabei helfen kann, weil der Mann ihrem Eindruck nach einen leichten Geruch von faulen Äpfeln verströmt. Sie sagt, daß ich nur mit gehobenem Kopf warten und tief atmen muß, weil ich ein erstklassiger Spürhund für faule Äpfel wäre.«

Charles zuckte mit den Schultern.

»Aber das kommt gar nicht in Frage. Sie ist manchmal sehr ungefällig.«

Adamsberg schien beschäftigt. Er hatte sich zur Seite gewandt, hatte seine Füße auf den Plastikpapierkorb gestützt und ein Blatt Papier auf seinen Oberschenkel gedrückt. Er sah so aus, als wolle er zu zeichnen beginnen, einfach so, aber Danglard wußte, daß es anders war. Er sah Adamsbergs Gesicht, das dunkler war als gewöhnlich, mit einer schärfer geschwungenen Nase und mahlenden Zähnen.

»Ja, Danglard«, sagte er ziemlich leise, »wir können nichts tun, wenn Madame Forestier die Runde nicht anführt. Sie würden sagen, das ist seltsam, nicht wahr?«

Charles machte eine Bewegung, als wolle er gehen.

»Nein, Monsieur Reyer, bleiben Sie«, fuhr Adamsberg im gleichen Ton fort. »Es ist unangenehm, aber ich habe heute morgen einen anonymen Anruf erhalten. Die Stimme hat mich gefragt: ›Kennen Sie den Artikel, der vor zwei Monaten in der Zeitung *Das ganze Fünfte auf fünf Seiten* erschienen ist? Nun, Herr Kommissar, warum befragen Sie nicht die Leute, die etwas wissen?‹ Dann wurde aufgelegt. Da ist diese Zeitung, ich habe sie mir gerade besorgt. Es ist ein ziemliches Käseblatt, hat aber eine ganze Menge Leser. Da, Danglard, lesen Sie uns das vor, oben auf Seite 2. Sie wissen, daß ich schlecht vorlese.«

»›Eine Kennerin...

Daß ein Teil der Presse sich damit vergnügt, sich mit den Taten eines armen Irren zu beschäftigen, dessen eitle Betätigung darin besteht, Kreise um alte Kronkorken zu zeichnen, was jedes Schulkind verstehen würde, zeigt bedauerlicherweise nur die allzu betrübliche Auffassung, die viel zu viele unserer Kollegen von ihrem Beruf haben. Aber daß sich sogar Wissenschaftler damit beschäftigen, ist ein schlechtes Zeichen für die französische Wissenschaft. Erst gestern äußerte sich der verdienstvolle Psychiater Vercors-Laury zu diesen armseligen Ereignissen über eine ganze Spalte. Das ist jedoch nicht alles. Die Klatschmäuler unseres Viertels enthüllen, daß auch Mathilde Forestier, die aufgrund ihrer Arbeiten über das Leben der Tiefsee in der ganzen Welt Ansehen genießt, sich nun dieses erbärmlichen öffentlichen Spaßvogels annimmt. Es heißt, sie sei in ihren Bemühungen schon so weit vorgedrungen, daß sie ihn inzwischen gut kennt und ihn sogar auf seinen grotesken nächtlichen Runden begleitet, was aus ihr die einzige Person machen würde, die das ›Geheimnis der Kreise‹ gelüftet hätte. Eine hübsche Vorstellung. Dieses Geheimnis soll sie bei einem feuchtfröhlichen Abend im *Dodin Bouffant* anläßlich der Feier zum Erscheinen ihres letzten Buches persönlich gelüftet haben. Gewiß, unser Arrondissement war immer stolz darauf, diese Berühmtheit zu seinen langjährigen Bewohnern zu zählen, aber täte Madame Forestier nicht besser daran, die öffentlichen Mittel in den Dienst ihrer geliebten Fische zu stellen als in die Verfolgung eines vielleicht bösartigen Schwachkopfs, eines seelisch Gestörten, den die kindische Unbesonnenheit unserer grande dame möglicherweise in unser Viertel locken könnte, das bisher von den Kreisen verschont geblieben ist? Es gibt Fische, bei denen allein der Kontakt schon tödlich ist. Madame Forestier weiß viel darüber, und wir werden sie in ihrem Fachgebiet nicht belehren. Was aber weiß sie von den Fischen der Städte und ihren Gefahren? Riskiert sie nicht, indem sie solches Gebaren unterstützt, stille Wasser aufzuwühlen? Und warum spielt sie damit, diese Beute in ihren Netzen bis ins Herz unseres Viertels zu ziehen und damit unseren begründeten Unmut zu erregen?‹

Das bedeutet«, sagte Danglard und legte die Zeitung auf den Tisch zurück, »daß die Person, die Sie angerufen hat, gestern oder heute morgen von dem Mord erfahren und sich sofort bei Ihnen gemeldet hat. Die Person ist schnell und hat Madame Forestier nicht gerade in ihr Herz geschlossen, könnte man meinen.«

»Und weiter?« fragte Adamsberg, immer noch zur Seite gewandt, immer noch mit mahlenden Kiefern.

»Weiter bedeutet es, daß dank dieses Artikels eine ganze Reihe Leute seit langem wußte, daß Madame Forestier ein paar kleine Geheimnisse hat. Es wäre möglich, daß diese Leute sie ihrerseits erfahren wollten.«

»Und warum?«

»In der harmlosen Hypothese: um sie für eine Zeitung auszuschlachten. In der bösartigen Hypothese: um eine Schwiegermutter loszuwerden, um sie in einen der Kreise zu verfrachten und das Ganze dem neuen Zwangsneurotiker von Paris anzulasten. Diese Idee hat sich in ein paar schlichten und enttäuschten Gemütern verbreitet, die zu feige sind, um die Risiken eines offenen Verbrechens einzugehen. Da bot sich eine hübsche Gelegenheit, auch wenn man dazu ein paar Gewohnheiten des Mannes mit den Kreisen kennen mußte. Mit ein paar Gläsern intus war Mathilde Forestier eine bestens geeignete Informantin.«

»Und was weiter?«

»Weiter kann man sich zum Beispiel fragen, durch welchen Zufall Monsieur Charles Reyer ein paar Tage vor dem Mord bei Mathilde eingezogen ist.«

So war Danglard. Er scheute sich nicht, solche Sätze sogar in Anwesenheit desjenigen abzulassen, den er beschuldigte. Adamsberg wußte, daß er selbst unfähig war zu solcher Direktheit, und fand es praktisch, daß Danglard keine Angst hatte, andere zu verletzen. Eine Angst, die ihn selbst häufig alles mögliche sagen ließ, nur nicht das, was er dachte. Bei einem Bullen wie ihm lieferte so was überraschende und im jeweiligen Augenblick nicht immer gute Ergebnisse.

Eine Zeitlang herrschte Schweigen im Büro. Danglard drückte sich noch immer mit einem Finger auf die Stirn.

Charles hatte eine Falle erwartet, aber er hatte nichts anderes tun können, als aufzuspringen. In der Finsternis stellte er sich vor, wie Adamsberg und Danglard ihren Blick auf ihn richteten.

»Sehr gut«, sagte Charles nach einiger Zeit. »Ich wohne seit fünf Tagen bei Mathilde Forestier zur Miete. Damit wissen Sie genausoviel wie ich. Keine Lust, Ihnen zu antworten, keine Lust, mich zu verteidigen. Ich verstehe nichts von Ihrem verdammten Fall.«

»Ich auch nicht«, bemerkte Adamsberg.

Danglard war das peinlich. Es wäre ihm lieber gewesen, Adamsberg hätte Reyer gegenüber sein Unwissen nicht gestanden. Der Kommissar hatte angefangen, auf seinem Knie zu kritzeln. Es mißfiel Danglard, daß Adamsberg so im Unbestimmten verharrte, passiv und nachlässig, ohne irgendeine Frage zu stellen, um zu versuchen, aus der Situation herauszukommen.

»Trotzdem, warum haben Sie bei ihr wohnen wollen?« fragte Danglard nach.

»Verdammt!« rief Charles. »Mathilde ist in mein Hotel gekommen, um mir die Wohnung anzubieten!«

»Aber *Sie* haben sich im Café neben sie gesetzt, oder nicht? Und Sie haben ihr erzählt, keiner weiß warum, daß Sie auf der Suche nach einer Mietwohnung seien?«

»Wenn Sie blind wären, wüßten Sie, daß ich nicht in der Lage bin, jemanden auf einer Caféterrasse zu erkennen.«

»Ich halte Sie für fähig, einen Haufen Sachen zu machen, zu denen man nicht in der Lage ist.«

»Es reicht jetzt«, sagte Adamsberg. »Wo ist Mathilde Forestier?«

»Sie verfolgt einen Typen, der an die Drehbewegung der Sonnenblumen glaubt.«

»Da wir also nichts tun und nichts herausfinden können«, sagte Adamsberg, »lassen wir's bleiben.«

Dieses Argument bekümmerte Danglard. Er schlug vor, Mathilde zu suchen, um sofort mehr zu erfahren, einen Mann bei ihr abzustellen, um auf sie zu warten, oder beim Ozeanographischen Institut vorbeizugehen.

»Nein, Danglard, das alles werden wir nicht tun. Sie wird zurückkommen. Statt dessen sollten wir heute abend Männer an den Metrostationen Saint-Georges, Pigalle und Notre-Dame-de-Lorette mit einer Beschreibung des Mannes mit den

Kreisen postieren. Um uns nachher keine Vorwürfe machen zu müssen. Und dann heißt es abwarten. Der Mann mit dem Geruch nach faulem Apfel wird erneut mit seinen Kreisen anfangen, das ist abzusehen. Also werden wir warten. Aber wir haben keinerlei Chance, ihn aufzuspüren. Er wird seine Strecken ändern.«

»Aber was gehen uns seine Kreise an, wenn er nicht der Mörder ist?« fragte Danglard, der aufstand und mit großen trägen Bewegungen auf und ab lief. »Er! Er! Im Grunde ist uns dieser arme Kerl doch egal! Uns interessiert derjenige, der ihn benutzt!«

»Mich nicht«, sagte Adamsberg. »Also suchen wir noch immer den Mann mit den Kreisen.«

Ziemlich niedergeschlagen stand Danglard auf. Er würde viel Zeit brauchen, um sich an Adamsberg zu gewöhnen.

Charles spürte die Konfusion im Raum. Er spürte die unbestimmte Verwirrung von Danglard und die Unentschlossenheit von Adamsberg.

»Wer von uns beiden, Herr Kommissar«, fragte Charles, »tappt eigentlich im dunkeln?«

Adamsberg lächelte.

»Ich weiß es nicht«, antwortete er.

»Nach dieser Geschichte mit dem anonymen Anruf vermute ich, daß ich mich weiterhin zur Verfügung halten muß, wie man so sagt?« fuhr Charles fort.

»Ich weiß nicht so recht«, erwiderte Adamsberg. »Jedenfalls muß Sie im Augenblick nichts bei Ihrer Arbeit stören. Machen Sie sich keine Sorgen.«

»Meine Arbeit macht mir keine Sorgen, Kommissar.«

»Ich weiß. Ich sage das einfach so.«

Charles hörte das Geräusch eines über ein Blatt gleitenden Bleistifts. Er vermutete, daß der Kommissar beim Reden zeichnete.

»Ich weiß nicht, wie ein Blinder es anstellen könnte zu morden. Aber ich bin verdächtig, nicht wahr?«

Adamsberg machte eine ausweichende Geste.

»Sagen wir, daß Sie den Moment, in dem Sie zu Mathilde Forestier gezogen sind, schlecht gewählt haben. Sagen wir, daß man sich aus dem einen oder anderen Grund kürzlich für sie interessiert haben kann und für das, was sie weiß – vorausgesetzt allerdings, sie hat uns alles gesagt. Danglard wird Ihnen das erklären. Danglard ist verdammt intelligent, Sie werden sehen. Es ist beruhigend, neben ihm zu arbeiten. Sagen wir auch noch, daß Sie ein bißchen böser sind als jeder beliebige andere, was die Sache nicht leichter macht.«

»Wie kommen Sie darauf?« fragte Charles lächelnd, mit einem fiesen Lächeln, dachte Adamsberg.

»Madame Forestier sagt es«, erwiderte er.

Zum ersten Mal war Charles verwirrt.

»Ja, das hat sie gesagt«, wiederholte Adamsberg. »›Er ist boshaft, eine richtige Giftnudel, aber ich mag ihn.‹ Und Sie mögen sie ebenfalls. Denn Mathilde zu fassen zu kriegen, Monsieur Reyer, täte richtig gut, das würde ein dunkles Funkeln in manche Augen bringen, glänzend wie poliertes Leder. Diesen Effekt würde es bei einer ganzen Menge Leute bewirken. Danglard mag sie nicht, doch, doch Danglard, das stimmt. Er ist ihr böse, und die Gründe dafür kann er wiederum besser selbst erklären. Er ist sogar in Versuchung, ihr Unrecht zu tun. Er wird es schon merkwürdig finden, daß besagte Mathilde bereits lange vor dem Mord ins Kommissariat gekommen ist, um mir von dem Mann mit den Kreisen und dem faulen Apfel zu erzählen. Und er hat recht, das ist sehr eigenartig. Aber alles ist eigenartig. Sogar der faule Apfel. Auf jeden Fall können wir nur abwarten.«

Adamsberg machte sich wieder ans Zeichnen.

»Genau das«, bemerkte Danglard. »Warten wir ab.«

Er war nicht besonders guter Laune. Er begleitete Charles hinaus auf die Straße.

Brummend ging er den Gang zurück, noch immer einen Finger an die Stirn gepreßt. Ja, da sein großer Körper die Form eines Kegels hatte, war er Mathilde, die der Typ Frau war, die nicht mit kegelförmigen Körpern schlafen, böse. Darum hätte er so sehr gemocht, daß sie wenigstens an irgendwas Schuld war. Und die Sache mit dem Zeitungsartikel brachte sie ganz schön in Schwierigkeiten. Das würde die Kleinen garantiert interessieren. Aber seit dem Irrtum mit dem jungen Mädchen aus dem Juweliergeschäft hatte er sich geschworen, nur noch mit Beweisen und Tatsachen zu arbeiten und nicht mehr mit diesem Plunder, der einem einfach so durchs Hirn fährt. Was Mathilde betraf, mußte er also mit Bedacht vorgehen.

* * *

Charles war den ganzen Vormittag genervt. Seine Finger glitten über die Perforierungen der Bücher, wobei sie ein wenig zitterten.

Mathilde war ebenfalls genervt. Sie hatte den Mann mit den Sonnenblumen verloren. Ziemlich idiotisch, er war in ein Taxi gestiegen. Verwirrt und enttäuscht stand sie mitten auf der Place de l'Opéra. In Phase 1 hätte sie sich sofort eine Halbe bestellt. Aber in einer Phase 2 sollte man sich bloß nicht allzuviel daraus machen. Jemand anderem auf gut Glück folgen? Warum nicht? Andererseits war es schon fast Mittag, und sie war nicht weit von Charles' Büro entfernt. Sie könnte bei ihm vorbeigehen und ihn zum Essen einladen. Sie war heute morgen unter dem Vorwand, in Phase 2 könne man alles sagen, was einem durch den Kopf geht, etwas grob zu ihm gewesen, und es tat ihr leid, sollte es dabei bleiben.

Gerade als Charles aus dem Gebäude in der Rue Saint-Marc trat, kam sie und berührte ihn an der Schulter.

»Ich habe Hunger«, sagte Mathilde.

»Das trifft sich gut«, erwiderte Charles. »Alle Bullen der Welt denken an Sie. Heute morgen hat es so was wie eine kleine Anzeige gegen Sie gegeben.«

Mathilde hatte sich auf eine Bank im hinteren Teil des Restaurants gesetzt, und für Charles deutete nichts in ihrer Stimme darauf hin, daß diese Nachricht sie verunsicherte.

»Also wirklich«, fuhr Charles hartnäckig fort, »es fehlt nicht viel, und die Bullen denken, daß Sie dem Mörder geholfen haben. Sie waren zweifellos die einzige, die ihm Zeit und Ort hätte angeben können, damit er einen günstigen Kreis für seinen Mord fand. Schlimmer noch, Sie könnten den Mord sogar selbst begangen haben. Mit Ihren blöden Schrullen werden wir noch ziemlichen Ärger bekommen, Mathilde.«

Mathilde lachte. Sie bestellte sich bergeweise zu essen. Sie hatte wirklich Hunger.

»Es ist toll«, sagte Mathilde. »Mir passieren ständig ungewöhnliche Dinge. Das ist mein Los. Da macht eine Sache mehr oder weniger nicht viel aus... Der Abend im *Dodin Bouffant* lag sicher in einer Phase 2, und ich habe sicher viel getrunken und viele Dummheiten erzählt. Ich habe übrigens keine besonders klare Erinnerung mehr an den Abend. Sie werden sehen, Adamsberg wird das sehr gut verstehen, und er wird sich nicht damit quälen, bis ans Ende der Welt das Unmögliche zu suchen.«

»Ich glaube, Sie unterschätzen ihn, Mathilde.«

»Ich glaube nicht«, erwiderte Mathilde.

»Doch. Ein Haufen Leute unterschätzt ihn, aber gewiß nicht Danglard, und auf jeden Fall nicht ich. Ich weiß, Mathilde, Adamsbergs Stimme ist wie ein Traum, sie wiegt einen, sie bezaubert einen und schläfert einen ein, aber er selbst schläft nicht dabei ein. Seine Stimme transportiert weit entfernte Bilder und unschlüssige Gedanken, aber sie strebt unerbittlich nach Erfüllung, von der er selbst vielleicht als letzter etwas weiß.«

»Kann ich trotzdem essen?« fragte Mathilde.

»Natürlich. Hören Sie mir gut zu, Adamsberg greift nicht an, aber er verändert Sie, er umkreist Sie, er kommt von hinten, er entschärft, und am Ende entwaffnet er Sie. Er könnte weder gehetzt noch gepackt werden, nicht einmal von Ihnen, Königin Mathilde. Er wird Ihnen durch diese Sanftheit oder diese plötzliche Gleichgültigkeit immer entgehen. Für Sie, für mich, für jeden anderen könnte er wie eine Frühlingssonne wohltuend oder verhängnisvoll sein. Alles hängt davon ab, wie man sich ihr aussetzt. Für einen Mörder ist er ein verdammt harter Gegner, das sollten Sie wissen. Wenn ich gemordet hätte, wäre mir ein Bulle lieber, bei dem ich hoffen könnte, eine Reaktion hervorzurufen, ein Bulle, der nicht erst wie Wasser fließt, um dann plötzlich hart zu werden wie Stein. Er fließt und ist hartnäckig, treibend strebt er auf ein genaues Ziel zu, auf eine Trichtermündung. Darin kann ein Mörder natürlich ertrinken.«

»Ein Ziel? Es hat keinen Sinn, ein Ziel zu haben. Das ist was für Kinder«, sagte Mathilde.

»Vielleicht zielt er auf den verdammten Hebel, der die Erde bewegt, vielleicht auf das Auge – noch ein Auge, Mathilde –, das verdammte Auge des Zyklons, dort, wo ganz was anderes ist, wo es vielleicht Wissen, wo es zerbrechliche Ewigkeit gibt. Haben Sie noch nie daran gedacht, Mathilde?«

Mathilde hatte aufgehört zu essen.

»Sie verblüffen mich wirklich, Charles. Sie sagen das alles mit der Sicherheit und der Metaphorik eines Pfarrers, aber Sie haben ihn heute morgen gerade mal eine Stunde reden hören.«

»Ich habe mich in eine Art Hund verwandelt«, brummte Charles. »Ein Hund, der mehr hört als die Menschen und mehr spürt als die Menschen. Ein gemeiner Hund, der tausend Kilometer in gerader Linie zurücklegen kann, um zu seinem Haus zurückzukehren. Auch ich erfahre Dinge, auf anderen Wegen als Adamsberg. Da enden unsere Gemeinsamkeiten. Ich halte mich für den intelligentesten Menschen auf der Erde, und meine Stimme ist metallisch und quietscht. Sie schneidet und verbiegt, und mein Gehirn funktioniert wie eine gemeine Maschine, die Daten aufbereitet und alles über alles weiß. Und mit Ziel und Mündung und so weiter kenne ich mich nicht mehr aus. Keine Naivität oder keine Kraft mehr, mir vorzustellen, daß Zyklone Augen haben. Diesen ganzen Quatsch habe ich sein lassen, dafür bin ich viel zu sehr von der Engherzigkeit und den Rachegefühlen verlockt, die sich mir bieten, um mir mein Unvermögen täglich leichter zu machen. Aber Adamsberg muß sich nicht zerstreuen, um zu leben, verstehen Sie?

Also lebt er, übrigens indem er alles vermischt, indem er die großen Ideen und die kleinen Details vermischt, indem er die Eindrücke und die Wirklichkeit vermischt, indem er die Wörter und die Gedanken vermischt. Indem er den Glauben der Kinder und die Philosophie der Alten verwechselt. Aber er ist wahr, und er ist gefährlich.«

»Sie verblüffen mich«, wiederholte Mathilde. »Ich kann nicht gerade sagen, daß ich davon geträumt hätte, einen Sohn wie Sie zu haben, weil ich mir ständig verdammte Sorgen gemacht hätte, aber Sie verblüffen mich. Ich beginne zu verstehen, warum Ihnen die Fische völlig egal sind.«

»Sie haben sicher recht, Mathilde, indem Sie irgend etwas Liebenswertes an diesen schleimigen Tierchen mit den runden Augen finden, die nicht einmal dazu taugen, einen Menschen zu ernähren. Mir wäre es egal, wenn alle Fische sterben würde.«

»Sie besitzen die Gabe, mir für Phase 2 unmögliche Ideen zu vermitteln. Selbst Ihnen bekommt das schlecht, Sie sind ja schweißgebadet. Machen Sie sich also nicht so große Sorgen wegen Adamsberg. Jedenfalls ist er nett, nicht wahr?«

»Sicher«, sagte Charles, »er ist nett. Er sagt viele nette Dinge. Und ich verstehe nicht, warum Sie das nicht beunruhigt.«

»Sie verblüffen mich«, wiederholte Mathilde ein weiteres Mal.

* * *

Sofort nach dem Mittagessen beschloß Adamsberg, etwas zu versuchen.

Angeregt von dem kleinen Kalender, den man bei der Toten gefunden hatte, kaufte er ein Notizbuch, das er in die hintere Tasche seiner Hose stecken konnte. Wenn er einen interessanten Gedanken hätte, könnte er ihn auf diese Weise notieren. Nicht, daß er sich davon Wunder erhoffte. Aber er sagte sich, daß, wenn das Notizbuch einmal voll sein würde, der Gesamteindruck durchaus passend sein und ihm einen Zugang zu sich selbst verschaffen könnte.

Er hatte das Gefühl, noch nie so in den Tag hinein gelebt zu haben wie jetzt. Er hatte das schon viele Male bemerkt: Je mehr drängende Sorgen er hatte, die ihm mit ihrer Dringlichkeit und ihrer Bedrohlichkeit zusetzten, desto eher stellte sein Gehirn sich tot. Er machte sich dann daran, von kleinen Nichtigkeiten zu leben, unbeteiligt und unbekümmert, während er sich von allen Gedanken und Eigenschaften frei machte, mit leerer Seele und leerem Herzen, den Geist auf die kürzesten Wellenlängen fixiert. Er kannte diesen Zustand, dieses Ausmaß an Gleichgültigkeit, das seine gesamte Umgebung entmutigte, gut, aber er kam schlecht damit zu Rande. Denn in seinem unbekümmerten, von den Problemen des Planeten erlösten Zustand war er ruhig und eher glücklich. Aber mit fortschreitender Zeit verursachte die Gleichgültigkeit auf unauffällige Weise derartige Verwüstungen, daß darin alles verblaßte. Die Menschen wurden für ihn durchsichtig, wurden alle identisch, weil sie ihm weit entfernt schienen. Bis er schließlich, an irgendeinem Ende seines unbestimmten Widerwillens angelangt, an sich selbst keinerlei Dichte, keinerlei Bedeutung mehr spürte und sich vom Alltag der anderen treiben ließ und um so stärker bereit war, ihnen jede Menge kleiner Gefälligkeiten zu erweisen, als er ihnen vollständig fremd wurde. Der Mechanismus seines Körpers und seiner automatisch erfolgenden Worte sorgte dafür, daß die Tage normal weitergingen, aber er war für niemanden mehr erreichbar. Derart weitgehend seiner selbst beraubt, machte sich Adamsberg jedoch keine Sorgen und sagte sich dazu nichts mehr. Dieses Desinteresse an allen Dingen hatte nicht einmal den panischen Beigeschmack der Leere, diese Apathie der Seele war nicht einmal mit den Schrecken der Langeweile verbunden.

Aber verdammt, war das schnell gekommen.

Er erinnerte sich genau an all die Turbulenzen, die ihn gestern noch gebeutelt hatten, als er dachte, Camille sei gestorben. Und jetzt schien ihm bereits das Wort »Turbulenz« jeglichen Sinnes zu entbehren. Was mochten nur Turbulenzen sein? Camille war tot? Gut und schön, und was weiter? Madeleine Châtelain mit durchschnittener Kehle, der Mann mit den Kreisen war weiter in Freiheit, Christiane, die ihn bedrängte, Danglard, der bekümmert war – mit all dem konnte man zurechtkommen, aber wozu?

Also setzte er sich ins Café, zog sein Notizbuch heraus und wartete. Er überwachte die Gedanken, die sich in seinem Kopf bewegten. Sie schienen ihm schon eine Mitte zu haben, aber weder Anfang noch Ende. Wie also sie niederschreiben? Unwillig, aber noch immer gelassen, schrieb er nach einer Stunde:

Ich habe nichts zu denken gefunden.

Dann rief er vom Café aus bei Mathilde an. Clémence Valmont nahm den Anruf entgegen. Die mißtönende Stimme der Alten gab ihm ein Gefühl der Wirklichkeit zurück, die Vorstellung, daß er irgend etwas tun sollte, bevor es ihm völlig gleichgültig wurde, zu verrecken. Mathilde war nach Hause gekommen. Er wollte sie sehen, aber nicht bei ihr. Er bestellte sie für fünf Uhr in sein Büro.

Ganz unerwarteterweise war Mathilde pünktlich. Sie war selbst darüber erstaunt.

»Das verstehe ich nicht«, sagte sie. »Das muß der ›Polizeieffekt‹ sein, vermute ich.«

Dann sah sie Adamsberg an, der nicht kritzelte und mit ausgestreckten Beinen, eine Hand in der Hosentasche, die andere mit einer brennenden Zigarette zwischen den Fingern, in eine derart diffuse Unbekümmertheit zu zerfallen schien, daß man nicht wußte, wie man ihn hätte packen können. Aber Mathilde hatte das Gefühl, daß er durchaus in der Lage wäre, seine Arbeit zu tun, sogar auf diese Weise oder vor allem auf diese Weise.

»Ich glaube, wir werden uns weniger amüsieren als das letzte Mal«, sagte Mathilde.

»Ja, vielleicht«, erwiderte Adamsberg.

»Es ist lächerlich, daß Sie mir diese ganze Zeremonie mit der Vorladung in Ihr Büro aufdrücken. Sie hätten besser daran getan, in den Fliegenden Knurrhahn zu kommen, da hätten wir was getrunken, und dann hätten wir zu Abend gegessen. Clémence hat ein ekelhaftes Gericht gekocht, ein Rezept aus der Gegend, aus der sie kommt.«

»Wo stammt sie her?«

»Aus Neuilly.«

»Aha. Das ist nicht gerade exotisch. Aber ich drücke Ihnen keine Zeremonie auf. Ich muß mit Ihnen reden und habe keine Lust, Bestandteil des Fliegenden Knurrhahns zu werden oder wovon auch immer Sie wollen.«

»Weil ein Polizist nicht mit seinen Verdächtigen zu Abend essen darf?«

»Doch, doch, im Gegenteil«, sagte Adamsberg mit müder Stimme. »Vertraulichkeit mit Verdächtigen gehört sogar zu den empfohlenen Dingen. Aber bei Ihnen herrscht ein ewiges Kommen und Gehen. Blinde, verrückte Alte, Studenten, Philosophen, Nachbarn von oben, Nachbarn von unten, man ist Höfling der Königin oder gar nichts, glauben Sie nicht? Und ich möchte weder Höfling noch gar nichts sein. Außerdem weiß ich nicht mal, warum ich das sage, im Grunde hat es keinerlei Bedeutung.«

Mathilde lachte.

»Verstanden«, sagte sie. »Künftig treffen wir uns also im Café oder auf den Brücken von Paris, an den neutralen Orten, wo Gleichheit herrscht. Wie zwei brave Republikaner. Darf man jetzt eine rauchen?«

»Man darf. Den Artikel aus diesem Blättchen vom 5. Arrondissement kennen Sie, Madame Forestier?«

»Ich habe noch nie von diesem Dreck gehört, bevor Charles ihn mir heute mittag aus dem Gedächtnis wiedergegeben hat. Und mich an das erinnern zu wollen, womit ich möglicherweise im *Dodin Bouffant* angegeben habe, ist verlorene Müh. Alles, was ich bestätigen kann: Wenn ich getrunken habe, übersteigt meine Phantasie meine Realität um das Dreißigfache. Daß ich vielleicht erzählt habe, daß der Mann mit den Kreisen mein Abendessen mit mir teilt, womöglich auch meine Badewanne und mein Bett, und daß wir gemeinsam seine dummen nächtlichen Späße vorbereiten würden, scheint mir nicht ausgeschlossen. Wenn ich verführen will, ist mir nichts gut genug. Stellen Sie sich mal vor. In manchen Momenten verhalte ich mich wie eine echte Naturkatastrophe, sagt ein Philosophenfreund von mir.«

Adamsberg verzog das Gesicht.

»Es fällt mir schwer zu vergessen, daß Sie Wissenschaftlerin sind. Ich glaube nicht, daß Sie so unberechenbar sind, wie Sie gerne wären.«

»Dann habe ich also Madeleine Châtelain die Kehle durchgeschnitten, Adamsberg? Stimmt, für den Abend habe ich kein vorzeigbares Alibi. Niemand beaufsichtigt mein Kommen und Gehen. Derzeit kein Mann in meinem Bett, kein Hausmeister an der Tür. Frei wie der Wind, leicht wie die Mäuse. Sagen Sie mir, was die arme Frau mir getan haben soll?«

»Jedem seine Geheimnisse. Danglard würde dazu bemerken, da Sie Tausenden von Leuten folgen, müßte Madeleine sicher irgendwo in Ihren Notizen auftauchen.«

»Möglich.«

»Er würde hinzufügen, daß Sie in Ihrem Unterwasserleben zwei Blauhaien den Bauch aufgeschlitzt haben. Entschlossenheit, Mut, Kraft.«

»Nun hören Sie mal, Sie werden sich doch nicht hinter den Argumenten anderer verstecken, um anzugreifen? Danglard hier, Danglard da. Und was ist mit Ihnen?«

»Danglard ist ein Denker. Ich höre ihm zu. Was mich angeht, so ist mir nur eines wichtig: der Mann mit den Kreisen und seine verdammte Beschäftigung. Nichts anderes erregt meine Neugier. Wissen Sie irgend etwas über Charles Reyer? Unmöglich herauszufinden, wer von Ihnen beiden den anderen gesucht hat. Man könnte meinen, Sie wären es gewesen, aber auch er könnte sich Ihnen aufgedrängt haben.«

Nach einem kurzen Schweigen sagte Mathilde:

»Glauben Sie wirklich, daß ich mich so leicht manipulieren ließe?«

Wegen ihres veränderten Tonfalls unterbrach Adamsberg sein Kritzeln. Mathilde durchbohrte ihn mit ihrem Blick lächelnd, strahlend und großmütig, aber selbstsicher und königlich, als könne sie sein Büro und die Welt mit ihrem schlichten Spott auseinandernehmen und wieder zusammensetzen. Daher redete er langsam und ging das Wagnis der neuen Ideen ein, die Mathildes Blick in ihm auslöste. Mit einer Hand an der Wange sagte er:

»Als Sie zum erstenmal hier ins Kommissariat kamen, war nicht die Suche nach Charles Reyer der Grund dafür, nicht wahr?«

Mathilde lachte.

»Doch. Ich habe ihn gesucht! Aber ich hätte ihn ohne Ihre Hilfe ausfindig machen können, das wissen Sie.«

»Natürlich. Ich war blöd. Aber lügen tun Sie herrlich. Also? Was spielen wir? Wen haben Sie gesucht, als Sie hierher kamen? Mich?«

»Sie.«

»Einfach Neugier, weil die Zeitungen meine Berufung veröffentlicht hatten? Wollten Sie mich zu Ihren Notizen hinzufügen? Nein, das ist es nicht, nein.«

»Nein, natürlich nicht«, sagte Mathilde.

»Um mir von dem Mann mit den Kreisen zu erzählen, wie Danglard vermutet?«

»Nicht mal das. Ohne die Artikel, die unter dem Fuß Ihrer Lampe klemmten, hätte ich nicht daran gedacht. Sie brauchen mir das nicht zu glauben, jetzt, wo Sie wissen, daß ich lüge wie gedruckt.«

Adamsberg schüttelte den Kopf. Er hatte das Gefühl, in einer schwierigen Situation zu sein.

»Ich hatte einfach einen Brief erhalten«, fuhr Mathilde fort. »›Ich erfahre gerade, daß Jean-Baptiste nach Paris berufen wurde. Bitte sieh nach ihm.‹ Also bin ich hergekommen, das ist ganz natürlich. Es gibt keine Zufälle im Leben, das wissen Sie selbst.«

Mathilde zog lächelnd an ihrer Zigarette. Sie amüsierte sich gut. Sie genoß ihre Phase.

»Erzählen Sie zu Ende, Madame Forestier. Ein Brief von wem? Von wem reden wir?«

Mathilde stand auf und lachte noch immer.

»Von unserer schönen Herumtreiberin. Die sanfter ist als ich, scheuer, weniger verkommen und weniger klapprig. Meine Tochter. Camille, meine Tochter. Aber in einem Punkt hatten Sie recht, Adamsberg: Richard III. ist tot.«

Adamsberg konnte danach nicht mehr sagen, ob Mathilde sofort gegangen war oder etwas später. So ernüchtert er in diesem Moment auch gewesen sein mochte, etwas, ein einziges hatte in seinem Kopf widergehallt: noch am Leben. Camille war noch am Leben. Der kleine Liebling war irgendwo, wurde von irgend jemandem geliebt, aber atmete, mit eigensinniger Stirn, geschwungener Nase, zarten Lippen, ihrer Klugheit, ihrer Bedeutungslosigkeit, ihrer Silhouette – alles am Leben.

Erst später, als er auf dem Weg nach Hause die Straße entlangging, – er hatte an diesem Abend mehrere Männer an den Metrostationen Saint-Georges und Pigalle postieren lassen, ahnte jedoch, daß das nichts ergeben würde –, wurde ihm bewußt, was er gerade erfahren hatte. Camille war die Tochter von Mathilde Forestier. Natürlich. So sehr Mathilde es auch liebte, andere in die Irre zu führen – das mußte nicht überprüft werden. Ein solches Profil gab es nicht in tausendfacher Ausführung.

Kein Zufall. Irgendwo auf der Erde hatte der kleine Liebling die französische Presse gelesen, von seiner Berufung erfahren und der Mutter geschrieben. Vielleicht schrieb sie ihr häufig. Oder vielleicht sahen sie sich sogar häufig. Vielleicht stimmte Mathilde die Ziele ihrer wissenschaftlichen Expeditionen auf die Orte ab, an denen sich ihre Tochter aufhielt. Das war sogar sicher. Er mußte nur herausfinden, an welchen Küsten sie all die letzten Jahre angelegt hatte, um herauszufinden, wo sich Camille herumgetrieben hatte. Also hatte er recht gehabt. Sie trieb sich herum, verloren, nicht zu fassen. Nicht zu fassen. Das wurde ihm klar. Er würde sie nie mehr zu fassen kriegen. Und doch hatte sie erfahren wollen, was aus ihm wurde. Er war in Camilles Gedanken nicht wie Wachs dahingeschmolzen. Aber das hatte er auch nie richtig bezweifelt. Nicht, daß er sich für unvergeßlich hielt. Aber er spürte, daß ein Stück von ihm sich wie ein kleiner Stein in der Tiefe von Camille festgesetzt hatte und daß sie dadurch ein ganz klein wenig beschwert worden war. Es konnte nicht anders sein. Es mußte einfach so sein. So vergeblich in seinen Augen die Liebe der Menschen auch war und so unfreundlich seine Laune an diesem Tag, er konnte nicht hinnehmen, daß von dieser Liebe nicht ein Splitter von Faszination in Camilles Körper erhalten geblieben sein sollte. Genau wie er wußte – auch wenn er nur selten daran dachte –, daß er Camilles Existenz in seinem Innern nie hatte ganz verschwinden lassen, warum, das hätte er nicht sagen können, er hatte nie darüber nachgedacht.

Was ihn quälte, ja ihn sogar aus den entfernten Gefilden riß, in die seine Gleichgültigkeit ihn heute hatte abdriften lassen, war, daß es jetzt ausgereicht hätte, Mathilde zu befragen, um es zu wissen. O.k., nur um zu wissen. Zum Beispiel zu wissen, ob Camille jemand anderen liebte. Aber besser wäre es, überhaupt nichts zu wissen und sich an den Hotelboy in Kairo zu halten, wo er das letzte Mal stehengeblieben war. Dieser Hotelboy war sehr hübsch, braunes Haar, lange Wimpern und gerade recht für ein oder zwei Nächte, weil er die Kakerlaken aus dem Bad vertrieben hatte. Und außerdem würde Mathilde sowieso nichts sagen. Sie würden nicht mehr darüber reden. Kein Wort mehr über dieses Mädchen, das sie beide von Ägypten nach Pantin spazierenführte, und Schluß. Vielleicht war sie ja tatsächlich in Pantin. Sie war am Leben, das war alles, was Mathilde hatte sagen wollen. So hatte sie ihr Versprechen von neulich abend an der Metro Saint-Georges gehalten, ihm diese Tote aus dem Kopf zu vertreiben.

Vielleicht hatte Mathilde auch versucht, sich auf diese Weise unangreifbar zu machen, weil sie sich von den polizeilichen Ermittlungen bedroht fühlte? Wollte sie ihm zu erkennen geben, daß er der Tochter Kummer bereiten würde, wenn er der Mutter Ärger machte? Nein. Das war nicht Mathildes Art. Sie sollten nicht mehr darüber reden, und Schluß. Camille da lassen, wo sie war, die Ermittlungen um Madame Forestier fortsetzen, ohne die Richtung zu ändern. So hatte es an diesem Nachmittag der

Untersuchungsrichter gesagt: »Ohne die Richtung zu ändern, Adamsberg.« Welche Richtung? Eine Richtung setzt einen Plan voraus, eine Projektion in die Zukunft, und für diese Ermittlungen hatte Adamsberg noch weniger einen Plan als für jede andere. Er wartete auf den Mann mit den Kreisen. Dieser Mann schien nicht sehr viele Leute zu beunruhigen. Aber für ihn war er ein Geschöpf, das in den Nächten höhnte und am Tage das Gesicht zu einem Lächeln verzog. Ein Mann, der schwer in die Enge zu treiben war, falsch, faulig und flaumig wie die Nachtfalter; der Gedanke an ihn war abscheulich und ließ Adamsberg frösteln. Wie konnte Mathilde ihn für »harmlos« halten und sich damit vergnügen, ihm in seine todbringenden Kreise zu folgen? Was immer er darüber sagen mochte: genau darin lag Mathildes launenhafte Gedankenlosigkeit. Und wie konnte Danglard, der kluge und tiefsinnige Danglard, ihn für ebenso unschuldig erklären, ihn aus seinen Gedanken vertreiben, wo der Mann sich doch in seinen Gedanken festklammerte wie eine bösartige Spinne? Oder aber er, Adamsberg, irrte sich. Trotzdem. Er hatte nie anders gekonnt, als der Richtung des Stroms zu folgen, in dem er sich befand. Und was immer geschehen mochte, er würde sich auch weiterhin in Richtung dieses tödlichen Mannes bewegen. Er würde ihn sehen, das mußte sein. Vielleicht würde er seine Meinung ändern, wenn er ihn sähe. Vielleicht. Er würde auf ihn warten. Er war sicher, daß der Mann mit den Kreisen auf ihn zukommen würde. Übermorgen. Übermorgen würde es vielleicht einen neuen Kreis geben.

* * *

Er mußte zwei weitere Tage warten, man hätte denken können, der Mann mit den Kreisen achte darauf, eine Regel einzuhalten, und mache zum Wochenende eine Pause. Jedenfalls nahm er erst in der Nacht zum Montag die Kreide wieder auf.

Ein Streifenbeamter entdeckte den blauen Kreis um sechs Uhr morgens in der Rue de La Croix-Nivert.

Dieses Mal begleitete Adamsberg Danglard und Conti.

Es war eine daumengroße Babypuppe aus Plastik. Diese so verloren wirkende Nachbildung eines Babys inmitten des riesigen Kreises verursachte ein sicheres Unwohlsein. Ein gewolltes Unwohlsein, dachte Adamsberg. Danglard dachte offenbar gleichzeitig daran.

»Dieser Idiot provoziert uns«, sagte er. »Eine menschliche Figur zu umkreisen, nach dem Mord neulich… Er wird lange gesucht haben, bis er diese Puppe gefunden hat, oder er hat sie selbst mitgebracht. Dann hätte er allerdings gemogelt.«

»Er ist kein Idiot«, sagte Adamsberg. »Sein Hochmut ist angestachelt. Also fängt er das Gespräch an.«

»Das Gespräch?«

»Er nimmt mit uns Verbindung auf, wenn Ihnen das lieber ist. Er hat nach dem Mord fünf Tage durchgehalten, das ist länger, als ich glaubte. Er hat seine Wege geändert und sorgt dafür, daß er nicht greifbar ist. Aber jetzt fängt er an zu reden, zu sagen: ›Ich weiß, daß es einen Mord gegeben hat, ich fürchte nichts, und hier liefere ich den Beweis.‹ Und so weiter. Es gibt keinen Grund, daß er jetzt aufhören würde zu reden. Er ist auf der schiefen Bahn. Auf der redseligen. Auf der Bahn, auf der er aufgehört hat, sich selbst zu genügen.«

»An diesem Kreis ist etwas Ungewöhnliches«, bemerkte Danglard. »Er ist nicht so gezeichnet wie die vorherigen. Und doch ist es dieselbe Schrift, gar kein Zweifel. Aber er ist anders vorgegangen, nicht, Conti?«

Conti nickte.

»Vorher«, fuhr Danglard fort, »zeichnete er den Kreis in einem Zug, als ob er im Kreis laufen und gleichzeitig zeichnen würde, ohne anzuhalten. Diese Nacht hat er zwei Halbkreise gezeichnet, die ineinander übergehen, als ob er zunächst eine Seite und dann die andere gezeichnet hätte. Er wird aber doch in fünf Tagen nicht aus der Übung gekommen sein?«

»Stimmt«, sagte Adamsberg lächelnd. »Eine Nachlässigkeit

von ihm. Vercors-Laury fände sie sehr interessant, und er hätte recht.«

Am nächsten Morgen rief Adamsberg gleich nach dem Aufstehen im Büro an. Der Mann hatte im 5. Arrondissement gezeichnet, in der Rue Saint-Jacques, also einen Katzensprung von der Rue Pierre-et-Marie-Curie entfernt, in der Madeleine Châtelain ermordet worden war.

Fortsetzung des Gesprächs, dachte Adamsberg. Etwa so: ›Nichts wird mich daran hindern, einen Kreis in der Nähe des Mords zu zeichnen.‹ Und wenn er seinen Kreis nicht direkt in der Rue Pierre-et-Marie-Curie gezeichnet hatte, so war das allein eine Sache des Takts, ein Zeichen von gutem Geschmack. Der Mann war kultiviert.

»Was liegt in dem Kreis?« fragte Adamsberg ins Telefon.

»Bandsalat von einem Tonband.«

Während er Margellons Bericht anhörte, überflog Adamsberg die Post. Er hatte einen Brief von Christiane vor sich, leidenschaftlicher Wortlaut und säkularer Inhalt. Verlasse Dich. Egoist. Nie mehr wiedersehen. Stolz. Und so weiter, über sechs Seiten lang.

Gut, gut, das werden wir heute abend alles noch sehen, sagte er sich, überzeugt davon, ein Egoist zu sein, aber mit der Erfahrung, daß die Leute, die einen wirklich verlassen, sich nie die Mühe machen, einen mit einem sechsseitigen Brief zu warnen. Sie verschwinden, ohne etwas zu sagen, so hatte es der kleine Liebling gemacht. Die aber, die herumlaufen und den Kolben einer Pistole aus ihrer Tasche ragen lassen, bringen sich nie um, so oder so ähnlich hatte ein Dichter gesagt, dessen Namen er nicht mehr wußte. Also würde Christiane mit zahlreichen Forderungen wiederkommen. Das bedeutete absehbare Komplikationen. Unter der Dusche beschloß Adamsberg, nicht allzu gemein zu sein und am Abend daran zu denken – falls er daran denken sollte, daran zu denken.

Er verabredete sich mit Danglard und Conti in der Rue Saint-Jacques. Der Bandsalat lag wie Gedärm in der Morgensonne inmitten des großen Kreises, der diesmal in einem Zug gezeichnet worden war. Danglard stand riesig und müde da, sein ziemlich blondes Haar nach hinten geworfen, und blickte ihm entgegen. Warum auch immer, vielleicht wegen seines müden Aussehens oder weil er wie ein besiegter Denker wirkte, der nicht aufhört, sich Fragen über das Geschick zu stellen, oder wegen seiner Art, diesen großen, unzufriedenen und resignierten Körper auseinander- und wieder zusammenzufalten – Danglard rührte ihn an diesem Morgen an. Adamsberg hatte Lust, ihm erneut zu sagen, daß er ihn wirklich mochte. In bestimmten Augenblicken bewies Adamsberg ein seltenes Geschick darin, kurze und sentimentale Erklärungen abzugeben, die die anderen in ihrer unter Erwachsenen ungehörigen Direktheit in Verlegenheit brachten. Es kam nicht selten vor, daß er jemandem sagte, er sei schön, selbst wenn es nicht stimmte und auch ganz unabhängig von der Phase der Gleichgültigkeit, die er gerade durchmachte.

Einstweilen stand Danglard in seinem tadellosen Jackett und in Gedanken mit irgendwelchen geheimen Sorgen beschäftigt an ein Auto gelehnt. Mit den Fingerspitzen klimperte er in der Tiefe seiner Tasche mit Münzen. Geldsorgen, dachte Adamsberg. Danglard hatte ihm bereits vier Kinder gestanden, aber durch Gespräche im Büro wußte er, daß er fünf hatte und daß sie zusammen in drei Zimmern lebten und allein auf das Gehalt dieses grenzenlosen Vaters angewiesen waren. Aber niemand hatte Mitleid mit Danglard, Adamsberg nicht mehr als die anderen. Es war undenkbar, mit einem solchen Typen Mitleid zu haben. Da seine offenkundige Intelligenz um ihn herum eine Schutzzone von zwei Metern schuf, in der man aufpaßte, was man sagte, sobald man sie betrat, war Danglard eher das Objekt verhaltener Beobachtung als irgendwelcher Gesten der Hilfsbereitschaft. Adamsberg fragte sich, ob der »Philosophenfreund«, den Mathilde unaufhörlich zitierte, um sich zu beschreiben, eine ähnliche Zone um sich erzeugte und wie groß sie wohl sein mochte. Der Philosophenfreund schien einiges über Mathilde zu wissen. Vielleicht war er bei der abendlichen

Feier im *Dodin Bouffant* dabeigewesen. Seinen Namen und seine Adresse herausfinden, ihn besuchen, ihn befragen, ein polizeilicher Winkelzug, der im verborgenen auszuführen wäre. Nicht die Art Sache, die Adamsberg im allgemeinen verlockte, aber diesmal verspürte er Lust, sie selbst zu übernehmen.

»Es gibt einen Zeugen«, sagte Danglard. »Er war schon im Kommissariat, als ich gegangen bin. Er wartet auf mich, für seine vollständige Zeugenaussage.«

»Was hat er gesehen?«

»Er hat vergangene Nacht gegen zehn vor zwölf einen kleinen, mageren Mann gesehen, der ihn im Laufschritt überholte. Als er heute morgen die Nachrichten im Radio hörte, hat er den Zusammenhang begriffen. Er hat mir einen alten, schmächtigen, schnellen und glatzköpfigen Typen beschrieben, der eine Tasche unter dem Arm trug.«

»Ist das alles?«

»Offenbar verströmte er einen schwachen Geruch nach Essig.«

»Nach Essig? Nicht nach faulem Apfel?«

»Nein. Nach Essig.«

Danglard war wieder besserer Laune.

»Tausend Zeugen, tausend Nasen«, fügte er lächelnd hinzu und schlenkerte mit seinen langen Armen. »Und tausend Nasen, tausend Diagnosen. Und tausend Diagnosen, tausend Kindheitserinnerungen. Für den einen ein fauler Apfel, für den anderen Essig und morgen für wieder andere Muskatnuß, Bohnerwachs, gekochte Erdbeeren, Talkum, Vorhangstaub, Hustentee, Gewürzgürkchen... Der Mann mit den Kreisen muß einen Kindheitsgeruch ausströmen.«

»Oder einen Schrankgeruch«, sagte Adamsberg.

»Warum Schrank?«

»Weiß ich nicht. Kindheitsgerüche stecken in Schränken, oder? Schränke sind unveränderlich. Und alle Gerüche vermengen sich darin, das wird zu einem Ganzen, etwas Allumfassendem.«

»Wir schweifen ab.«

»Gar nicht so sehr.«

Danglard verstand, daß Adamsberg schon wieder abdriftete,

daß er begann, die sowieso schon vagen Strukturen seines Denkens aufzugeben, und darum schlug er vor, ins Büro zurückzukehren.

»Ich komme nicht mit, Danglard. Nehmen Sie die Zeugenaussage des Mannes mit dem Essig ohne mich auf, ich habe Lust, mir den ›Philosophenfreund‹ von Mathilde Forestier anzuhören.«

»Ich dachte, der Fall von Madame Forestier interessiert Sie nicht.«

»Er interessiert mich, Danglard. Ich stimme mit Ihnen überein: Sie versperrt uns ein wenig den Weg. Aber sie beunruhigt mich nicht ernstlich.«

Danglard dachte sich so oder so, daß derart wenige Dinge den Kommissar ernstlich beunruhigten, daß er sich nicht bei den feinen Unterschieden aufhalten würde. Das heißt, doch. Die Geschichte mit dem großen, dummen, geifernden Hund und alles, was darauf folgte, hatte ihn offenbar ernstlich beschäftigt und tat dies wohl auch weiterhin. Und noch andere Dinge dieser Art, die er vielleicht eines Tages erfahren würde. Stimmt, das nervte ihn. Und je näher er Adamsberg kennenlernte, desto unerkennbarer wurde dieser, genauso unberechenbar wie ein Nachtfalter, dessen schwerfälliger, verrückter und kraftvoller Flug jeden ermüdet, der ihn fangen will. Aber er hätte Adamsberg das alles, diese Undeutlichkeit, diese Annäherung und diese Fluchten, während derer sein Blick abwechselnd zu erlöschen oder zu brennen schien, was in einem das Bedürfnis hervorrief, sich von ihm abzuwenden oder sich ihm zu nähern, gerne wegnehmen wollen. Er dachte, mit Adamsbergs Blick könnte er die Dinge oszillieren und ihre angemessenen Umrisse verlieren sehen, so wie es die Bäume im Sommer tun, wenn sie in der Hitze flirren. Daß die Welt dann weniger unerbittlich für ihn wäre, daß er aufhören würde, sie bis zu ihren entferntesten Grenzen und bis zu den nicht mal mehr im Himmel sichtbaren Punkten verstehen zu wollen. Daß er weniger müde wäre. Aber nur der Weißwein bewirkte bei ihm diesen kurzen und, wie er wußte, künstlichen Verfremdungseffekt.

* * *

Wie Adamsberg gehofft hatte, war Mathilde nicht zu Hause. Er stieß auf die alte Clémence, die über einen Tisch voller Dias gebeugt war. Auf einem Stuhl neben ihr lag die Zeitung, aufgeschlagen auf der Seite mit den Kontaktanzeigen.

Clémence war zu geschwätzig, als daß sie Zeit gehabt hätte, eingeschüchtert zu sein. Sie kleidete sich, indem sie Nylonblusen übereinander trug wie Zwiebelschalen. Auf dem Kopf hatte sie die schwarze Baskenmütze, im Mund eine Armeezigarette. Sie machte beim Reden kaum den Mund auf, so daß man nur selten das berühmte Gebiß sah, das Mathilde mit Freude für ihre zoologischen Vergleiche heranzog. Clémence war weder schüchtern noch verletzlich, weder autoritär noch sympathisch und eine so irritierende Figur, daß man nicht umhinkonnte, ihr ein bißchen zuhören zu wollen, um herauszufinden, was wohl jenseits all der Banalitäten, die sie wie Barrikaden auftürmte, ihre Energie leiten mochte.

»Waren die Kontaktanzeigen gut heute morgen?« fragte Adamsberg.

Clémence warf ihm einen skeptischen Blick zu.

»Man kann sich immer noch etwas von der folgenden erhoffen: *Ruhiger Rentner mit Häuschen sucht Lebensgefährtin unter 55 mit Gefallen an Kupferstichsammlung aus dem 18. Jh.*, aber mir sind Kupferstiche schnurz, oder von dieser: *Pensionierter Geschäftsmann möchte mit noch hübscher Frau Leidenschaft für Natur und Freude an Tieren teilen, und noch mehr bei Zuneigung*, aber mir ist die Natur schnurz. Jedenfalls kann man sich nie darin wiederfinden. Sie schreiben alle dasselbe und nie die Wahrheit: *Alter Mann schlecht in Form mit Bauch Interesse nur an sich selbst sucht junge Frau, um mit ihr zu schlafen.* Es ist traurig, daß die Leute nie die Wahrheit schreiben, man verliert unglaublich viel Zeit damit. Gestern habe ich mich mit dreien getroffen und den Abschaum der gescheiterten Existenzen aufgelesen. Weshalb aber alles immer platzt, ist, daß ich ihnen äußerlich nicht gefalle. Da ist die Sackgasse. Was tun, frage ich Sie?«

»Fragen Sie mich? Und warum wollen Sie um jeden Preis heiraten?«

»Die Frage stelle ich mir nicht. Man könnte sagen, die arme alte Clémence hat es nicht verwunden, daß ihr Verlobter verschwunden ist und nur eine kurze Nachricht hinterlassen hat. Aber nein. Allmächtiger, das war mir völlig schnurz in dem Augenblick, ich war zwanzig, und es ist mir noch immer schnurz. Ich mag die Männer nicht besonders, muß ich Ihnen sagen. Nein, es ist, damit ich irgendwas zu tun habe im Leben. Und mir fällt nichts anderes ein. Außerdem habe ich den Eindruck, daß fast alle Frauen so sind. Im großen und ganzen mag ich die Frauen auch nicht besonders. Sie denken so wie ich, daß die Sache geritzt ist, wenn sie heiraten, daß sie dann was machen mit ihrem Leben. Ich gehe sogar zur Messe, stellen Sie sich vor. Wenn ich mich nicht zu all dem zwingen würde, was würde dann aus mir? Ich würde stehlen, plündern, spucken. Und Mathilde sagt, ich bin nett. Besser nett bleiben, das macht weniger Ärger, nicht wahr?«

»Und Mathilde?«

»Ohne sie stünde ich immer noch an der Station Censier-Daubenton und würde auf den Messias warten. Mir geht es gut mit ihr. Ich würde vieles tun, um Mathilde angenehm zu sein.«

Adamsberg versuchte nicht, sich in diesen widersprüchlichen Sätzen zurechtzufinden. Mathilde hatte gesagt, daß Clémence eine Stunde lang Blau sagen könne und die darauffolgende Stunde lang Rot, und daß sie ihr gesamtes Leben ganz nach Geschmack und ganz nach Gesprächspartner neu erfinden könne. Man hätte jemanden gebraucht, der kaltblütig genug wäre, um Clémence monatelang zuzuhören und sie dann vielleicht ein bißchen klarer zu sehen. Verdammt kaltblütig. Einen Psychiater, hätten andere gesagt. Aber selbst dafür wäre es zu spät. Alles schien zu spät für Clémence, das war offensichtlich, aber Adamsberg gelang es nicht, irgendwelchen Kummer darüber zu empfinden. Clémence war vielleicht nett, vielleicht, aber so wenig anrührend, daß er sich fragte, wo Mathilde das Bedürfnis hernahm, sie im Stichling zu beherbergen und für sich arbeiten zu lassen. Wenn hier jemand gut war, im grundlegenden Sinn des Wortes, dann war es Mathilde. Majestätisch und bissig, aber prächtig und von Großzügigkeit durchdrungen. Bei Mathilde äußerte sich das brutal, bei Camille zärtlich. Danglard schien anders über Mathilde zu denken.

»Hat Mathilde Kinder?«

»Eine Tochter, Monsieur. Eine Schönheit. Möchten Sie ein Foto von ihr sehen?«

Plötzlich wurde Clémence ganz Dame von Welt und respektvoll. Vielleicht war es an der Zeit, sich zu nehmen, was er hier suchte, bevor sie ihr Verhalten änderte.

»Bloß kein Foto«, sagte Adamsberg. »Und ihr Philosophenfreund... Kennen Sie den?«

»Sie stellen eine Menge Fragen, Monsieur. Das wird Mathilde doch nicht schaden?«

»Nicht im geringsten, im Gegenteil, vorausgesetzt, es bleibt unter uns.«

Das war die Art polizeilicher Hinterlist, die Adamsberg nicht besonders mochte, aber wie sollte er es anstellen, solche Sätze zu umgehen? Er sagte sie also auswendig auf wie Multiplikationstabellen, um es schnell hinter sich zu bringen.

»Ich habe ihn schon zweimal gesehen«, sagte Clémence mit leichtem Stolz, während sie an ihrer Zigarette zog. »Er hat das hier geschrieben...«

Sie spuckte ein paar Tabakkrümel aus, suchte im Bücherregal und hielt Adamsberg einen dicken Band hin: *Die subjektiven Zonen des Bewußtseins*, von Réal Louvenel. Réal, ein kanadischer Vorname. Adamsberg ließ für einen Augenblick die Erinnerungsfetzen, die dieser Name in ihm auslöste, in seinem Gedächtnis aufsteigen. Keiner wurde so richtig deutlich.

»Er hat als Arzt angefangen«, erklärte Clémence murmelnd. »Anscheinend ist er ein bedeutender Kopf, ich sag's Ihnen lieber gleich. Ich weiß nicht, ob Sie dem gewachsen sind. Ich sag das nicht, um Sie zu verärgern, aber da muß man sich ganz schön ranhalten, um zu verstehen. Mathilde scheint ihm folgen zu können. Außerdem weiß ich noch, daß er allein mit zwölf Labradors lebt. Bei ihm muß es stinken, Allmächtiger.«

Clémence hatte den respektvollen Ton abgelegt. Er hatte nicht lange angehalten. Jetzt machte sie wieder den Trottel vom Dienst. Plötzlich sagte sie:

»Und Sie? Ist das interessant mit dem Mann mit den Kreisen? Machen Sie was aus Ihrem Leben? Oder stümpern Sie damit rum wie alle anderen?«

Die Alte würde ihm am Ende noch Unwohlsein bereiten, was nicht häufig vorkam. Nicht daß die Fragen ihn störten. Im Grunde waren es alltägliche Fragen. Aber an dieser Kleidung, an diesen Lippen, die sich nicht öffneten, diesen wegen der Dias behandschuhten Händen und diesen fortwährenden Reden fand er nicht das geringste Vergnügen. Sollte Mathildes Güte doch damit zurechtkommen, Clémence aus ihrem Schlamassel herauszuhelfen. Er hatte keine Lust, sich stärker dahinein verwickeln zu lassen. Er hatte seine Auskunft, das reichte. Er ging rückwärts hinaus, während er ein paar Nettigkeiten murmelte, um sich keine Sorgen machen zu müssen.

Bei der Suche nach der Adresse und der Telefonnummer von Réal Louvenel ließ sich Adamsberg Zeit. Bei seinem Anruf antwortete ihm die kreischende Stimme eines überreizten Mannes, er sei einverstanden, ihn an diesem Nachmittag zu sehen.

Es stank bei Réal Louvenel tatsächlich nach Hund. Er bewegte sich ständig unruhig hin und her und war derart unfähig, auf einem Stuhl sitzen zu bleiben, daß Adamsberg sich fragte, wie er es wohl anstellte zu schreiben. Später erfuhr er, daß Louvenel seine Bücher diktierte. Während er bereitwillig auf Adamsbergs Fragen antwortete, machte er zehn andere Dinge gleichzeitig, leerte einen Aschenbecher, stopfte Papiere in den Papierkorb, schneuzte sich, pfiff nach einem Hund, klimperte auf dem Klavier, schnallte seinen Gürtel ein Loch enger, setzte sich, stand wieder auf, schloß das Fenster, strich über den Sessel. Eine Fliege hätte ihm nicht folgen können. Erst recht nicht Adamsberg. Während er sich diesem ermüdenden Flirren so gut er konnte anpaßte, versuchte er, die Informationen, die in den äußerst komplizierten Sätzen Louvenels aufblitzten, aufzunehmen, wobei er sich anstrengte, sich von dem

Schauspiel des Mannes, der zwischen allen Wänden des Raumes umhersprang, und den Hunderten Fotos, die Labradorwürfe oder nackte junge Männer zeigten, nicht ablenken zu lassen. Er hörte Louvenel sagen, daß Mathilde größer und tiefer hätte sein können, wenn ihr innerer Drang sie nicht immer von ihren ursprünglichen Vorhaben abbringen würde, und daß sie sich in den Hörsälen der Universität kennengelernt hätten. Dann sagte er, daß sie im *Dodin Bouffant* vollständig betrunken gewesen sei und alle Gäste zusammengetrommelt habe, um zu erzählen, daß der Mann mit den Kreisen und sie ein verdammtes Freundespaar und unzertrennlich seien und daß niemand außer ihr und ihm irgend etwas von dieser »metaphorischen Renaissance der Trottoirs als neuem Feld der Wissenschaft« verstünde. Außerdem hatte sie gesagt, daß der Wein gut sei und sie noch was davon wolle, daß sie dem Mann mit den Kreisen ihr letztes Buch gewidmet habe, daß seine wahre Identität für sie kein Geheimnis sei, daß die leiderfüllte Existenz dieses Mannes aber ihr Geheimnis bleibe, ihre »Mathildik«. So wie man »Esoterik« sagt. Eine »Mathildik« sei etwas, was sie niemandem anvertraute und was übrigens auch von keinerlei objektivem Interesse sei.

»Da es mir nicht gelang, diesen Redestrom zu unterbrechen, habe ich den Ort verlassen, ohne mehr zu erfahren«, schloß Louvenel. »Mathilde ist mir unangenehm, wenn sie getrunken hat. Sie löst sich auf, sie wird gewöhnlich, laut und versucht nur noch, um jeden Preis geliebt zu werden. Man darf Mathilde nie trinken lassen, niemals. Hören Sie?«

»Schienen ihre Reden irgend jemanden im Raum zu interessieren?«

»Ich erinnere mich nur daran, daß Leute lachten.«

»Warum verfolgt Mathilde Ihrer Meinung nach Leute auf der Straße?«

»Um es kurz zu machen, könnte man sagen, daß sie sich ihr Kuriositätenkabinett schafft«, sagte Louvenel und zupfte an den Falten seiner Hose, dann an seinen Strümpfen. »Man könnte sagen, daß sie mit ihren Beutestücken, die sie sich zufällig in den Straßen aussucht, dasselbe macht wie mit den Fischen, daß sie sie verfolgt und auf Karteikarten packt. Aber nein, es ist genau das Gegenteil. Mathildes Drama besteht darin, daß sie in der Lage wäre, allein auf dem Meeresgrund zu leben. Einverstanden, sie hat daraus ihren Beruf gemacht, sie ist eine unermüdliche Forscherin, eine Wissenschaftlerin von hohem Rang – aber das alles hat für sie wenig Bedeutung. Für sie liegt die Verlockung in dem gewaltigen Territorium, das sie sich unter Wasser geschaffen hat. Mathilde ist die einzige Taucherin, die ich kenne, die es ablehnt, begleitet zu werden, was sehr gefährlich ist. ›Ich möchte alles allein fürchten und allein verstehen können, Réal, ich möchte in einen Tiefseegraben, zu den Wurzeln der Welt abtauchen können, wenn ich es will‹, sagt sie. So ist es eben. Mathilde ist ein Splitter des Universums. Da sie sich nicht weiten und in ihm aufgehen kann, beschließt sie, es zu erforschen, um es wahrzunehmen – und zwar in seinen größten physischen Dimensionen. Aber all das entfernt sie zu sehr von den Menschen, das weiß sie. Denn Mathilde hat auch ein ordentliches Stück Güte oder Begabung, ganz wie Sie wollen, die damit nicht befriedigt werden kann. So kommt es, daß Mathilde in regelmäßigen Abständen wieder auftaucht und sich mit jener anderen Verlockung beschäftigt, die sie zu den Leuten zieht, ich sage bewußt, zu den Leuten und nicht zur Menschheit. Dann betreibt sie ihre Versöhnung mit den Millionen von nutzlosen kleinen Schritten, die diese Leute machen, während sie auf der Kruste herumlaufen. Sie geht bis ans Ende, und jeder Schnipsel eines Verhaltens, den sie hier oder da erwischen kann, scheint ihr etwas Wunderbares. Sie prägt ihn sich ein, sie notiert ihn sich, sie mathildisiert. Auf dem Weg fängt sie sich Liebhaber, denn Mathilde ist auch eine Liebende. Und wenn sie dann von all dem gesättigt ist, taucht sie wieder ab. Das ist der Grund, weshalb sie anderen auf der Straße folgt. Um sich mit Schlägen und Rempeleien anzufüllen, mit Augenaufschlägen und Ellbogenrempeleien, bevor sie aufs neue die Unermeßlichkeit mit ihrem Alleinsein herausfordert.«

»Und an was läßt Sie der Mann mit den Kreisen denken?«

»Halten Sie mich nicht für herablassend, aber ich habe kein Interesse an derartigem Infantilismus. Selbst den Mord halte ich für infantil. Infantile Erwachsene gehen mir auf die Nerven, es sind Kannibalen. Sie sind nur fähig, sich von der Vitalität der anderen zu ernähren. Sie nehmen sich nicht wahr. Und weil sie sich nicht wahrnehmen, können sie nicht leben und sind nichts anderes als Begierige, begierig auf den Blick oder auf das Blut der anderen. Weil sie sich nicht wahrnehmen, gehen sie mir auf die Nerven. Sie wissen vielleicht, daß mich mehr interessiert, wie der Mensch sich selbst wahrnimmt – ich rede bewußt von Wahrnehmung, also dem Gefühl, nicht von Verständnis und Analyse. Das ist alles, woran mich der Mann mit den Kreisen und sein Mord denken läßt, von dem ich übrigens fast nichts weiß außer über Mathilde, die viel zuviel davon redet.«

Réal band die Schleifen seiner Schuhe neu.

Adamsberg merkte, daß Réal Louvenel sich bemüht hatte, seine Sprache seinem Gesprächspartner anzupassen. Er war ihm deshalb nicht böse. Nicht einmal so war er sich sicher, genau verstanden zu haben, was dieser fieberhafte Mann unter Wahrnehmung seiner selbst verstand, ganz offensichtlich sein Leitbegriff. Aber während er ihm zuhörte, hatte er unvermeidlich an sich selbst gedacht, das mußte allen so gehen. Und er hatte gespürt, daß er sich in Ermangelung einer Beobachtung »wahrnahm«, vielleicht genau in dem Sinne, wie Louvenel es verstand. Er wußte, daß diese Wahrnehmung seines Existierens bisweilen geradezu einer Höhlenwanderung glich, bei der die Stiefel im Schlamm steckenblieben, wo man keinerlei Antwort fand und physischen Mut brauchte, um das alles nicht weit von sich zu weisen. Aber er wies es nicht von sich, wenn es kam, denn er wußte genau, daß eine solche Reaktion ihn dazu verurteilt hätte, überhaupt nichts mehr zu sein.

Jedenfalls machte der Typ mit der blauen Kreide offenbar niemandem Sorgen. Aber Adamsberg ging es nicht darum, ob jemand seine Befürchtungen teilte oder nicht. Das war allein seine Sache. Er überließ Louvenel seinen Zuckungen, die sich nach der Einnahme einer ovalen kleinen, gelben Tablette stark beruhigt hatten. Adamsberg empfand einen heftige Argwohn gegenüber Medikamenten, er hatte lieber einen ganzen Tag Fieber, als auch nur den Krümel eines Medikaments zu schlucken. Seine kleine Schwester hatte ihm gesagt, es sei sehr anmaßend, immer darauf zu hoffen, allein damit fertig zu werden, und man verlöre auf dem Boden eines Aspirinröhrchens nicht unweigerlich seine Identität. Kaum vorstellbar, wie sehr seine kleine Schwester ihn manchmal nerven konnte.

* * *

Im Kommissariat traf Adamsberg Danglard in ziemlich zerstörtem Zustand an. Er hatte Gesellschaft gefunden, um seinen Nachmittags-Weißwein anzugehen, und das hatte ihn in seinem täglichen Ritual ordentlich vorangebracht. Mathilde Forestier und der schöne Blinde saßen wie in einem Bistrot an seinem Schreibtisch, die Ellbogen aufgestützt, und gossen sich aus Plastikbechern gehörig einen hinter die Binde. Das war geräuschvoll.

Mathildes schöne Stimme übertönte alles, und Reyer wandte sein Gesicht nicht von der Königin ab; er schien zufrieden zu sein. In Gedanken zollte Adamsberg dem bemerkenswert schönen Profil des Blinden erneut Respekt, ärgerte sich aber darüber, daß der Mann, wenn man so sagen konnte, Mathilde mit begehrlichen Blicken ansah. Was ärgerte ihn eigentlich daran? Der Eindruck, daß der Blinde auf Mathilde hereinfallen würde? Nein. Mathilde war nicht so gewöhnlich, solche Machtspielchen mit Verschlingen des Schwächeren waren ihre Sache nicht. Wenn sich allerdings eine Hand auf Mathilde legte, sah er unschwer auch eine Hand, die sich gleichzeitig auf Camille legte. Aber nein. Das verquickte er nicht. Und alle Welt hatte das Recht, Camille zu berühren, daraus hatte er sich seit langem einen heilsamen Grundsatz gemacht. Oder war es, weil auch

Danglard sich auf das Spiel einzulassen schien, er, der, was Mathilde anging, so kategorisch gewesen war? Am Tisch herrschte eine Art Wettrennen zwischen den beiden Männern, es roch nach den tausendfach wiederholten Spielen der Verführung, und es war nicht zu übersehen, daß Mathilde bei allem, was sie bereits an Weißwein getrunken haben mochte, für diese Atmosphäre nicht unempfänglich war. Aber schließlich hatte sie ein Recht darauf. Und auch Danglard und Reyer hatten das Recht, die jungen Männer zu spielen, wenn ihnen danach war. Was stach ihn eigentlich, plötzlich den Zensor zu spielen und die Regeln der Kunst festzusetzen? War er etwa besonders kunstvoll mit der Nachbarin von unten umgegangen, bei der er geschlafen hatte? Nein, ganz und gar nicht kunstvoll. Wenn er auch – zweckmäßigerweise ein wenig bewegt – seine Worte wohlüberlegt gesetzt hatte, nach Regeln, die er als verläßlich kannte. War er kunstvoll mit Christiane gewesen? Schlimmer noch. Wobei ihm plötzlich einfiel, daß er natürlich nicht daran gedacht hatte, daran zu denken. Da konnte er auch gleich was mit den anderen trinken. Und sich fragen, was sie eigentlich hier machten. Wenn man genauer hinsah, war Danglard von den Reizen seiner beiden Verdächtigen, die bei ihm am Tisch saßen, gar nicht so abgelenkt. Wenn man noch genauer hinsah, dann wachte, überwachte, lauschte und leitete der Denker Danglard, so besoffen er sein mochte. Sogar im Rausch blieben Mathilde und Reyer für das schneidende Hirn Danglards Figuren, die zu eng in einem Mordfall verwickelt waren. Adamsberg lächelte und ging auf den Tisch zu.

»Ich weiß«, sagte Danglard und zeigte auf die Plastikbecher, »das ist gegen die Regeln. Aber diese Leute sind nicht meine Mandanten. Sie sind hier nur auf der Durchreise. Sie wollten zu Ihnen.«

»Und zwar dringend«, sagte Mathilde.

An Mathildes Blick merkte Adamsberg, daß sie eine gewaltige Wut auf ihn hatte. Besser, den Eklat vor allen Leuten zu vermeiden. Er ließ das Glas Wein bleiben und führte sie in sein

Büro, wobei er Danglard ein Zeichen gab. Sicherheitshalber. Um ihn nicht zu kränken. Aber Danglard war das völlig egal, er hatte sich bereits wieder auf seine Unterlagen gestürzt.

»Also? Hat Clémence den Mund nicht gehalten?« fragte er Mathilde behutsam, während er sich schräg hinsetzte.

Adamsberg lächelte, den Kopf zur Seite geneigt.

»Sie brauchte es nicht zu tun«, sagte Mathilde. »Es scheint, Sie haben sie mit Fragen über ihr Leben und dann über Réal nur so bedrängt. Adamsberg, ist das eine Art, sich zu benehmen?«

»Meine Art, mich als Bulle zu benehmen, vermute ich«, sagte Adamsberg. »Ich habe sie nicht bedrängt. Clémence redet ganz von allein und pfeift dabei durch die Zähne. Und ich hatte Lust, Réal Louvenel kennenzulernen. Ich komme gerade von ihm.«

»Ich weiß«, sagte Mathilde, »und bin völlig außer mir.«

»Das ist normal«, erwiderte Adamsberg.

»Was wollten Sie von ihm?«

»Erfahren, was Sie im *Dodin Bouffant* wohl gesagt haben.«

»Aber was hat das für eine Bedeutung, mein Gott?«

»Manchmal, aber nur manchmal bin ich versucht herauszufinden, was die anderen vor mir verbergen. Und seit dem Artikel in dieser Zeitung vom 5. Arrondissement dienen Sie all denen, die sich dem Mann mit den Kreisen gerne nähern würden, als Fliegenfalle. Folglich muß ich mich darum kümmern. Ich glaube, daß Sie nicht allzuweit davon entfernt sind, herauszukriegen, wer er ist. Ich hatte gehofft, daß Sie an dem Abend mehr gesagt haben und Louvenel es mir erzählen würde.«

»Ich hätte mir nicht vorgestellt, daß Sie auf solchen Umwegen vorgehen.«

Adamsberg zuckte mit den Schultern.

»Und Sie, Madame Forestier? Ihr erstes Erscheinen im Kommissariat? War das vielleicht direkter?«

»Keine andere Wahl«, erwiderte Mathilde. »Aber Sie hält man für integer. Und plötzlich sind Sie krumm.«

»Auch keine andere Wahl. Und außerdem ist das so, ich bin unbeständig. Immer unbeständig.«

Adamsberg stützte den noch immer zur Seite geneigten Kopf auf seine Hand. Mathilde sah ihn an.

»Genau wie ich gesagt habe«, fuhr Mathilde fort. »Sie sind amoralisch, Sie hätten sich besser verkaufen sollen.«

»Genau das mache ich gerade, um Informationen zu bekommen.«

»Worüber?«

»Über ihn. Über den Mann mit den Kreisen.«

»Sie werden enttäuscht sein. Ich habe mir die Identität des Mannes mit den Kreisen auf der Basis von ein paar Erinnerungen ausgedacht. Ich habe keinerlei Beweis. Reine Phantasie.«

»Schritt für Schritt«, murmelte Adamsberg, »gelingt es mir, Ihnen einzelne Teile der Wahrheit zu entreißen. Aber es ist langwierig. Könnten Sie mir sagen, wer er ist? Selbst wenn Sie ihn sich ausgedacht haben, es interessiert mich.«

»Das Ganze beruht auf nichts. Der Mann mit den Kreisen erinnert mich an einen Mann, dem ich vor langem mal gefolgt bin, mindestens acht Jahre ist das her, im Viertel von Pigalle eben. Ich bin ihm in ein kleines, düsteres Restaurant gefolgt, wo er allein zu Mittag aß. Er arbeitete beim Essen, ohne jemals seinen Regenmantel auszuziehen, und stapelte haufenweise Bücher und Blätter auf dem Tisch. Und wenn ihm eines davon runterfiel, was ständig vorkam, bückte er sich, um es aufzuheben, indem er die Schöße seines Regenmantels hochhob, als wäre es ein Hochzeitskleid. Manchmal stieß seine Frau mit ihrem Liebhaber zum Kaffee dazu. Dann machte er den Eindruck eines Unglücklichen, der entschlossen ist, alle Demütigungen einzustecken, um nur irgend etwas zu behalten. Aber wenn seine Frau und ihr Liebhaber gegangen waren, war er voller Gehässigkeit, zerschnitt mit Sorgfalt die Papiertischdecke mit seinem Fleischmesser, also ganz offensichtlich stimmte da was nicht. Ich hätte ihm ja empfohlen, was zu trinken, aber er war enthaltsam. Damals habe ich mir in meinem Notizbuch notiert: ›Kleiner Mann, der gierig auf Macht ist, sie aber nicht hat. Wie wird er es anstellen?‹ Sehen Sie, meine Betrachtungen sind immer sehr summarisch. Réal sagt das immer: ›Mathilde du bist summarisch.‹ Dann habe ich den Typen sein lassen. Er hat mich nervös und traurig gemacht. Ich verfolge die Leute, um mir was Gutes zu tun, nicht um in ihren Schmerzen herumzuschnüffeln. Aber als ich dann den Mann mit den Kreisen sah und seine Art, sich hinzukauern und dabei seinen Mantel hochzuschlagen, da hat mich das an eine bekannte Gestalt erinnert. Eines Abends habe ich meine Notizbücher durchgeblättert, habe die Erinnerung an den kleinen, gierigen, aber machtlosen Mann hervorgekramt und mir gesagt: ›Warum nicht? Ist das die Lösung, die er gefunden hat, um die Macht zu bekommen?‹ Da ich immer noch summarisch bin, habe ich es dabei belassen. Sehen Sie, Adamsberg, Sie sind enttäuscht. Für derlei erbärmliche Auskünfte war es nicht nötig, all diese Heimlichtuereien bei mir und Réal zu veranstalten.«

Aber Mathilde war nicht mehr wütend.

»Warum haben Sie mir das nicht sofort gesagt?«

»Ich war mir nicht sicher genug, nicht wirklich überzeugt. Und außerdem wissen Sie sehr gut, daß ich den Mann mit den Kreisen ein bißchen beschütze. Man könnte meinen, er habe nur mich im Leben. Es ist eine dieser Pflichten, denen man sich nicht entziehen kann. Und außerdem hat es mich immer angewidert, daß meine persönlichen Aufzeichnungen als Denunziationskartei dienen könnten, verdammt.«

»Verständlich«, sagte Adamsberg. »Warum sagen Sie ›gierig‹, wenn Sie von ihm reden? Das ist komisch, Louvenel hat dasselbe Wort verwendet. Jedenfalls haben Sie sich mit all den Erklärungen im *Dodin Bouffant* eine verdammte Bekanntheit verschafft. Man brauchte sich nur an Sie zu wenden, um mehr zu erfahren.«

»Wozu?«

»Ich habe es Ihnen schon einmal gesagt. Die Zwangsgsneurose des Mannes mit den Kreisen ist eine Aufforderung zum Morden.«

Als er »Zwangsneurose« sagte, um zu vereinfachen, dachte er daran, was Vercors-Laury ihm erklärt hatte: daß der Mann im Grunde nicht die Kennzeichen eines Zwangsneurotikers aufwies. Das befriedigte ihn.

»Hatten Sie keinerlei besonderen Besuch nach der Nacht im *Dodin Bouffant* und dem Zeitungsartikel?« fragte Adamsberg.

»Nein«, antwortete Mathilde. »Anders gesagt: Alle Besuche, die ich empfange, sind besonders.«

»Haben Sie den Mann mit den Kreisen nach diesem Abend noch mal verfolgt?«

»Natürlich, einige Male.«

»War niemand in Ihrer Nähe?«

»Mir ist nichts aufgefallen. In Wahrheit habe ich mich darum nicht gekümmert.«

»Und Sie?« fragte Adamsberg und wandte sich zu Charles Reyer. »Was machen Sie hier?«

»Ich begleite Madame, Herr Kommissar.«

»Warum?«

»Zur Zerstreuung.«

»Oder um mehr zu erfahren. Man hat mir doch gesagt, daß Mathilde Forestier entgegen allen Regeln der Zunft allein taucht, wenn sie tauchen geht. Es ist nicht ihre Art, für Begleitung und Schutz zu sorgen.«

Der Blinde lächelte.

»Madame Forestier war wütend. Sie hat mich gefragt, ob ich mitkommen und mir das ansehen wolle. Ich habe eingewilligt. Das füllt den Feierabend aus. Aber ich bin auch enttäuscht. Sie haben Mathilde ein bißchen zu schnell auseinandergenommen.«

»Verlassen Sie sich nicht darauf«, erwiderte Adamsberg lächelnd, »sie hat noch viele Lügen in Reserve. Was aber ist mit Ihnen: Kannten Sie zum Beispiel den Artikel in der Zeitung des 5. Arrondissements?«

»Die gibt's nicht in Blindenschrift«, brummte Charles. »Aber trotzdem wußte ich davon. Macht Sie das glücklich? Und Sie, Mathilde, erstaunt Sie das? Macht Ihnen das angst?«

»Ist mir völlig egal«, bemerkte Mathilde.

Charles zuckte mit den Schultern und fuhr mit den Fingern unter seine dunkle Brille.

»Im Hotel hatte jemand davon gesprochen«, fuhr er fort. »Ein Gast in der Eingangshalle.«

»Sehen Sie«, sagte Adamsberg und wandte sich Mathilde zu, »die Informationen verbreiten sich schnell, bis hin zu denen, die sie nicht lesen können. Was hat dieser Gast in der Eingangshalle gesagt?«

»Irgend etwas wie: ›Die grande dame des Meeres hat sich schon wieder was geleistet! Sie läßt sich mit dem Verrückten mit den blauen Kreisen ein!‹ Das ist alles, was ich darüber erfahren habe. Nicht sehr genau.«

»Warum gestehen Sie mir so bereitwillig, daß Sie darüber Bescheid wußten? Das bringt Sie in eine schwierige Lage. Sie wissen, daß Ihre Situation bereits jetzt nicht sehr klar ist. Sie sind wie durch ein Wunder bei Mathilde aufgekreuzt, und Sie haben kein Alibi für die Mordnacht.«

»Das wissen Sie auch?«

»Natürlich. Danglard arbeitet.«

»Wenn ich es Ihnen nicht selbst gestanden hätte, hätten Sie versucht, es herauszufinden, und Sie hätten es erfahren. Also lieber gleich den schlechten Eindruck einer Lüge vermeiden, nicht wahr?«

Reyer lächelte jenes fiese Lächeln, das aussah, als wollte er den gesamten Kosmos zertrümmern.

»Aber ich wußte nicht, daß es sich um Madame Forestier handelte, mit der ich im Café in der Rue Saint-Jacques sprach«, fügte er hinzu. »Das habe ich mir erst später zusammengereimt.«

»Ja«, bemerkte Adamsberg, »das haben Sie bereits gesagt.«

»Sie wiederholen sich auch.«

»Das ist in bestimmten Phasen der Ermittlung immer so: Man wiederholt sich. Journalisten sagen dann, die Ermittlungen seien ›festgefahren‹.«

»Phase 2 und 3«, seufzte Mathilde.

»Und plötzlich«, fuhr Adamsberg fort, »überstürzt sich alles, und man hat nicht mal mehr die Zeit zu reden.«

»Phase 1«, fügte Mathilde hinzu.

»Sie haben recht, Mathilde«, sagte Adamsberg und sah sie an. »Im Leben ist es genauso. Es verläuft in Trägheit und plötzlichen Sprüngen.«

»Das ist eine banale Vorstellung«, brummte Charles.

»Ich sage häufig banale Dinge«, erwiderte Adamsberg. »Ich wiederhole mich; ich gebe Binsenweisheiten von mir, kurz, ich enttäusche. Passiert Ihnen das nie, Monsieur Reyer?«

»Ich versuche es zu vermeiden«, sagte der Blinde. »Ich hasse gewöhnliche Gespräche.«

»Ich nicht«, sagte Adamsberg. »Es ist mir gleichgültig.«

»Es reicht«, bemerkte Mathilde. »Ich mag es nicht, wenn der Kommissar diesen Ausdruck annimmt. Wir werden so nicht weiterkommen. Ich erwarte Sie lieber bei Ihrem ›Sprung‹, Kommissar, wenn das Licht in Ihre Augen zurückgekehrt ist.«

»Das ist eine banale Vorstellung«, erwiderte Adamsberg lächelnd.

»Stimmt, Mathilde schreckt in ihren poetisch-sentimentalen Metaphern vor keiner Ungeheuerlichkeit zurück«, bemerkte Reyer. »In einer Weise, die sich völlig von der Ihren unterscheidet.«

»Ist jetzt Schluß damit? Können wir gehen?« fragte Mathilde. »Sie nerven mich alle beide. Und auch auf ganz unterschiedliche Weise.«

Adamsberg machte ein Zeichen mit der Hand, lächelte und war allein.

Warum hatte Charles Reyer es für nötig gehalten, zu präzisieren: »Das ist alles, was ich erfahren habe«?

Weil er mehr als das erfahren hatte. Und warum hatte er diesen Fetzen der Wahrheit gestanden? Um alle weiteren Nachforschungen zu verhindern.

Adamsberg rief also im *Hôtel des Grands Hommes* an. Der Angestellte an der Rezeption erinnerte sich an die Zeitung vom 5. Arrondissement und was der Gast darüber gesagt hatte. An den Blinden auch, natürlich. Wie hätte er einen solchen Blinden vergessen sollen?

»Hat Reyer mehr über den Artikel wissen wollen?« fragte Adamsberg.

»Ja, tatsächlich, Herr Kommissar. Er hat mich gebeten, ihn ganz vorzulesen. Sonst hätte ich mich nicht daran erinnert.«

»Und wie hat er reagiert?«

»Schwer zu sagen, Herr Kommissar. Es gibt bei ihm so ein Lächeln, daß es einem kalt den Rücken runterläuft, ein Lächeln, bei dem Sie sich wie ein Trottel vorkommen. An dem Tag hatte er so ein Lächeln, aber ich habe nie verstanden, was es bedeuten sollte.«

Adamsberg dankte ihm und legte auf. Charles Reyer hatte mehr wissen wollen. Und er hatte Mathilde zum Kommissariat begleitet. Mathilde ihrerseits wußte mehr, als sie gesagt hatte, über den Mann mit den Kreisen. All das konnte natürlich auch nicht die geringste Bedeutung haben. Es ärgerte ihn, über derlei Auskünfte nachdenken zu müssen. Er befreite sich davon, indem er sie Danglard übergab. Falls nötig, würde Danglard alles Erforderliche sehr viel besser tun als er. Auf diese Weise würde er weiter an den Mann mit den Kreisen denken können, und zwar an ihn allein. Mathilde hatte recht, er wartete auf den Sprung. Er wußte auch, was sie mit ihrem abgedroschenen Bild von dem »Licht in den Augen« hatte sagen wollen. Es war zwar abgedroschen, aber das Licht in den Augen gab es trotzdem. Man hat es, oder man hat es nicht. Bei ihm hing das vom jeweiligen Moment ab. Und im Augenblick wußte er sehr gut, daß sein Blick irgendwo auf dem Meer verlorengegangen war.

* * *

In der Nacht hatte er einen scheußlichen Traum, ein Gemisch aus Lust und grotesken Szenen. Er sah, wie Camille als Hotelboy gekleidet das Zimmer betrat. Mit ernstem Gesicht hatte sie ihre Kleidung abgelegt und sich neben ihm ausgestreckt. Obwohl er selbst im Traum die Vorahnung hatte, daß er sich auf einer verdammt schiefen Bahn befand, hatte er nicht widerstanden. Und der Hotelboy aus Kairo hatte gelacht und ihm alle zehn Finger gezeigt, was heißen sollte: ›Ich habe sie zehnmal geheiratet.‹ Dann war Mathilde gekommen und hatte gesagt: ›Er will dich einsperren‹, und hatte ihre Tochter aus seinen Armen gezogen. Und er hatte sie an sich gedrückt. Lieber verrecken, als sie Mathilde überlassen. Und er hatte gemerkt, daß sein Traum völlig ausartete, daß die anfängliche Lust vergangen war und es besser wäre, dem ein Ende zu bereiten und aufzuwachen. Es war vier Uhr morgens.

Adamsberg stand auf und sagte »Scheiße«.

Er ging in der Wohnung umher. Ja, er war auf einer verdammt schiefen Bahn. Wenn Mathilde wenigstens nichts von ihrer Tochter gesagt hätte, dann hätte Camille nicht plötzlich dieses Wirklichsein zurückgewonnen, das er über Jahre hinweg ohne Anstrengung von sich ferngehalten hatte.

Nein. Es hatte früher angefangen, als er plötzlich glaubte, sie sei tot. In dem Moment war Camille aus den entfernten Gefilden zurückgekehrt, in denen sie sich entwickelte, wie er mit Zärtlichkeit und Distanz sah. Aber da hatte er bereits Mathildes Bekanntschaft gemacht, und deren ägyptisches Gesicht hatte Camille mit noch größerer Heftigkeit wiederauferstehen lassen als zuvor, ja, so hatte alles begonnen. So hatte diese gefährliche Folge von Gefühlen ihren Lauf genommen, die in seinem Kopf gegeneinanderschlugen, von Erinnerungen, die sich wie Ziegel im Sturm hoben, die hier und da Löcher in ein bis dahin sorgfältig unterhaltenes Dach rissen. Scheiße. Eine verdammt schiefe Bahn. Adamsberg hatte immer nur wenig Hoffnung und wenig Erwartungen in die Liebe gesetzt, nicht, daß er gegen Gefühle gewesen wäre, was nichts besagt hätte, aber sie bildeten nicht den wesentlichen Teil seines Lebens. So war es eben, eine Schwäche, dachte er manchmal, eine Chance, dachte er andere Male. Und diesen Mangel an Glauben stellte er nicht in Frage. In dieser Nacht nicht mehr als in einer anderen. Aber während er mit langen Schritten in der Wohnung umherging, merkte er, daß er Camille für eine Stunde an sich drücken wollte. Es nicht zu können enttäuschte ihn, er schloß die Augen, um es sich vorzustellen, und das tat ihm überhaupt nicht gut. Wo war Camille? Warum war sie nicht hier, um sich an ihn zu schmiegen bis zum Morgen? Es erbitterte ihn , daß er in diesem weder jetzt noch jemals zu verwirklichenden Sehnen gefangen war. Nicht dieses Sehnen erbitterte ihn, viemehr das Gefühl, seine Zeit und seine Träume in nutzlosen und rückwärtsgewandten Vorstellungen zu verlieren, während das Leben für ihn doch seit langem leichter gewesen wäre, wenn er es geschafft hätte, sich davon frei zu machen. Und befreit davon war er wirklich nicht. Es war schon ein ganz schöner Mist gewesen, Mathilde zu begegnen.

Adamsberg ging nicht wieder schlafen und öffnete um fünf nach sechs die Tür zu seinem Büro. Zehn Minuten später nahm er den Anruf des Kommissariats vom 6. Arrondissement entgegen. An der Ecke des Boulevard Saint-Michel und der langen und verlassen daliegenden Rue du Val-de-Grâce war ein Kreis entdeckt worden. In seiner Mitte lag ein Miniwörterbuch Englisch-Spanisch. Etwas mitgenommen von der Nacht, nutzte Adamsberg die Gelegenheit, ein paar Schritte zu tun. Ein Polizist war bereits vor Ort und wachte über den blauen Kreis wie über das Grabtuch Christi. Der Beamte stand sehr starr und aufrecht nahe dem kleinen Wörterbuch. Der Anblick war lächerlich.

Täusche ich mich? fragte Adamsberg.

Zwanzig Meter weiter unten auf dem Boulevard hatte bereits ein Café geöffnet. Es war sieben Uhr. Er setzte sich auf die Terrasse und fragte den Kellner, wann das Café in der Nacht schloß und wer zwischen elf Uhr abends und halb eins hier gearbeitet hatte. Er dachte, daß der Mann mit den Kreisen eventuell an diesem Bistrot vorbeigegangen war, um zur Metrostation Luxembourg zu kommen. Der Wirt kam, um ihm persönlich zu antworten. Er war recht aggressiv, und Adamsberg zeigte ihm seinen Ausweis.

»Ihr Name ist mir nicht unbekannt«, sagte der Wirt. »Sie sind berühmt in Ihrem Beruf.«

Adamsberg nahm das widerspruchslos hin. Es erleichterte das Gespräch.

»Doch«, bestätigte der Wirt, nachdem er Adamsberg zugehört hatte. »Doch, ich habe einen etwas merkwürdigen Typen gesehen, der dem entsprechen könnte, was Sie suchen. Gegen fünf nach zwölf ist er hier schnell vorbeigetrippelt, während ich die Tische draußen zusammenräumte, um zu schließen. Sie wissen ja, wie das ist mit diesen Plastikstühlen, die fliegen durcheinander, fallen um, bleiben überall hängen. Kurz, einer davon war umgefallen, und der Mann hat sich darin verfangen und ist gestolpert. Ich bin zu ihm, um ihm beim Aufstehen zu helfen, aber er hat mich zurückgestoßen, ohne irgendwas zu sagen, und ist genauso schnell weitergerannt. Er hatte eine Tasche unter den Arm geklemmt, die er nicht losgelassen hat.«

»Das ist er«, sagte Adamsberg.

Die Sonne schien bis zur Terrasse, er rührte in seinem Kaffee, es ging ihm besser. Camille nahm endlich ihren weit entfernten Platz wieder ein.

»Haben Sie sich etwas dabei gedacht?« fragte er.

»Nichts. Doch. Ich hab mir gedacht, na, wieder so ein armer Kerl, ich sage armer Kerl, weil er schmächtig war, na ja, so ein Typ, der einen feuchtfröhlichen Abend hinter sich hat und rennt, weil er sich von seiner Alten anscheißen lassen muß.«

»Männliche Solidarität«, murmelte Adamsberg, von einem leichten Widerwillen gegenüber dem Mann erfaßt. »Warum ein feuchtfröhlicher Abend? Konnte er sich nicht mehr ganz gerade halten?«

»Doch. Wenn ich drüber nachdenke, war er eigentlich eher flink. Sagen wir, er muß nach Alkohol gerochen habe, obwohl ich es am Anfang kaum bemerkt habe. Das fällt mir jetzt ein, weil Sie mich danach fragen. Bei mir ist das Erkennen von Alkohol zur zweiten Natur geworden. Sie verstehen, mein Beruf... Zeigen Sie mir einen beliebigen Typen, und ich kann Ihnen genau sagen, in welchem Zustand er ist. Und dieser Typ da, der kleine Nervöse von gestern abend, hatte ein paar Gläschen getrunken. Das roch man, oh ja, das roch man.«

»Was? Whisky? Wein?«

»Nein«, erwiderte der Wirt zögernd. »Weder das eine noch das andere. Irgendwas Süßlicheres. Ich seh da eher kleine Likörgläschen, die eins nach dem anderen bei einer Partie Karten unter alten Freunden gekippt werden, so was Feineres halt, wissen Sie, ganz harmlos, was aber trotzdem den gewünschten Effekt erzielt.«

»Calvados? Birnenschnaps?«

»Also da fragen Sie mich zuviel, da fang ich am Ende noch an zu erfinden. Es gab im Grunde ja keinen Anlaß, an dem Typen zu riechen.«

»Also sagen wir, ein Obstschnaps...«

»Bringt Ihnen das irgend etwas?«

»Sehr viel«, sagte Adamsberg. »Seien Sie so liebenswürdig und kommen Sie im Lauf des Tages im Kommissariat vorbei und lassen Sie Ihre Zeugenaussage aufnehmen. Ich gebe Ihnen die Adresse. Und vergessen Sie bloß nicht, meinen Kollegen auf diesen Obstgeruch aufmerksam zu machen.«

»Ich habe gesagt Alkohol, ich habe nicht gesagt Obst.«

»Ja, wie Sie wollen. Das ist nicht wichtig.«

Adamsberg lächelte zufrieden. Er dachte wieder an den kleinen Liebling, nur so. Es löste fast nichts aus, eine leichte, vorübergehende Sehnsucht wie ein entfernter Vogel, aber nicht mehr. Erleichtert verließ er das Bistrot. Heute würde er Danglard zu Mathilde schicken, er sollte versuchen, ihr die Adresse des Restaurants zu entlocken, in das sie den trübsinnigen und arbeitsamen Mann im Regenmantel verfolgt hatte. Man konnte nie wissen.

Aber er zog es vor, Mathilde heute nicht zu begegnen.

Was den Mann mit den Kreisen anging, so schwang er weiter seine Kreide unweit der Rue Pierre-et-Marie-Curie. Er bewegte sich weiter, diskutierte weiter.

Und er, Adamsberg, wartete auf ihn.

* * *

Danglard entlockte Mathilde die Adresse des Restaurants von Pigalle, aber das Lokal hatte zwei Jahre zuvor zugemacht.

Den ganzen Tag über belauerte Danglard Adamsbergs vagabundierende Laune. Er fand, daß die Ermittlungen sich hinzogen. Aber er sah ein, daß es auch nicht viel gab, was sie tun konnten. Er für seinen Teil hatte das komplette Leben von Madeleine Châtelain durchsiebt, ohne die geringste Schlacke darin zu finden. Er war auch bei Charles Reyer gewesen, um ihn zu bitten, seine Neugier hinsichtlich des Zeitungsartikels zu erklären. Reyer hatte sich überrumpelt gefühlt, war ziemlich ungehalten und vor allem wohl verärgert, Adamsberg die Dinge so schlecht verborgen zu haben. Aber Reyer hatte eine gewisse Sympathie für Danglard, der dumpfe und schleppende Klang der Stimme dieses müden Mannes, den er sich recht groß vorstellte, beunruhigte ihn weniger als das übermäßig sanfte Timbre der Stimme von Adamsberg. Seine Antwort auf Danglards Frage war einfach gewesen. Als er noch Student der Tieranatomie gewesen war, hatte er Gelegenheit gehabt, an Seminaren von Madame Forestier teilzunehmen. Das war überprüfbar. Zu der Zeit hatte es keinen Grund gegeben, irgend jemandem etwas Böses zu wollen, und er hatte Madame Forestier in ihrer intelligenten und verführerischen Art geschätzt und nie ein Wort der Vorträge, die sie gehalten hatte, vergessen. Später hatte er alles aus jenem Leben löschen wollen. Aber als der Mann in der Hotelhalle auf die »grande dame des Meeres« angespielt hatte, war die aufsteigende Erinnerung alles in allem doch so angenehm gewesen, daß er den Wunsch verspürte, herauszufinden, ob es sich wirklich um sie handelte und was man ihr wohl vorwerfen mochte. Reyer begriff, daß Danglard überzeugt schien. Dennoch fragte Danglard ihn, warum er das Adamsberg gestern nicht erklärt habe und warum er Mathilde nicht gesagt habe, daß er sie bereits vor ihrer »zufälligen« Begegnung in der Rue Saint-Jacques kannte. Auf die erste Frage hatte Reyer geantwortet, er wolle nicht, daß Adamsberg ihm das Dasein zu sehr verkompliziere, und auf die zweite, ihm liege nichts daran, daß Mathilde ihn mit jenen ewigen Studenten verwechsle, die, älter geworden, zu Dienern der Dame geworden seien. Nein, das nicht.

Im großen und ganzen nicht viel zu holen, sagte sich Danglard. Der übliche Haufen Halbwahrheiten, der die Dinge in die Länge zog. Die Kleinen würden enttäuscht sein. Aber er warf

Adamsberg dieses zähe Verrinnen der Tage vor, das nur jeweils am Morgen durch einen neuen Kreis unterbrochen wurde.

Er hatte den ungerechtfertigten Eindruck, daß Adamsberg einen schlechten Einfluß auf dieses Verrinnen der Zeit hatte. Das Kommissariat selbst war inzwischen von dem besonderen Verhalten seines Kommissars geprägt. Castreaus Wutanfälle ohne wirklichen Anlaß wurden seltener, und die Dummheiten aus dem Mund von Margellon ließen nach – nicht, daß der eine weniger brutal und der andere weniger blöd gewesen wäre, aber es schien irgendwie nicht mehr nötig zu sein, sich das Leben schwerzumachen, indem man die ganze Zeit redete. Im großen und ganzen – aber das war nur ein Eindruck, der vielleicht seinen eigenen Sorgen entsprang – waren Auseinandersetzungen und belanglose Übertreibungen aller Art seltener geworden, sie waren weniger erforderlich und wurden durch einen sorglosen Fatalismus ersetzt, der ihm jedoch gefährlicher vorkam. Alle Männer schienen mit großer Ruhe die Segel ihres Schiffes einzuholen, ohne sich über ihre vorübergehende Untätigkeit aufzuregen, wenn der Wind sich legte und die Segel unbeweglich ließ. Die alltäglichen Arbeiten gingen ihren Gang, gestern drei Überfälle in ein und derselben Straße. Adamsberg kam und ging, verschwand und kehrte wieder, ohne daß das jetzt noch Kritik oder Aufregung hervorgerufen hätte.

* * *

Jean-Baptiste ging früh schlafen. Er schickte sogar die junge Nachbarin von unten weg, ohne sie zu kränken, wie er meinte. Und doch hatte er sie heute morgen dringend zu sehen gewünscht, um auf andere Gedanken zu kommen und von einem anderen Körper zu träumen. Aber am Abend dachte er an nichts anderes mehr, als so schnell wie möglich einzuschlafen, ohne Frau, ohne Buch, ohne Gedanken.

Als das Telefon in der Nacht klingelte, wußte er, daß es nun gekommen war, das Ende des Auf-der-Stelle-Tretens, der Sprung; er wußte, daß jemand tot war. Margellon war am Apparat. Auf dem Boulevard Raspail, in jenem ruhigeren Teil, der zur Place Denfert führt, war einem Mann die Kehle durchgeschnitten worden. Margellon war mit der Mannschaft des 14. Arrondissement vor Ort.

»Und der Kreis? Wie ist der Kreis?« fragte Adamsberg.

»Der Kreis ist da, Kommissar. Sehr sorgfältig gezeichnet, als ob der Typ sich viel Zeit gelassen hätte. Die Inschrift drumherum ist ebenfalls vollständig. Wieder dieselbe: ›Victor, sieh dich vor, was treibst du jetzt noch vor dem Tor?‹ Mehr weiß ich im Augenblick nicht. Ich erwarte Sie.«

»Ich komme. Wecken Sie Danglard. Sagen Sie ihm, er soll schnellstmöglich herkommen.«

»Vielleicht ist es nicht unbedingt nötig, alle Welt zu stören?«

»Ich wünsche es«, sagte Adamsberg. »Sie ebenfalls«, fuhr er fort, »bleiben Sie ebenfalls.«

Das hatte er hinzugefügt, um ihn nicht zu kränken.

Adamsberg zog sich irgendeine Hose und irgendein Hemd an, wie Danglard kurz darauf bemerkte, der einige Minuten vor ihm an Ort und Stelle war. Beim Hemdzuknöpfen hatte er Samstag mit Sonntag verknöpft, wie sein Vater immer sagte, und er bemerkte es. Während er sich die Leiche ansah, bemühte sich Adamsberg also, die Knöpfe seines Hemds in die richtige Ordnung zu bringen, indem er sie zunächst alle öffnete und sich nicht im geringsten der Unschicklichkeit bewußt war, als er sich auf dem Boulevard Raspail vor den Typen des dortigen Kommissariats wieder anzog. Sie sahen ihm zu, ohne etwas zu sagen, es war halb vier Uhr morgens. Wie bei anderen Gelegenheiten, in denen Danglard spürte, daß der Kommissar Zielscheibe deutlicher Kommentare werden würde, hatte er das Bedürfnis, ihn allen Widerständen zum Trotz zu verteidigen. Aber hier konnte er nichts tun.

Adamsberg knöpfte also in aller Ruhe sein Hemd fertig zu, während er die Leiche betrachtete, die noch weit übler zugerichtet war als die von Madeleine Châtelain, wie ihm im Licht der Scheinwerfer schien. Die Kehle war so tief durchtrennt, daß der Kopf des Mannes dadurch fast verdreht worden war.

Danglard, dem ebenso schwummerig war wie vor der Leiche von Madeleine Châtelain, vermied es, allzulange hinzusehen. Der Hals war sein empfindlicher Punkt. Allein die Vorstellung, ein Halstuch zu tragen, ängstigte ihn, als ob ihn das ersticken könnte. Er rasierte sich auch nicht gerne unter dem Kinn. Deshalb sah er in die andere Richtung, in Richtung der Füße des Toten, von denen der eine neben dem Wort »Victor« lag, der andere neben den Worten »dich vor«. Gepflegte Schuhe, sehr klassisch. Danglards Blick folgte dem langgliedrigen Körper, prüfte den Schnitt des grauen Anzugs, registrierte, daß die etwas förmliche Kleidung noch durch eine Weste ergänzt wurde. Ein alter Arzt, vermutete er.

Adamsberg besah sich die Leiche von der anderen Seite, auf der Höhe der Kehle des alten Mannes. Angeekelt verzog er die Lippen, angeekelt von der Hand, die diesen Schnitt ausgeführt hatte. Er dachte an den großen, dummen, geifernden Hund, und das war alles. Sein Kollege vom 14. näherte sich und schüttelte ihm die Hand.

»Kommissar Louviers. Ich hatte noch nicht die Gelegenheit, Sie kennenzulernen, Adamsberg. Unangenehme Situation.«

»Ja.«

»Ich hielt es für angebracht, Ihren Sektor sofort zu benachrichtigen«, betonte Louviers.

»Ich danke Ihnen. Wer ist der Herr?« fragte Adamsberg.

»Ich vermute, ein pensionierter Arzt. Das sagt uns jedenfalls die Arzttasche, die er bei sich trug. Er war zweiundsiebzig Jahre alt. Er heißt Gérard Pontieux, geboren im Departement Indre, ein Meter neunundsiebzig groß, kurz, im Augenblick gibt's nicht mehr als die Daten aus seinem Personalausweis.«

»Das konnte niemand verhindern«, sagte Adamsberg und schüttelte den Kopf. »Es ging nicht. Ein zweiter Mord war vorhersehbar, aber nicht zu vermeiden. Alle Polizisten von Paris hätten nicht ausgereicht, um ihn zu verhindern.«

»Ich weiß, was Sie denken«, sagte Louviers. »Der Fall war seit dem Mord Châtelain in Ihrer Zuständigkeit, und der Schuldige ist nicht geschnappt worden. Er hat zum zweitenmal zugeschlagen, und so was ist nie angenehm.«

Das stimmte, es war ungefähr auch das, was Adamsberg dachte. Er hatte gewußt, daß dieser weitere Mord passieren würde. Aber nicht eine Sekunde hatte er gehofft, irgend etwas dagegen tun zu können. Es gibt Stadien der Ermittlung, in denen man nichts anderes tun kann als abwarten, daß das Irreparable geschieht, um zu versuchen, daraus etwas Neues zu schließen. Adamsberg hatte kein schlechtes Gewissen. Aber es schmerzte ihn wegen dieses armen Alten, ein gepflegter netter Mann, der da auf der Erde lag und die Folgen seiner Machtlosigkeit zu tragen hatte.

Am frühen Morgen wurde die Leiche im Leichenwagen abtransportiert. Conti war gekommen, um im ersten Tageslicht Fotos zu machen und den Kollegen vom 14. abzulösen. Adamsberg, Danglard, Louviers und Margellon saßen um einen Tisch im *Café Ruthène*, das gerade die Läden geöffnet hatte.

Adamsberg blieb schweigsam und verunsicherte seinen wuchtigen Kollegen vom 14., der seinen Blick verschleiert, seinen Mund krumm und sein Haar wirr fand.

»Diesmal brauchen wir die Café-Inhaber gar nicht zu fragen«, sagte Danglard. »Das *Café des Arts* und das *Ruthène* machen früh zu, vor zehn. Der Mann mit den Kreisen kennt sich mit verlassenen Ecken aus. Er war schon mal hier in der Nähe, mit der toten Katze in der Rue Froidevaux, auf der Seite des Friedhofs.«

»Die gehört ja zu uns«, bemerkte Louviers. »Sie haben uns nicht benachrichtigt.«

»Es gab keinen Mord, nicht einmal einen Zwischenfall«, antwortete Danglard. »Wir sind aus reiner Neugier hin. Übrigens stimmt nicht genau, was Sie sagen, denn es war einer von Ihren Leuten, der mir den Hinweis gegeben hat.«

»Ah, gut«, sagte Louviers. »Trotzdem schön, daß ich es erfahre.«

»Genau wie die vorherige Leiche ragt auch die hier nicht über den Kreis hinaus«, unterbrach Adamsberg, der am Ende des

Tisches saß. »Somit ist es unmöglich, herauszufinden, ob der Mann mit den Kreisen dafür verantwortlich ist oder ob man sich seiner bedient hat. Noch immer Zweideutigkeit. Sehr geschickt.«

»Also?« fragte Louviers.

»Also nichts. Der Gerichtsmediziner vermutet, der Tod sei gegen ein Uhr morgens eingetreten. Ein bißchen spät, finde ich«, schloß er nach einem weiteren Schweigen.

»Das heißt?« fragte Louviers, der nicht aufgab.

»Das heißt, nachdem die Metroeingänge zugemacht wurden.«

Louviers war unschlüssig. Dann las Danglard auf seinem Gesicht, daß er das Gespräch aufgab. Adamsberg fragte nach der Uhrzeit.

»Fast halb neun«, sagte Margellon.

»Rufen Sie Castreau an. Ich habe ihn gegen halb fünf um ein paar kurze Überprüfungen gebeten. Er muß damit jetzt fertig sein. Beeilen Sie sich, bevor er schlafen geht. Castreau kennt keinen Spaß, was seinen Schlaf betrifft.«

Als Margellon wiederkam, sagte er, daß die kurzen Überprüfungen nicht viel gebracht hätten.

»Habe ich mir gedacht«, sagte Adamsberg. »Aber erzählen Sie trotzdem.«

Margellon überflog seine Notizen.

»Dr. Pontieux ist bislang nicht aktenkundig geworden. Seine Schwester, die noch immer im Haus der Familie im Departement Indre lebt, wurde bereits informiert. Sie scheint seine ganze Familie zu sein. Sie ist um die Achtzig. Dr. Pontieux war das Kind von Landwirten und hat sich einen sozialen Aufstieg erarbeitet, der offenbar seine gesamte Energie in Anspruch nahm. Der Satz stammt von Castreau«, präzisierte Margellon. »Kurz, er blieb ledig. Nach Auskunft der Hausmeisterin, die Castreau ebenfalls angerufen hat, gibt es kaum Frauengeschichten bei ihm zu enthüllen, auch nichts anderes übrigens. Das hat auch Castreau hinzugefügt. Er hat seit mindestens dreißig Jahren da gewohnt, hatte seine Praxis im dritten Stock und seine Wohnung im zweiten, die Concierge hat ihn schon immer gekannt. Sie sagt, er sei zuvorkommend und herzensgut, und sie weint sehr. Ergebnis: keinerlei Wolke am Horizont, ein zurückhaltender Mann. Ruhe, Monotonie. Das...«

»Das hat Castreau hinzugefügt«, unterbrach ihn Danglard.

»Weiß die Concierge, warum der Doktor gestern abend das Haus verlassen hat?«

»Er war an das Bett eines fieberkranken Kindes gerufen worden. Er hat nicht mehr praktiziert, aber einige frühere Patienten haben ihn noch immer gern um Rat gefragt. Sie vermutet, daß er beschlossen hatte, zu Fuß nach Hause zu gehen. Er ging gern zu Fuß, wegen der Gesundheit, notgedrungen.«

»Nicht notgedrungen«, sagte Adamsberg.

»Und außerdem?« fragte Danglard.

»Außerdem nichts weiter.« Margellon steckte seine Notizen weg.

»Ein harmloser Arzt aus dem Viertel also«, schloß Louviers, »genauso friedlich wie Ihr vorangegangenes Opfer. Dasselbe Handlungsschema, würde man meinen.«

»Trotz allem gibt es einen großen Unterschied«, sagte Adamsberg. »Einen enormen Unterschied.«

Die drei Männer sahen ihn schweigend an. Adamsberg malte mit einem abgebrannten Streichholz auf einer Ecke des Papiertischtuchs herum.

»Sehen Sie es nicht?« fragte Adamsberg und sah sie an. In seinem Blick lag keinerlei Provokation.

»Anscheinend springt's einem nicht gerade in die Augen«, bemerkte Margellon. »Was für einen enormen Unterschied?«

»Dieses Mal ist ein *Mann* umgebracht worden«, sagte Adamsberg.

* * *

Am späten Nachmittag legte der Gerichtsmediziner den vollständigen Bericht vor. Seinen Untersuchungen zufolge war der Tod gegen halb zwei eingetreten. Dr. Gérard Pontieux war wie

Madeleine Châtelain niedergeschlagen worden, bevor man ihm die Kehle durchgeschnitten hatte. Der Mörder hatte sich verbissen auf ihn gestürzt und ihm mindestens sechs Einschnitte am Hals zugefügt, wobei er bis zu den Wirbeln vorgedrungen war. Adamsberg verzog das Gesicht. Die ganzen Ermittlungen des Tages hatten kaum mehr Informationen gebracht als die, die sie schon am Morgen gehabt hatten. Jetzt wußte man eine Reihe von Dingen über den alten Arzt, aber nichts als das Übliche. Seine Wohnung, seine Praxis, seine Privatunterlagen hatten ein Leben ohne Heimlichkeiten offenbart. Der Arzt war im Begriff gewesen seine Wohnung zu vermieten, um wieder zurück ins Departement Indre zu ziehen, wo er gerade unter ebenfalls ganz üblichen Umständen ein kleines Haus gekauft hatte. Er hinterließ seiner Schwester eine hübsche kleine Summe, aber kaum ein Grund, ihn dafür umzubringen.

Danglard kam gegen fünf Uhr zurück. Er hatte mit drei Männern die gesamte Umgebung des Tatorts durchkämmt. Adamsberg sah, daß er zufrieden war, aber auch das Bedürfnis verspürte, sich ein Gläschen zu genehmigen.

»Das hier lag im Rinnstein«, sagte Danglard und zeigte ihm eine Plastikhülle. »Nicht weit von der Leiche entfernt, zwanzig Meter etwa. Der Mörder hat sich nicht einmal die Mühe gemacht, es zu verstecken. Er verhält sich, als sei er unantastbar und seiner Straffreiheit sicher. So was sehe ich zum ersten Mal.«

Adamsberg öffnete die Plastikhülle. Darin befanden sich zwei blutverklebte Küchenhandschuhe aus rosa Gummi. Der Anblick war ziemlich widerlich.

»Der Mörder macht es sich leicht, nicht wahr?« sagte Danglard. »Er schneidet jemandem mit Küchenhandschuhen die Kehle durch, und dann wirft er sie ein Stück weiter einfach in den Rinnstein, als handle es sich um einen zusammengeknüllten Fetzen Papier. Aber es werden keine Fingerabdrücke drauf sein. Das ist das Gute bei Gummihandschuhen: Man kann sie ausziehen, indem man sie heruntergleiten läßt, ohne sie zu berühren, und es sind Handschuhe, die man überall findet. Was sollen wir Ihrer Ansicht nach damit machen, außer schlußfolgern, daß der Mörder seiner Sache irrsinnig sicher ist? Wie viele Leute wird er auf diese Weise noch umbringen?«

»Heute ist Freitag. Es ist anzunehmen, daß an diesem Wochenende nichts passieren wird. Ich habe den Eindruck, daß der Mann mit den Kreisen sich weder Samstag noch Sonntag rührt. Sehr regelmäßig organisiert. Wenn der Mörder jemand anderes ist, dann muß er neue Kreise abwarten. Nur der Form halber: Was ergibt das Alibi von Reyer für die vergangene Nacht?«

»Immer das gleiche. Er hat geschlafen. Keine Zeugen. Alle haben in dem Haus geschlafen. Und es gibt keine Concierge, die eventuelles Kommen und Gehen registrieren würde. Es gibt immer weniger Conciergen, das ist dramatisch für uns.«

»Mathilde Forestier hat mich vorhin angerufen. Sie hat den Mord aus dem Radio erfahren, und sie machte einen erschütterten Eindruck.«

»Das wäre zu überlegen«, sagte Danglard.

* * *

Mehrere Tage lang geschah nichts mehr. Adamsberg legte die Nachbarin von unten wieder in sein Bett, Danglard nahm die müde Haltung der Junispätnachmittage wieder auf. Nur die Presse erregte sich. Inzwischen wechselten sich ein gutes Dutzend Journalisten auf den Bürgersteigen ab.

Am Mittwoch verlor Danglard als erster die Geduld.

»Er hat uns in der Hand«, schimpfte er. »Wir können nichts machen, nichts finden, nichts beweisen. Wir sitzen lustlos da und warten, daß er irgendwas für uns erfindet. Uns fällt nichts anderes ein, als auf einen neuen Kreis zu warten. Das ist unerträglich. Für mich ist das unerträglich«, präzisierte er, nachdem er Adamsberg einen Blick zugeworfen hatte.

»Morgen«, sagte Adamsberg.

»Was, morgen?«

»Morgen früh gibt es einen neuen Kreis, Danglard.«

»Sie sind kein Hellseher.«

»Wir werden nicht wieder damit anfangen, wir haben beide schon mal darüber gesprochen. Der Mann mit den Kreisen hat ein bestimmtes Vorhaben. Und er muß, wie Vercors-Laury sagt, seine Gedanken zur Schau stellen. Er wird nicht die ganze Woche verstreichen lassen, ohne sich zu äußern. Um so mehr als die Presse von nichts anderem mehr redet als von ihm. Wenn er die kommende Nacht zeichnet, müssen wir einen neuen Mord in der darauffolgenden Nacht befürchten, Danglard, in der Nacht von Donnerstag auf Freitag. Diesmal müssen wir die Streifen verstärken, zumindest im 5., 6. und 14. Arrondissement.«

»Warum? Der Mörder ist nicht verpflichtet, gleich loszustürzen. Das hat er bis jetzt noch nie getan.«

»Inzwischen liegt die Sache etwas anders. Verstehen Sie mich, Danglard: Wenn der Mann mit den Kreisen der Mörder ist und wenn er wieder anfängt, Kreise zu zeichnen, dann deshalb, weil er die Absicht hat, erneut zu morden. Aber er weiß, daß er jetzt schnell machen muß. Drei Zeugen haben ihn bereits beschrieben, ohne Mathilde Forestier mitzuzählen. Wir sind bald in der Lage, ein Phantombild zu erstellen. Das weiß er aus den Zeitungen. Und er weiß sehr gut, daß er nicht mehr lange so weitermachen kann. Seine Methode ist zu riskant. Also muß er sich ranhalten, wenn er beenden will, was er begonnen hat.«

»Und wenn der Mörder nicht der Mann mit den Kreisen ist?«

»Das ändert nichts. Dann kann er sich genausowenig auf eine längere Dauer verlassen. Von den beiden Verbrechen verschreckt, kann der Mann mit den Kreisen früher mit seinen Spielen aufhören als vorgesehen. Er wird sich also beeilen müssen, bevor der Zwangsneurotiker damit aufhört.«

»Gut möglich«, sagte Danglard.

»Sehr gut möglich, mein Lieber.«

* * *

Danglard wälzte sich die ganze Nacht im Bett herum. Wie konnte Adamsberg mit einer solchen Unbekümmertheit abwarten, und wie konnte er sich erlauben, derartige Voraussagen zu treffen? Nie hatte man den Eindruck, daß er sich der Fakten bediente. Er las alle Unterlagen, die Danglard ihm über die Opfer und die Verdächtigen zusammengestellt hatte, kommentierte sie aber bestenfalls knapp. Er folgte einer unbekannten Strömung. Warum schien er es so wichtig zu finden, daß das zweite Opfer ein Mann war? Weil das erlaubte, die Hypothese eines Sexualverbrechens auszuschließen?

Das war keine Überraschung für Danglard. Er dachte seit langem, daß sich jemand des Mannes mit den Kreisen im Hinblick auf ein bestimmtes Ziel bediente. Aber weder der Mord an Châtelain noch der an Pontieux schien irgend jemandem zu nutzen. Sie schienen nur dazu zu dienen, die Vorstellung von einer »zwanghaften Serie« glaubwürdig erscheinen zu lassen. War das der Grund, weshalb man einen neuen Mord erwarten mußte? Aber warum fuhr Adamsberg fort, nur an den Mann mit den Kreisen zu denken? Und warum hatte er ihn, Danglard, »mein Lieber« genannt? Völlig gerädert von seinem ewigen Im-Bett-Wälzen und erschöpft vor Hitze dachte Danglard daran aufzustehen, um sich in der Küche mit dem Rest in der Flasche zu erfrischen. Er achtete vor den Kindern darauf, häufig einen Rest in der Flasche zu lassen. Aber Arlette würde morgen merken, daß er sich in der Nacht einen hinter die Binde gegossen hatte. O. k., das wäre nicht das erste Mal. Sie würde das Gesicht verziehen und sagen: »Adrien« – sie nannte ihn häufig Adrien –, »Adrien, du bist ein Dreckskerl.« Aber er zögerte vor allem deswegen, weil ihm nächtliches Trinken höllische Kopfschmerzen beim Aufwachen verursachte, ihm schier das Haar ausriß und die Artikulationsfähigkeit nahm und er morgen früh absolut fest auf den Beinen sein mußte. Für den Fall, daß es einen neuen Kreis geben sollte. Und um die Streifen in der darauffolgenden Nacht zu organisieren, der Nacht des Verbrechens. Es war zum

Verrücktwerden, daß er sich von den verschwommenen Auffassungen Adamsbergs tyrannisieren ließ, aber schließlich und endlich war es angenehmer, als dagegen anzukämpfen.

Und wieder malte der Mann einen Kreis. Ganz auf der anderen Seite von Paris, in der kleinen Rue Marietta-Martin im 16. Arrondissement. Das dortige Kommissariat brauchte eine Weile, um sie zu informieren. Dort war man nicht ganz auf dem laufenden, da der Sektor bislang nie etwas mit den blauen Kreisen zu tun gehabt hatte.

»Warum ein neues Viertel?« fragte Danglard.

»Um uns, nachdem er nun die Umgebung des Panthéons ausgeschöpft hat, zu zeigen, daß er keine bestimmten Vorlieben hat und daß er unabhängig von den Morden seine Freiheit und seine Macht über das gesamte Territorium der Hauptstadt bewahrt hat. Irgendwas in der Art«, murmelte Adamsberg.

»Da kommen wir ja rum«, sagte Danglard, einen Finger an die Stirn gepreßt.

Er hatte letzte Nacht nicht widerstehen können und die Flasche leergemacht und sogar eine neue angefangen. Sein Brummschädel raubte ihm fast die Sicht. Am allermeisten beunruhigte ihn aber, daß Arlette beim Frühstück nichts gesagt hatte. Aber Arlette wußte, daß er im Augenblick Sorgen hatte und ihm sein fast leeres Bankkonto, dieser unmögliche Fall und der destabilisierende Charakter des neuen Kommissars schwer zu schaffen machten. Vielleicht wollte sie ihm nicht noch mehr Kummer bereiten. Sie verstand nicht, daß Danglard es mochte, wenn sie zu ihm sagte: »Adrien, du bist ein Dreckskerl.« Denn in dem Moment war er sich sicher, geliebt zu werden. Ein einfaches, nichtsdestoweniger aber reales Gefühl.

Inmitten des in einem Zug gezeichneten Kreises lag eine Gießkannenbrause aus rotem Plastik.

»Die muß vom Balkon darüber runtergefallen sein«, sagte Danglard und hob den Kopf. »Die Brause stammt ja aus der Antike. Und warum den Kreis um die Brause machen und nicht um das Zigarettenpäckchen zwei Meter weiter?«

»Sie kennen die Liste, Danglard. Er achtet sorgfältig darauf, daß alle eingekreisten Gegenstände soviel Gewicht haben, daß sie nicht wegfliegen können. Niemals ein Metroticket, niemals ein Blatt oder ein Papiertaschentuch oder irgend etwas anderes, das der Wind womöglich in der Nacht wegtreiben könnte. Er will sicher sein, daß der Gegenstand im Kreis am nächsten Morgen noch da liegt. Das läßt vermuten, daß er sich stärker damit beschäftigt, welches Bild er von sich selbst abgibt, als mit der ›Wiederbelebung der Sache an sich‹, wie Vercors-Laury sagen würde. Sonst würde er flüchtige Dinge nicht ausschließen, die unter dem Gesichtspunkt der ›metaphorischen Renaissance der Trottoirs‹ dieselbe Bedeutung haben würden wie alle anderen... Aber unter dem Blickwinkel des Mannes mit den Kreisen wäre ein Kreis, der am Morgen leer aufgefunden wird, eine Beleidigung seiner Schöpfung.«

»Dieses Mal wird es ebenfalls keinen Zeugen geben«, meinte Danglard. »Wieder eine Gegend ohne Kino und ohne Bistrot in der Nähe, das abends geöffnet hat. Und eine Gegend, wo die Leute eher früh ins Bett gehen. Der Mann mit den Kreisen versteckt sich.«

Bis Mittag behielt Danglard einen Finger auf die Stirn gepreßt. Nach dem Mittagessen ging es etwas besser. Er konnte sich den ganzen Nachmittag zusammen mit Adamsberg damit beschäftigen, die zusätzlichen Einsatzkräfte zu organisieren, die Paris in der kommenden Nacht durchkämmen sollten. Danglard fragte sich kopfschüttelnd, was das alles für einen Nutzen haben sollte. Aber er sah ein, daß Adamsberg mit dem Kreis am Morgen richtig gelegen hatte.

Gegen acht Uhr abends war alles bereit. Aber das Stadtgebiet war so groß, daß die Maschen des Überwachungsnetzes natürlich zu weit waren.

»Wenn er geschickt ist«, sagte Adamsberg, »wird er uns entwischen, das ist klar. Und natürlich ist er geschickt.«

»Wenn wir schon mal dabei sind, sollte man das Haus von Mathilde Forestier auch überwachen, oder?« fragte Danglard.

»Ja«, antwortet Adamsberg. »Aber sie sollen um Gottes willen vermeiden, gesehen zu werden.«

Er wartete, bis Danglard draußen war, um bei Mathilde anzurufen. Er bat sie einfach darum, an diesem Abend die eigenen vier Wände nicht zu verlassen und keine nächtlichen Ausflüge oder Verfolgungen zu unternehmen.

»Nur um mir einen Gefallen zu tun«, erklärte er. »Versuchen Sie nicht, es zu verstehen. Übrigens, ist Reyer zu Hause?«

»Bestimmt«, sagte Mathilde. »Er ist nicht mein Eigentum, ich überwache ihn nicht.«

»Und ist Clémence bei Ihnen?«

»Nein. Clémence ist wie immer verstohlen lachend zu einem vielversprechenden Rendezvous aufgebrochen. Es ist immer das gleiche. Entweder wartet sie Stunden um Stunden in einer Brasserie auf den Typen, ohne irgend jemanden zu sehen, oder der Typ macht auf der Stelle kehrt, sobald er sie entdeckt. In beiden Fällen kommt sie zerstört nach Hause. Jämmerliche Aussichten. Sie sollte das nicht abends tun, das deprimiert sie völlig.«

»Gut. Verhalten Sie sich bis morgen ruhig, Madame Forestier.«

»Befürchten Sie etwas?«

»Ich weiß es nicht«, antwortete Adamsberg.

»Wie gewöhnlich«, bemerkte Mathilde.

* * *

Adamsberg konnte sich nicht entschließen, in dieser Nacht das Kommissariat zu verlassen. Danglard entschied sich, bei ihm zu bleiben. Der Kommissar kritzelte schweigend auf seinen Knien, die Beine ausgestreckt und auf den Papierkorb gestützt. Danglard kaute alte Karamelbonbons, die er in der Schublade von Florence gefunden hatte, um sich vom Trinken abzuhalten.

Ein Streifenbeamter ging den Boulevard de Port-Royal zwischen dem kleinen Bahnhof und der Rue Bertholet hinunter. Ein Kollege tat dasselbe ab der Metrostation in die andere Richtung.

Seit zehn Uhr abends hatte er Zeit gehabt, die Strecke elfmal hin und her zu laufen, und es nervte ihn, daß er immer mitzählen mußte. Was sollte er anderes tun? Seit einer Stunde war er auf dem Boulevard nicht mehr vielen Leuten begegnet. Es war Anfang Juli, Paris war zum Teil schon entvölkert.

Jetzt kreuzte eine junge Frau mit Lederjacke und etwas unregelmäßigem Gang seinen Weg. Sie war schön, und sie ging vielleicht zu sich nach Hause. Es war bald Viertel nach eins, und es drängte den Beamten, ihr zu raten, sich zu beeilen. Sie schien ihm verwundbar, und er hatte Angst um sie. Er lief ihr hinterher.

»Mademoiselle, gehen Sie noch weit?«

»Nein«, sagte die junge Frau. »Zur Metro Raspail.«

»Raspail? Das gefällt mir aber gar nicht«, erwiderte der Beamte. »Ich würde Sie gern ein Stückchen begleiten. Mein nächster Kollege steht erst im Sektor Vavin.«

Das Mädchen hatte schulterlanges Haar. Die Linie ihres Wangenknochens war klar und verführerisch. Nein, er wollte wirklich nicht, daß jemand ihr Schaden zufügte. Aber dieses Mädchen schien ganz ruhig in der Nacht. Sie schien die Nacht in der Stadt zu kennen.

Das Mädchen zündete sich eine Zigarette an. Ihr war nicht ganz wohl in seiner Begleitung.

»Was ist denn? Ist irgendwas los?« fragte sie.

»Es ist wohl heute nacht nicht ganz ungefährlich. Ich begleite Sie fünfzig Meter.«

»Ganz wie Sie wollen«, sagte das Mädchen.

Aber es war offensichtlich, daß sie genauso gern allein gewesen wäre, und so liefen sie schweigend nebeneinander her.

Ein paar Minuten später verließ sie der Beamte an der Ecke seiner Straße und ging die Strecke in Richtung Bahnhof Port-Royal zurück. Ein weiteres Mal lief er nun den Boulevard hinunter, bis er die Rue Bertholet kreuzte. Zwölftes Mal. Durch die Unterhaltung und das Begleiten der Frau hatte er höchstens zehn Minuten bei seiner Runde verloren. Aber das schien ihm auch zu seiner Aufgabe zu gehören.

Zehn Minuten. Aber es hatte gereicht. Als er einen Blick in die lange, gerade Rue Bertholet warf, sah er den Umriß auf dem Bürgersteig.

Das war's jetzt, dachte er verzweifelt, das ist für mich.

Er rannte hin. Könnte es doch nur ein zusammengerollter Teppich sein. Aber das Blut floß ihm entgegen. Er legte seine Hand auf den am Boden ausgestreckten Arm. Er war lauwarm, es war gerade geschehen. Es war eine Frau.

Sein Funkgerät rauschte. Er nahm Kontakt zu seinen Kollegen an den Ecken Les Gobelins, Vavin, Saint-Jacques, Cochin, Raspail und Denfert auf, um sie zu bitten, die Nachricht weiterzuleiten, ihren Posten nicht zu verlassen und alle Passanten zu überprüfen, die ihnen begegneten. Sollte der Mörder aber zum Beispiel im Auto geflüchtet sein, war klar, daß er entwischen würde. Er fühlte sich nicht schuldig, daß er für kurze Zeit seine Strecke verlassen hatte, um die junge Frau zu begleiten. Vielleicht hatte er das Mädchen mit den hübschen Wangenknochen gerettet.

Die hier jedenfalls hatte er nicht gerettet. Wovon so ein Leben abhängt. Vom Wangenknochen der Toten konnte man übrigens nichts mehr erkennen. Der Beamte war allein, und ihm wurde übel, er richtete seine Lampe auf einen anderen Punkt, alarmierte seine Vorgesetzten und wartete, die Hand an der Pistole. Die Nacht hatte ihn schon lange nicht mehr so beeindruckt.

Als das Telefon klingelte, sah Adamsberg Danglard an, aber er sprang nicht auf.

»Jetzt ist es passiert«, sagte er.

Dann nahm er ab, während er an den Lippen nagte.

»Wo? Wiederholen Sie, wo«, sagte er nach einer Minute. »Bertholet? Aber das gesamte 5. müßte mit Männern geradezu gespickt sein! Allein auf dem Boulevard de Port-Royal müßten vier stehen! Was ist da passiert, verdammt?«

Adamsbergs Stimme war lauter geworden. Er stellte den Lautsprecher an, damit Danglard die Antworten des Beamten hören konnte.

»Wir waren nur zwei am Boulevard, Kommissar. In der Metro Bonne-Nouvelle hat es einen Unfall gegeben, zwei Züge ineinander, gegen Viertel nach elf. Keine Schwerverletzten, aber es mußten eine ganze Reihe Männer hin.«

»Aber da hätten die Leute aus den Sektoren in der Umgebung abgezogen und zum 5. geschickt werden müssen! Ich hatte gesagt, alle Straßen im 5. abriegeln! Ich hatte es gesagt!«

»Ich kann nichts dafür, Kommissar. Ich hatte keinerlei Anweisung.«

Zum ersten Mal sah Danglard Adamsberg fast außer sich. Sie waren tatsächlich von dem Unfall an der Station Bonne-Nouvelle informiert worden, aber sie hatten beide gedacht, daß die Männer im 5. und 14. nicht betroffen wären. Es waren offenbar gegenteilige Befehle gegeben worden, oder das von Adamsberg gewünschte Netz war an oberer Stelle für nicht so wichtig gehalten worden.

»Er hätte es in jedem Fall getan«, sagte Adamsberg und schüttelte den Kopf. »In dieser Straße oder einer anderen, zu dem Zeitpunkt oder zu einem anderen, er hätte es schließlich geschafft. Er ist ein Ungeheuer. Wir konnten nichts daran ändern, unnötig, sich aufzuregen. Kommen Sie, Danglard, wir fahren hin.«

Zum dritten Mal umgaben Blaulicht, Scheinwerfer, Trage und der Gerichtsmediziner eine Leiche mit durchschnittener Kehle, die sorgfältig von einem blauen Kreis umschlossen war.

»Victor, sieh dich vor, was treibst du jetzt noch vor dem Tor?« murmelte Adamsberg.

Er besah sich das neue Opfer.

»Genauso schrecklich zerschnitten wie der andere«, sagte der Gerichtsmediziner. »Jemand hat sich mit dem Messer auf die Halswirbel gestürzt. Das Instrument war nicht groß genug, um sie zu durchtrennen, aber die Absicht hatte der Mörder, das garantiere ich Ihnen.«

»O. k. Doktor, Sie schreiben uns das alles auf«, sagte Adamsberg, der sah, wie Danglard der Schweiß auf der Stirn stand. »Die Tat ist gerade erst passiert, nicht wahr?«

»Ja, zwischen fünf nach eins und fünf nach halb zwei, wenn der Beamte genau ist.«

»Ihre Strecke ging von hier zur Place de Port-Royal?« fragte Adamsberg den Beamten.

»Ja, Kommissar.«

»Was war mit Ihnen los? Sie können nicht länger als zwanzig Minuten für Hin- und Rückweg gebraucht haben.«

»Gewiß. Aber als ich zum elften Mal an der kleinen Metrostation war, ist ein Mädchen vorbeigekommen, allein. Ich weiß nicht warum, nennen Sie es Vorahnung, aber ich habe sie jedenfalls bis zur Ecke ihrer Straße begleiten wollen. Das war nicht weit. Ich konnte den ganzen Weg über den Platz sehen. Ich will mich nicht rechtfertigen, Kommissar, ich nehme diese Verfehlung auf meine Kappe.«

»Lassen wir das«, sagte Adamsberg. »Er hätte es so oder so getan. Haben Sie niemanden gesehen, der demjenigen, den wir suchen, entsprechen würde?«

»Niemanden.«

»Und die anderen in Ihrem Sektor?«

»Sie haben nichts gemeldet.«

Adamsberg seufzte.

»Ist Ihnen der Kreis aufgefallen, Kommissar?« fragte Danglard. »Er ist nicht rund. Unglaublich, er ist nicht rund. Der Bürgersteig war hier in der Straße zu schmal, da hat er ein Oval draus machen müssen.«

»Ja, und das hätte ihn stören müssen.«

»Aber warum den Kreis nicht auf dem Boulevard machen, wo er soviel Platz hat, wie er will?«

»Da waren dann doch zu viele Bullen, Danglard. Wer ist die Dame?«

Erneutes Lesen der Papiere, Durchwühlen der Handtasche im Licht der Lampen.

»Delphine Le Nermord, geborene Vitruel, sie war vierundfünfzig Jahre alt. Und das hier ist ein Foto von ihr, scheint mir«, fuhr Danglard fort, der sorgfältig den Inhalt der Handtasche auf einer Plastikfolie ausbreitete. »Sie sieht ganz hübsch aus, ein bißchen aufgedonnert vielleicht. Der Mann, der sie um die Schulter faßt, muß ihr Mann sein.«

»Nein«, wandte Adamsberg ein, »unmöglich. Er trägt keinen Ehering, sie schon. Vielleicht ist es ihr Liebhaber, der Typ ist jünger. Das würde erklären, warum sie das Foto bei sich trägt.«

»Ja, ich hätte es sehen müssen.«

»Es ist dunkel. Kommen Sie, Danglard, wir gehen zum Wagen.«

Adamsberg wußte, daß Danglard es nicht mehr aushielt, aufgeschlitzte Kehlen ansehen zu müssen.

Sie setzten sich im hinteren Teil des Kastenwagens einander gegenüber. Adamsberg blätterte eine Modezeitschrift durch, die er in der Handtasche von Madame Le Nermord gefunden hatte.

»Der Name Le Nermord sagt mir irgendwas«, sagte er. »Aber ich habe ein miserables Gedächtnis. Suchen Sie in ihrem Adreßbuch nach dem Vornamen ihres Mannes und dann nach ihrer Adresse.«

Danglard zog eine abgegriffene Visitenkarte heraus.

»Augustin-Louis Le Nermord. Er hat zwei Adressen, eine im Collège de France, die andere in der Rue d'Aumale, im 9. Arrondissement.«

»Das sagt mir auch irgendwas, aber ich komm immer noch nicht drauf.«

»Ich schon«, sagte Danglard. »Über diesen Le Nermord wurde vor kurzem als Kandidaten für einen Sitz in der Académie des Inscriptions et Belles-Lettres gesprochen. Er ist Byzantinist«, bekräftigte er nach einem Moment, »ein Spezialist für das Byzantinische Reich unter Justinian.«

»Woher wissen Sie das, Danglard?« fragte Adamsberg, der den Kopf von seiner Zeitschrift hob, aufrichtig erstaunt.

»Nun, sagen wir, ich weiß ein bißchen was über Byzanz.«

»Aber wieso?«

»Mich interessiert das, das ist alles.«

»Interessiert Sie womöglich auch das Byzantinische Reich unter Justinian?«

»Offenbar«, sagte Danglard seufzend.
»Wann war das – Justinian?«
Adamsberg war es nie unangenehm nachzufragen, wenn er etwas nicht wußte, selbst dann, wenn es um Dinge ging, die er hätte wissen müssen.
»Im 6. Jahrhundert.«
»Nach Christus oder vor?«
»Nach.«
»Der Mann interessiert mich. Kommen Sie, Danglard, wir werden ihn vom Tod seiner Frau benachrichtigen. Wenn schon mal eines unserer Opfer nahe Angehörige hat, dann sollten wir das nutzen und sehen, wie er reagiert.«

Die Reaktion von Augustin-Louis Le Nermord war einfach. Nachdem er ihnen verschlafen zugehört hatte, schloß der kleine Mann die Augen, legte die Hand auf den Bauch und wurde um die Lippen blaß. Er lief aus dem Raum, und Danglard und Adamsberg hörten, wie er sich irgendwo im Haus erbrach.
»Das zumindest ist klar«, sagte Danglard. »Er ist erschüttert.«
»Oder er hat ein Brechmittel genommen, nachdem wir an der Tür geklingelt haben.«
Der Mann kam mit vorsichtigen Schritten zurück. Er hatte einen grauen Schlafrock über seinen Schlafanzug gezogen und den Kopf unter den Wasserhahn gehalten.
»Es tut uns sehr leid«, sagte Adamsberg. »Wenn Sie lieber erst morgen auf unsere Fragen antworten…«
»Nein… nein… Nun, meine Herren, ich höre Ihnen zu.«
Der kleine Typ wollte Würde zeigen, und er hatte sie auch, bemerkte Danglard. Seine Haltung war aufrecht, seine Stirn hoch und seine schmutzigblauen Augen blickten beharrlich und ließen Adamsbergs Blick nicht los. Er zündete sich eine Pfeife an, fragte, ob sie das auch nicht stören würde, er brauche das jetzt.
Das Licht war schwach, der Qualm hing schwer im Raum, und das Zimmer war angefüllt mit Büchern.
»Sie arbeiten über Byzanz?« fragte Adamsberg und warf Danglard einen Blick zu.

»Das stimmt«, erwiderte Le Nermord ein wenig überrascht. »Woher wissen Sie das?«

»Ich weiß es nicht. Aber mein Kollege kennt Ihren Namen.«

»Danke, das ist nett, daß Sie das sagen. Aber könnten Sie von ihr reden, bitte? Sie... Was ist passiert und wie?«

»Wir sagen Ihnen Genaueres, wenn Sie gefaßter sind. Es ist schon schmerzhaft genug zu erfahren, daß sie ermordet wurde. Sie wurde in einem blauen Kreidekreis gefunden. In der Rue Bertholet, im 5. Arrondissement. Das ist relativ weit weg von hier.«

Le Nermord nickte. Seine Gesichtszüge sackten zusammen. Er wirkte sehr alt. Er war nicht angenehm anzusehen.

»*Victor, sieh dich vor, warum stehst du vor dem Tor?* Ist es das?« fragte er mit leiser Stimme.

»In etwa, nicht ganz«, antwortete Adamsberg. »Sie wissen also von den Aktivitäten des Mannes mit den Kreisen?«

»Wer weiß nicht davon? Historische Forschung schützt vor nichts, Monsieur, selbst wenn man es wünschte. Es ist unglaublich, ich habe gerade letzte Woche mit Delphie – Delphine, meiner Frau – über den Verrückten gesprochen.«

»Warum haben Sie darüber gesprochen?«

»Delphie war geneigt, ihn zu verteidigen, aber mich hat dieser Mann angewidert. Ein Aufschneider. Aber den Frauen ist das nicht klar.«

»Die Rue Bertholet ist weit weg. War Ihre Frau bei Freunden?« fuhr Adamsberg fort.

Der Mann dachte lange nach. Mindestens fünf oder sechs Minuten. Danglard fragte sich sogar, ob er die Frage wirklich gehört hatte oder ob er gleich einschlafen würde. Aber Adamsberg gab ihm ein Zeichen abzuwarten.

Le Nermord nahm ein Streichholz, um seine Pfeife wieder anzuzünden.

»Weit weg von wo?« fragte er endlich.

»Von Ihrem Haus«, antwortete Adamsberg.

»Nein, im Gegenteil, es ist ganz nah. Delphie wohnte am Boulevard Montparnasse, in der Nähe von Port-Royal. Muß ich Ihnen mehr dazu sagen?«

»Bitte.«

»Es ist jetzt fast zwei Jahre her, daß Delphie mich verlassen hat, um bei ihrem Liebhaber zu leben. Ein unbedeutender, einfältiger Typ, aber Sie werden mir nicht glauben, wenn ich Ihnen das sage. Sie werden selbst urteilen, wenn Sie ihn sehen. Es ist erbärmlich, das ist alles, was ich sagen kann. Und ich... wohne hier, in diesem großen Kasten... ganz allein. Wie ein Idiot«, schloß er mit einer kreisförmigen Handbewegung.

Danglard schien es, als zittere seine Stimme ein wenig.

»Und trotz allem haben Sie sie noch gesehen?«

»Schwer, ohne sie auszukommen«, antwortete Le Nermord.

»Waren Sie eifersüchtig?« fragte Danglard ohne besonderes Feingefühl.

Le Nermord zuckte mit den Schultern

»Was wollen Sie machen, Monsieur, man gewöhnt sich daran. Seit zwölf Jahren betrügt mich Delphie ständig. Man schäumt noch immer, aber läßt die Arme sinken. Am Ende weiß man nicht mehr, ob es Eigenliebe oder Liebe ist, was da wütend wird, dann werden die Wutanfälle immer seltener, und schließlich ißt man wieder miteinander, ganz freundlich, ganz traurig. Sie kennen das alles in- und auswendig, meine Herren, wir werden kein Buch draus machen, nicht wahr? Delphie war nicht besser als jede andere und ich nicht mutiger als jeder andere. Ich wollte sie nicht ganz verlieren. Also war es besser, sie so zu nehmen, wie sie allmählich wurde. Ich gestehe, daß der letzte Liebhaber, der Einfältige, es bei mir wirklich schwer hatte. Als täte sie es mit Absicht, hat sie sich für den Langweiligsten von allen begeistert und beschlossen auszuziehen.«

Er hob die Arme und ließ sie auf seine Oberschenkel fallen.

»So«, sagte er. »Das reicht. Und außerdem ist es jetzt zu Ende.«

Er kniff die Augenlider zusammen und füllte seine Pfeife erneut mit hellem Tabak.

»Sie müßten uns detailliert Ihren Zeitplan von heute abend schildern. Das ist unerläßlich«, sagte Danglard, noch immer mit der gleichen Schlichtheit.

Le Nermord sah sie einen nach dem andern an.

»Das verstehe ich nicht. War es denn nicht dieser Verrückte, der sie...?«

»Wir wissen gar nichts«, erwiderte Danglard.

»Nein, nein, meine Herren, Sie täuschen sich. Alles, was der Tod meiner Frau mir einbringt, ist Leere und Verzweiflung. Und außerdem, weil Sie sich sicher dafür interessieren: Den größten Teil ihres Geldes – sie besaß viel – und sogar das Haus hier erbt ihre Schwester. So hatte Delphie die Dinge entschieden. Bei ihrer Schwester war es finanziell immer ziemlich eng.«

»Trotzdem brauchen wir Ihren Zeitplan«, wiederholte Danglard. »Bitte.«

»Wie Sie gesehen haben, gibt es hier im Haus eine Sprechanlage. Einen Hausmeister gibt es nicht. Wer könnte Ihnen sagen, ob ich gelogen habe oder nicht? Also... Bis etwa elf Uhr habe ich den Plan für meine Seminare im kommenden Studienjahr ausgearbeitet. Sehen Sie, da liegen die Unterlagen, der Stapel auf meinem Schreibtisch. Dann bin ich ins Bett gegangen, habe gelesen und schließlich geschlafen, bis Sie geklingelt haben. Das ist nicht überprüfbar.«

»Bedauerlich«, sagte Danglard.

Adamsberg ließ ihn jetzt das Gespräch führen. Danglard war für die klassischen und unangenehmen Fragen besser als er. Während dieser Zeit ließ er Le Nermord, der ihm gegenüber saß, nicht aus den Augen.

»Ich verstehe«, sagte Le Nermord und strich sich mit dem lauwarmen Pfeifenkopf über die Stirn, eine Geste, in der viel Verzweiflung lag. »Ich verstehe. Der Mann betrogen, gedemütigt, der neue Liebhaber imstande, mir meine Frau wegzunehmen... Ich verstehe Ihre Mechanismen. Mein Gott... Aber müssen Sie immer so schlicht sein? Können Sie nicht anders denken? Komplizierter denken?«

»Doch«, sagte Danglard. »Das kommt vor. Aber Ihre Situation ist wirklich heikel.«

»Das stimmt«, gab Le Nermord zu. »Aber ich hoffe für mich, daß Sie sich bei Ihrem Urteil nicht irren. Ich nehme also an, daß wir uns wiedersehen müssen?«

»Montag?« schlug Adamsberg vor.

»Einverstanden, Montag. Und ich nehme auch an, daß ich nichts für Delphie tun kann. Sie ist in Ihren Händen?«

»Ja, Monsieur. Tut uns leid.«

»Werden Sie eine Autopsie vornehmen?«

»So leid es uns tut.«

Danglard ließ eine Minute verstreichen. Er ließ immer eine Minute verstreichen, nachdem er von Autopsien gesprochen hatte.

»Denken Sie für das Gespräch am Montag darüber nach, was Sie am Mittwoch, dem 19. Juni, und Donnerstag, 27. Juni, jeweils abends gemacht haben«, fuhr er dann fort. »Das sind die Nächte der beiden vorangegangenen Morde. Wir werden Sie danach fragen. Es sei denn, Sie können uns jetzt schon antworten.«

»Da muß ich nicht nachdenken«, antwortete Le Nermord. »Es ist so einfach wie traurig: Ich gehe nie aus. Ich verbringe alle meine Abende damit zu schreiben. In meinem Haus wohnt niemand mehr, um Ihnen das zu bestätigen, und ich habe wenig Kontakt zu meinen Nachbarn.«

Alle begannen zu nicken, keiner wußte, warum. Es gibt so Momente, wo alle nicken.

Für diese Nacht war das Gespräch beendet. Adamsberg, der die Müdigkeit auf den Lidern des Byzantinisten sah, gab das Signal zum Aufbruch, indem er sich behutsam erhob.

* * *

Danglard verließ seine Wohnung am nächsten Morgen mit *Ideologie und Gesellschaft unter Justinian* unter dem Arm, einem Buch von Le Nermord, das elf Jahre zuvor erschienen war. Aber das war alles, was er in seinem Bücherregal gefunden hatte. Auf der Rückseite stand eine kurze schmeichelhafte Biographie, illustriert mit einem Foto des Autors. Le Nermord lächelte, er war jünger, hatte genauso häßliche Gesichtszüge, aber ohne Besonderheit, abgesehen von regelmäßigen Zähnen. Gestern hatte Danglard bemerkt, daß er den Tick der Pfeifenraucher hatte, mit dem Mundstück an seine Zähne zu klopfen. Banale Feststellung, hätte Charles Reyer gesagt.

Adamsberg war nicht da. Er war sicher bereits zu dem Liebhaber gegangen. Danglard legte das Buch auf den Schreibtisch des Kommissars und ertappte sich dabei, daß er hoffte, ihn mit dem Bestand seiner Bibliothek zu beeindrucken. Es war vergeblich, da er inzwischen wußte, daß Adamsberg nur wenige Dinge beeindruckten. Dann eben nicht.

Danglard hatte an diesem Morgen nur eine Idee im Kopf: zu erfahren, was im Laufe der Nacht im Haus von Mathilde geschehen war. Margellon, der bei seinen Wachdiensten gut durchhielt, erwartete ihn, um Bericht zu erstatten, bevor er schlafen ging.

»Es gab Bewegung«, sagte Margellon. »Ich habe mich wie abgemacht bis halb acht heute morgen vor dem Haus versteckt. Die Dame des Meeres hat das Haus nicht verlassen. Sie hat das Licht in ihrem Wohnzimmer, vermute ich, gegen halb eins ausgemacht, und das im Schlafzimmer eine halbe Stunde später. Die alte Valmont dagegen ist um fünf nach drei schwankend nach Hause gekommen. Sie stank nach Alkohol, das war eine lange Geschichte. Ich habe sie gefragt, was passiert sei, und sie hat geflennt. Nicht gerade sehr lustig, die Alte. Was für ein Ekel! Na ja, nach dem, was ich verstanden habe, hat sie den ganzen Abend in einer Brasserie auf einen Verlobten gewartet. Der Verlobte ist nicht gekommen, da hat sie getrunken, um sich zu stärken, und ist auf dem Tisch eingeschlafen. Der Wirt hat sie geweckt, um sie rauszuschmeißen. Ich glaube, es war ihr peinlich, aber sie war zu betrunken, sie konnte nicht anders, als alles zu erzählen. Ich habe den Namen der Brasserie nicht rauskriegen können. Es war schon schwierig, einen roten Faden in all dem Gebrabbel zu finden. Sie hat mich ein bißchen angewidert. Ich habe sie am Arm bis vor ihre Tür geführt, dort konnte sie sehen, wie sie zurechtkommt. Heute morgen ist sie dann mit einem kleinen Koffer wieder herausgekommen. Sie hat mich ohne den geringsten Anflug von Überraschung wiedererkannt. Sie hat mir erklärt, sie habe ›die Nase voll von den Anzeigen‹ und würde für drei, vier Tage ins Berry zu einer Freundin fahren, die Schneiderin ist. Es geht nichts über die Schneiderei, hat sie hinzugefügt.«

»Und Reyer? Hat er sich gerührt?«

»Reyer hat sich gerührt. Gegen elf Uhr abends hat er sehr gut gekleidet das Haus verlassen und ist ebenso schick, mit seinem Stock klappernd, gegen halb zwei wieder zurückgekommen. Clémence, die mich nicht kannte, konnte ich Fragen stellen, aber bei Reyer war das unmöglich. Er kennt meine Stimme. Ich habe mich also versteckt gehalten und habe jeweils die Uhrzeit notiert. Na, es wär ihm jedenfalls schwergefallen, mich zu entdecken, nicht wahr?«

Margellon lachte. Er war wirklich blöd.

»Rufen Sie ihn mir ans Telefon, Margellon.«

»Reyer?«

»Natürlich Reyer.«

Charles lachte, als er Danglards Stimme hörte, und Danglard verstand nicht, warum.

»Nun, Inspektor Danglard«, sagte Charles. »Ich erfahre aus dem Radio, daß Sie neue Sorgen haben. Wunderbar. Und da halten Sie sich erneut an mich? Keine andere Idee?«

»Wo sind Sie gestern abend gewesen, Reyer?«

»Mädels anmachen, Inspektor.«

»Und wo?«

»Im *Nouveau Palais*.«

»Kann das jemand bezeugen?«

»Niemand! In den Clubs sind zu viele Leute, da fällt ein einzelner nicht auf, das wissen Sie sehr gut.«

»Was bringt Sie daran zum Lachen?«

»Sie! Ihr Anruf bringt mich zum Lachen. Die liebe Mathilde, die ihre Klappe nicht halten kann, hat mir anvertraut, daß der

Kommissar ihr geraten hat, sich diese Nacht ruhig zu verhalten. Daraus habe ich geschlossen, daß Sie vorhatten, Ärger zu machen. Ich fand die Gelegenheit also hervorragend, um auszugehen.«

»Aber warum, verdammt? Glauben Sie, das erleichtert mir die Arbeit?«

»Das ist nicht meine Absicht, Inspektor. Sie nerven mich vom Beginn dieser Geschichte an. Ich hatte den Eindruck, daß jetzt ich mal an der Reihe bin.«

»Kurz gesagt, Sie sind ausgegangen, um uns zu ärgern.«

»Könnte man so sagen, ja, denn Mädchen habe ich keine gefunden. Und ich bin zufrieden, daß mir das gelungen ist. Wirklich zufrieden, wissen Sie.«

»Aber warum?« fragte Danglard von neuem.

»Weil mich das aufleben läßt.«

Ziemlich wütend legte Danglard auf. Von Mathilde Forestier abgesehen, hatte sich vergangene Nacht niemand ruhig verhalten im Haus in der Rue des Patriarches. Er schickte Margellon nach Hause und machte sich an die Frage des Testaments von Delphine Le Nermord. Er wollte überprüfen, was sie ihrer Schwester hinterließ. Zwei Stunden später hatte er heraus, daß es kein Testament gab. Delphine Le Nermord hatte keinerlei schriftliche Verfügung vorgenommen. Es gibt so Tage, an denen einem alles entgleitet.

Danglard ging in seinem Büro auf und ab und dachte wieder einmal, daß die Sonne, dieser verdammte Stern, in vier oder fünf Milliarden Jahren explodieren würde, und er begriff nicht, warum diese Explosion ihn immer derartig in Depressionen stürzte. Er hätte sein Leben dafür gegeben, daß die Sonne in fünf Milliarden Jahren einfach stillhalten würde.

Adamsberg kam gegen Mittag zurück und schlug ihm vor, mit ihm zu Mittag zu essen. Das kam nicht häufig vor.

»Es wird brenzlig für den Byzantinisten«, sagte Danglard. »Entweder hat er sich getäuscht, oder er hat gelogen, was die Erbschaft angeht: Es gibt kein Testament. Was bedeutet, daß alles dem Ehemann zufällt. Das sind Wertpapiere, einige Hektar Wald und vier Häuser in Paris, zusätzlich zu dem, das er bewohnt. Er selbst hat keinen Sou, nur sein Einkommen als Professor und seine Autorenhonorare. Stellen Sie sich vor, seine Frau hätte sich scheiden lassen wollen, und alles wäre jemand anderem zugefallen.«

»So war es, Danglard. Ich habe den Liebhaber getroffen. Es ist wirklich der Typ von dem Foto. Es stimmt, daß er riesig ist und ein unbedeutendes Hirn hat. Außerdem ist er Pflanzenfresser und stolz darauf.«

»Vegetarier«, schlug Danglard vor.

»Genau, Vegetarier. Er leitet mit seinem Bruder, der ebenfalls Pflanzenfresser ist, eine Werbeagentur. Sie haben gestern abend gemeinsam bis zwei Uhr morgens gearbeitet. Der Bruder bestätigt es. Also ist er außen vor, es sei denn, der Bruder lügt. Aber der Liebhaber scheint über Delphines Tod verzweifelt. Er hat sie zur Scheidung gedrängt, nicht weil Le Nermord ein Hindernis für ihn gewesen wäre, sondern weil er Delphine einer Tyrannei entreißen wollte, wie er sagte. Anscheinend hat Augustin-Louis sie weiterhin für sich arbeiten lassen, sie all seine Manuskripte durchsehen und abschreiben lassen, seine Aufzeichnungen ordnen lassen, und Delphine wagte nichts zu sagen. Sie hat erklärt, es wäre ihr recht, es würde ›ihr Gehirn ein wenig in Übung halten‹, aber der Liebhaber ist sich sicher, daß das nicht ganz so harmlos war, daß sie vor lauter Angst vor ihrem Mann schier umkam. Aber jetzt war Delphine endlich fast entschlossen, die Scheidung einzureichen. Sie wollte zumindest das Gespräch mit Augustin-Louis suchen. Es ist nicht bekannt, ob sie es getan hat oder nicht. Das heißt, die Gegnerschaft der beiden Männer springt ins Auge. Dem Liebhaber wäre durchaus daran gelegen, Le Nermord zu Fall zu bringen.«

»All das kann stimmen«, sagte Danglard.

»Das glaube ich auch.«

»Le Nermord hat kein Alibi für die drei Mordnächte. Wenn er seine Frau loswerden wollte, bevor sie aufbegehrte, kann er die Gelegenheit genutzt haben, die ihm der Mann mit den Kreisen bot. Er ist nicht besonders mutig, das hat er uns selbst gesagt.

Nicht der Typ, der Risiken eingeht. Um den Verdacht auf den Zwangsneurotiker zu lenken, hat er zwei zufällige Morde begangen, damit der Eindruck einer Serie entsteht, und dann hat er seine Frau umgebracht. Die Sache ist erledigt. Die Bullen suchen nach dem Mann mit den Kreisen und lassen ihn in Ruhe. Und er erbt.«

»Eine ziemlich grobe Falle, nicht? Man muß die Bullen schon für ziemliche Idioten halten.«

»Zum einen findet man bei den Bullen genauso viele Idioten wie überall sonst. Zum anderen könnten schlichte Geister Gefallen an dem Trick finden. Ich gebe zu, daß Le Nermord keinen schlichten Eindruck macht. Aber man kann Aussetzer haben. Das kommt vor. Vor allem, wenn man so ein Ding aus Leidenschaft plant. Und was ist mit Delphine Le Nermord? Was machte sie zu dieser Uhrzeit draußen?«

»Der Liebhaber sagt, daß sie eigentlich den ganzen Abend zu Hause bleiben wollte. Er war verwundert, daß sie nicht da war, als er nach Hause kam. Er hat gedacht, sie wäre vielleicht zu dem Tabakladen an der Ecke Bertholet gegangen, der noch bis spät auf hat, um Zigaretten zu holen. Da ist sie häufig hin, wenn sie keine mehr hatte. Später hat er sich gedacht, daß ihr Mann sie wohl wieder einmal angerufen hat. Aber er hat sich nicht getraut, bei Le Nermord anzurufen, und ist schlafen gegangen. Ich habe ihn heute morgen geweckt.«

»Le Nermord kann den Kreis sagen wir gegen Mitternacht entdeckt haben. Er bestellt seine Frau dorthin und schneidet ihr an Ort und Stelle die Kehle durch. Ich glaube, Le Nermord sieht ziemlich alt aus. Was denken Sie?«

Adamsberg verstreute Brotkrümel um seinen Teller. Danglard, der immer sehr manierlich aß, bedrückte das.

»Was ich denke?« fragte Adamsberg und hob den Kopf. »Nichts. Ich denke an den Mann mit den Kreisen. Das müßten Sie allmählich wissen, Danglard.«

* * *

Der Polizeigewahrsam und die ununterbrochenen Vernehmungen von Augustin-Louis Le Nermord begannen Montag morgen. Danglard hatte ihm nicht verhehlt, daß ihn das alles bedrückte.

Adamsberg ließ Danglard machen, der sein Ziel gnadenlos unter Beschuß nahm. Der alte Mann schien unfähig, sich zu verteidigen. Jeder seiner Versuche, sich zu rechtfertigen, wurde sofort von Danglards schneidenden Bemerkungen abgeschmettert. Aber Adamsberg sah deutlich, daß Danglard zugleich auch Mitgefühl für sein Opfer empfand.

Adamsberg empfand nichts Derartiges. Er hatte Le Nermord vom ersten Augenblick an nicht ausstehen können, und er wollte um alles in der Welt vermeiden, daß Danglard ihn fragte, wieso. Also sagte er nichts.

Danglard nahm Le Nermord mehrere Tage lang ins Verhör.

Von Zeit zu Zeit betrat Adamsberg das Büro von Danglard und sah zu. Der alte Mann war in die Enge getrieben, von den Anschuldigungen, die auf ihm lasteten, erschreckt und fiel sichtlich immer mehr zusammen. Er konnte nicht einmal mehr auf die einfachsten Fragen antworten. Nein, er wußte nicht, daß Delphie kein Testament aufgesetzt hatte. Er war immer überzeugt gewesen, daß alles ihre Schwester Claire bekommen würde. Er mochte Claire, sie wurstelte sich mit drei Kindern allein durchs Leben. Nein, er wußte nicht, was er in den drei Mordnächten getan hatte. Er mußte gearbeitet haben und dann schlafen gegangen sein wie jeden Abend. Eisig widersprach ihm Danglard: Am Abend des Mordes an Madeleine Châtelain hatte die Apothekerin Nachtdienst. Sie hatte gesehen, wie Le Nermord das Haus verließ. Niedergeschmettert erklärte Le Nermord, daß das möglich sei, er gehe manchmal abends noch raus, um ein Päckchen Zigaretten am Automaten zu holen: »Ich mache das Papier ab und nehm den Tabak für meine Pfeife. Delphie und ich haben immer viel geraucht. Sie hat versucht, damit aufzuhören. Ich nicht. Zu einsam in dem großen Kasten.«

Erneute kreisförmige Handbewegungen, Zusammenbruch, aber immer noch ein Funken Widerstand in seinem Blick. Vom

Professor am Collège de France blieb nicht viel mehr übrig als ein einfacher alter Mann, der einen zerstörten Eindruck machte und sich allem gesunden Menschenverstand zum Trotz mühte, einer unvermeidlich scheinenden Verurteilung zu entgehen. Tausendmal vielleicht hatte er wiederholt: »Aber ich kann es nicht gewesen sein. Ich habe Delphie geliebt.«

Danglard fuhr immer besessener fort, beharrlich nachzuhaken, und ersparte ihm kein einziges Detail, das ihn verdächtig machte. Er hatte den Journalisten sogar ein paar Informationen überlassen, die groß aufgemacht worden waren. Der Alte hatte es kaum geschafft, das Mittagessen einzunehmen, das ihm gebracht wurde – trotz aller Ermutigungen von Margellon, der bisweilen sanftmütig sein konnte. Er hatte sich auch nicht mehr rasiert, selbst als er nach Beendigung des Polizeigewahrsams zum Schlafen nach Hause zurückgekehrt war. Es wunderte Adamsberg, wie dieser Alte, der doch ein verdammt entwickeltes Hirn hatte, um sich zu verteidigen, so schnell umfiel. Er hatte noch nie eine so rasche Auflösung erlebt.

Am Donnerstag war Le Nermord hochgradig nervös und hatte wirklich zitternde Knie. Der Untersuchungsrichter hatte ihn unter Anklage gestellt, Danglard hatte ihm die Entscheidung gerade mitgeteilt. Daraufhin sagte Le Nermord lange Zeit nichts mehr, genau wie in der Nacht ein paar Tage zuvor, und schien das Für und Wider abzuwägen. Adamsberg gab Danglard auf die gleiche Weise ein Zeichen, unter keinen Umständen einzugreifen.

Dann sagte Le Nermord:

»Geben Sie mir ein Stück Kreide. Ein Stück blaue Kreide.«

Da sich niemand rührte, fand er wieder zu etwas Autorität zurück und fügte hinzu:

»Beeilen Sie sich. Ich habe um ein Stück Kreide gebeten.«

Danglard ging hinaus und fand ein Stück in der Schublade von Florence. Dort fand man alles.

Le Nermord stand mit der Vorsicht eines geschwächten Mannes auf und nahm die Kreide. Er stand vor der weißen Wand, ließ noch einmal etwas Zeit verstreichen und überlegte. Dann schrieb er sehr schnell in großen Buchstaben: ›Victor, sieh dich vor, was treibst du jetzt noch vor dem Tor?‹

Adamsberg rührte sich nicht. Das erwartete er bereits seit gestern.

»Danglard, holen Sie Meunier«, sagte er. »Ich glaube, er ist im Haus.«

Während Danglards Abwesenheit wandte der Mann mit den Kreisen Adamsberg das Gesicht zu, entschlossen, ihn fest anzusehen.

»Guten Tag«, sagte Adamsberg zu ihm. »Ich suche Sie seit langem.«

Le Nermord antwortete nicht. Adamsberg betrachtete sein Gesicht mit den unsympathischen Zügen, das mit dem Geständnis Entschlossenheit zurückgewonnen hatte.

In Danglards Gefolge betrat der Graphologe Meunier das Büro. Er besah sich die große Schrift, die die gesamte Breite der Wand bedeckte.

»Hübsche Erinnerung für Ihr Büro, Danglard«, sagte er leise. »Ja, das ist dieselbe Schrift. Sie ist unnachahmlich.«

»Danke«, sagte der Mann mit den Kreisen und gab Danglard die Kreide zurück. »Ich kann Ihnen weitere Beweise besorgen, wenn Sie wollen. Meine Notizbücher, die Zeiten meiner nächtlichen Gänge, mein Stadtplan von Paris voller Kreuze, meine Liste mit Gegenständen, alles, was Sie möchten. Ich weiß, daß ich zuviel erhoffe, aber mir wäre es lieber, wenn es nicht rauskäme. Mir wäre es lieber, wenn meine Studenten und meine Kollegen nie erführen, wer ich bin. Ich vermute, das ist unmöglich. Na ja, das ändert jetzt alles, nicht wahr?«

»Stimmt«, gab Danglard zu.

Le Nermord stand auf, kam allmählich wieder zu Kräften und akzeptierte ein Bier. Er ging im Büro zwischen Fenster und Tür auf und ab und lief dabei immer wieder vor seinem großen Graffiti vorbei.

»Ich hatte keine andere Wahl mehr, als es Ihnen zu sagen. Es lagen zu schwere Anklagepunkte gegen mich vor. Jetzt ist es anders. Wenn ich meine Frau hätte umbringen wollen, hätte ich das nicht in einem meiner eigenen Kreise getan, das können Sie sich ja vorstellen, und noch dazu ohne mir die Mühe zu machen, meine Schrift zu verändern. Ich hoffe, wir sind einer Meinung.«

Er zuckte mit den Schultern.

»Es hat jetzt keinen Sinn mehr, noch auf den Sitz in der Académie zu hoffen. Und meinen Unterricht für das nächste Jahr brauche ich auch nicht mehr vorzubereiten. Das Collège de France wird mich nicht mehr wollen, das ist normal. Aber ich hatte keine andere Wahl. Ich vermute aber, daß ich einen guten Tausch gemacht habe. Jetzt ist es Ihre Aufgabe, den Rest zu verstehen. Wer hat mich benutzt? Seit der ersten Leiche, die in einem meiner Kreise gefunden wurde, versuche ich zu verstehen, wehre ich mich gegen diese widerliche Falle. Ich hatte große Angst, als ich von dem ersten Mord erfuhr. Ich habe Ihnen bereits gesagt, daß ich nicht mutiger bin als jeder andere. Eher ängstlicher, offen gestanden. Ich habe mir das Hirn zermartert, um dahinterzukommen. Wer hat das getan? Wer ist mir gefolgt? Wer hat die Leiche dieser Frau in meinen Kreis gelegt? Wenn ich ein paar Tage später mit den Kreisen weitergemacht habe, dann nicht, wie die Zeitungen geschrieben haben, um Sie zu provozieren. Nein, weit gefehlt. Es geschah in der Hoffnung, meinen Verfolger zu entdecken, den Mörder zu identifizieren und mich entlasten zu können. Ich habe ein paar Tage gebraucht, bis ich diese Entscheidung getroffen habe. Man zögert, sich nachts allein von einem Mörder verfolgen zu lassen, vor allem wenn man so ängstlich ist wie ich. Aber ich wußte, daß ich keinerlei Chance haben würde, der Mordanklage zu entgehen, wenn Sie mich ausfindig machen würden. Genau das hatte der Mörder vorgesehen: mich an seiner Stelle bezahlen zu lassen. Der Kampf fand also zwischen ihm und mir statt. Es war der erste richtige Kampf meines Lebens. In diesem Sinne bedaure ich ihn nicht. Das einzige, was ich mir nicht vorgestellt habe, ist, daß er sich an meiner eigenen Frau vergreifen würde. Die ganze Nacht nach Ihrem Besuch habe ich mich gefragt, warum er das gemacht hat. Mir fiel nur eine einzige Erklärung dafür ein: Die Polizei hatte mich noch immer nicht gefunden, und das hat die Pläne des Mörders durchkreuzt. Daher seine Tat, daher der Mord an meiner Delphie, nur, damit Sie auf meine Spur kommen, damit Sie mich verhaften und er Ruhe haben würde. Vielleicht ist es das, nicht wahr?«

»Möglich«, sagte Adamsberg.

»Aber sein Fehler bestand darin, daß Ihnen jeder x-beliebige Psychiater erklären wird, daß ich völlig klar im Kopf bin. Ein Neurotiker hätte in der Tat zwei Morde begehen und sich schließlich an der eigenen Frau vergreifen können. Ich nicht. Ich bin nicht verrückt. Und ich hätte Delphie nie in einem meiner Kreise umgebracht. Delphie. Ohne meine verdammten Kreise würde Delphie noch leben.«

»Wenn Sie völlig klar im Kopf sind«, fragte Danglard, »warum haben Sie dann diese verdammten Kreise gezeichnet?«

»Damit verlorene Dinge mir anverwandelt werden, mir dankbar sein müssen. Nein, ich drücke mich schlecht aus.«

»Stimmt, ich verstehe nichts«, sagte Danglard.

»Dann eben nicht«, sagte Le Nermord. »Ich werde versuchen, es Ihnen aufzuschreiben, das ist vielleicht einfacher.«

Adamsberg dachte an die Beschreibung von Mathilde. »Ein gedemütigter kleiner Mann, der gierig auf Macht ist; wie wird er es anstellen?«

»Finden Sie ihn«, nahm Le Nermord verzweifelt das Gespräch wieder auf. »Finden Sie diesen Mörder. Glauben Sie, daß Sie das schaffen? Glauben Sie?«

»Wenn Sie uns helfen«, erwiderte Danglard. »Haben Sie zum Beispiel jemanden gesehen, der Ihnen bei Ihren Gängen gefolgt ist?«

»Ich habe leider nichts gesehen, was für Sie präzise genug wäre. Zu Anfang, vor zwei oder drei Monaten, ist mir manchmal eine Frau gefolgt. Das war lange vor dem ersten Mord, zu der Zeit hat mich das nicht beunruhigt. Ich fand sie trotzdem seltsam, aber auch sympathisch. Ich hatte den Eindruck, sie würde mich von weitem ermutigen. Zunächst war ich ihr gegenüber mißtrauisch, aber später mochte ich es, wenn ich merkte, daß sie da war. Aber was soll ich Ihnen von ihr erzählen? Ich glaube, sie hatte braune Haare, war ziemlich groß, offenbar schön und nicht mehr ganz jung. Es wäre mir nicht möglich, mehr Einzelheiten zu beschreiben, aber es war eine Frau, da bin ich mir sicher.«

»Ja«, sagte Danglard, »wir kennen sie. Wie oft haben Sie sie gesehen?«

»Mehr als zehn Mal.«

»Und seit dem ersten Mord?«

Le Nermord zögerte, als ob er diese Erinnerung nur widerwillig wachrief.

»Ja«, sagte er, »ich habe zweimal jemanden gesehen, aber das war nicht mehr die brünette Frau. Es war jemand anderes. Da ich Angst hatte, habe ich mich nicht umgedreht und bin weg, sobald mein Kreis fertig war. Ich hatte nicht den Mut, mein Vorhaben bis zum Ende auszuführen, das heißt mich umzudrehen und ihm hinterherzulaufen, um sein Gesicht zu sehen. Es war… eine kleine Silhouette. Ein seltsames, unbeschreibliches Wesen, weder Mann noch Frau. Sie sehen, ich weiß nichts.«

»Warum haben Sie immer eine Tasche bei sich?« unterbrach Adamsberg.

»Meine Tasche mit meinen Unterlagen«, erwiderte Le Nermord. »Wenn ich die Kreise gezeichnet hatte, bin ich immer so schnell wie möglich in die nächste Metro. Und ich war so aufgeregt, daß ich lesen mußte, mich in meine Aufzeichnungen stürzen, wieder Professor werden mußte. Ich weiß nicht, wie ich Ihnen das besser erklären kann. Was werden Sie jetzt mit mir machen?«

»Wahrscheinlich werden Sie freigelassen«, sagte Adamsberg. »Der Untersuchungsrichter wird keinen Justizirrtum riskieren.«

»Natürlich«, bemerkte Danglard. »Jetzt ist alles anders.«

Le Nermord ging es besser. Er bat um eine Zigarette und stopfte den Tabak in seine Pfeife.

»Es ist nur eine schlichte Formalität, aber ich möchte trotz allem einen Blick in Ihre Wohnung werfen«, sagte Adamsberg.

Danglard, der noch nie erlebt hatte, daß Adamsberg sich die Zeit für schlichte Formalitäten nahm, sah ihn verständnislos an.

»Machen Sie, was Sie wollen«, sagte Le Nermord. »Aber was suchen Sie? Ich habe Ihnen gesagt, daß ich alle Beweise beibringen würde.«

»Das weiß ich gut. Ich vertraue Ihnen. Aber ich suche nichts Konkretes. Einstweilen müßten Sie all das noch mal mit Danglard durchgehen, für Ihre Zeugenaussage.«

»Seien Sie ehrlich, Kommissar. Wieviel riskiere ich als ›Mann mit den Kreisen‹?«

»Meiner Ansicht nach nicht viel«, sagte Adamsberg. »Es gab keine nächtliche Ruhestörung und auch keine Erregung öffentlichen Ärgernisses im engeren Sinn. Daß Sie damit bei einem anderen die Idee zum Mord ausgelöst haben, betrifft Sie nicht. Man ist nicht immer für die Ideen verantwortlich, die man bei anderen auslöst. Ihre Neurose hat zu drei Morden geführt, aber das ist nicht Ihre Schuld.«

»Ich hätte mir das nie vorgestellt. Ich bin tief betroffen«, murmelte Le Nermord.

Adamsberg verließ den Raum, ohne ein Wort zu sagen, und Danglard war ihm böse, daß er dem Mann nicht ein wenig mehr Menschlichkeit entgegenbrachte. Er hatte den Kommissar schon erlebt, wie er all seinen Charme entfaltete, um die Sympathie von Unbekannten und sogar von Idioten zu erlangen. Und heute hatte er dem Alten gegenüber nicht das kleinste Fitzelchen Menschlichkeit an den Tag gelegt.

* * *

Am nächsten Morgen bat Adamsberg darum, Le Nermord noch einmal zu sehen. Danglard war sauer. Ihm wäre es lieber gewesen, wenn man den Alten in Ruhe gelassen hätte. Und Adamsberg suchte sich die letzte Minute aus, um ihn vorzuladen, wo er sich in den Tagen zuvor kaum eingemischt hatte.

Le Nermord wurde also erneut einbestellt. Schüchtern betrat

er das Kommissariat, er schwankte noch ein wenig und war bleich. Danglard beobachtete ihn.

»Er hat sich verändert«, flüsterte er Adamsberg zu.

»Ich habe keine Ahnung«, antwortete Adamsberg.

Le Nermord setzte sich vorsichtig halb auf den Stuhl und bat um Erlaubnis, Pfeife rauchen zu dürfen.

»Ich habe heute nacht nachgedacht«, sagte er und kramte in seinen Taschen nach Streichhölzern. »Die ganze Nacht sogar. Und jetzt ist es mir egal, daß alle die Wahrheit über mich wissen. Ich akzeptiere die erbärmliche Gestalt des Mannes mit den Kreisen, wie mich die Presse nennt, so wie sie ist. Zu Beginn, als ich angefangen habe, bildete ich mir ein, damit über große Macht zu verfügen. In Wirklichkeit, nehme ich an, war ich selbstgefällig und grotesk. Und dann hat sich alles zum Schlimmen gewendet. Es gab die beiden Morde. Und meine Delphie. Warum soll ich darauf hoffen, das alles verheimlichen zu können? Wozu versuchen, mir eine Zukunft zurechtzubiegen, die ich so oder so vermurkst, verpfuscht habe, indem ich das Ganze den anderen gegenüber verschleiere? Nein. Ich war der Mann mit den Kreisen. Pech für mich. Wegen all dem, wegen all meiner ›Frustrationen‹, wie Vercors-Laury gesagt hat, hat es drei Tote gegeben. Und Delphie.«

Er legte sich die Hände vors Gesicht, und Danglard und Adamsberg warteten schweigend, ohne sich anzusehen. Dann rieb sich der alte Le Nermord mit einem Ärmel seines Regenmantels wie ein Penner die Augen, als ob er sein ganzes Ansehen aufgeben würde, für das er Jahre gebraucht hatte.

»Es ist also unnötig, daß ich Sie anflehe, der Presse gegenüber zu lügen«, sagte er angestrengt. »Ich habe den Eindruck, daß es besser ist, wenn ich versuche hinzunehmen, was ich bin und was ich getan habe, besser, als diese verdammte Professoren-Aktentasche zu schwenken, um mich zu schützen. Aber da ich trotz allem feige bin, ist es mir jetzt, wo alles bekannt werden wird, lieber, Paris zu verlassen. Verstehen Sie, ich begegne zu vielen bekannten Gesichtern auf der Straße. Wenn Sie erlauben, würde ich mich gerne bei mir auf dem Land verstecken. Mir graut davor. Ich hatte das Haus für Delphie gekauft. Es wird mir als Zuflucht dienen.«

Le Nermord wartete auf ihre Antwort, während er sich mit besorgtem und unglücklichem Ausdruck mit dem Pfeifenkopf über die Wange fuhr.

»Sie haben absolut das Recht dazu«, sagte Adamsberg. »Lassen Sie mir Ihre Adresse hier, das ist alles, was ich von Ihnen verlange.«

»Danke. Ich denke, daß ich in vierzehn Tagen dort hinziehen werde. Ich werde alles aufgeben. Byzanz ist vorbei.«

Adamsberg ließ erneut eine kurze Zeit verstreichen, bevor er fragte:

»Sie sind nicht zufällig zuckerkrank?«

»Das ist eine komische Frage, Kommissar. Nein, ich bin nicht zuckerkrank. Ist das... wichtig für Sie?«

»Ziemlich. Ich werde Ihnen ein letztes Mal auf die Nerven fallen, aber nur wegen einer Lappalie. Aber diese Lappalie sucht vergeblich nach einer Erklärung, und ich hoffe, daß Sie mir helfen. Alle Zeugen, die Sie gesehen haben, haben von einem Geruch gesprochen, der Ihnen nachhing. Ein Geruch nach faulen Äpfeln für die einen, nach Essig oder nach Likör für die anderen. Ich habe zunächst gedacht, Sie seien zuckerkrank, was, wie Sie vielleicht wissen, zu einem leichten Gärungsgeruch führt. Aber das ist bei Ihnen nicht der Fall. Für mich riechen Sie nur nach hellem Tabak. Daher habe ich gedacht, daß Ihr Geruch sicher von Ihrer Kleidung kommt oder aus einem Kleiderschrank. Ich habe mir gestern erlaubt, in all Ihren Kleiderkammern, Schränken, Truhen, Kommoden und an allen Kleidungsstücken zu schnuppern. Nichts. Gerüche nach altem Holz, Gerüche nach Farbe, Gerüche nach Pfeife, nach Büchern, sogar nach Kreide, aber nichts Säuerliches, nichts Vergorenes. Ich bin enttäuscht.«

»Was soll ich dazu sagen?« fragte Le Nermord ein wenig verdutzt. »Was genau ist Ihre Frage?«

»Wie erklären Sie sich das?«

»Ich weiß es nicht! Mir ist der Geruch nie aufgefallen. Es ist sogar ziemlich peinlich, das zu erfahren.«

»Ich habe vielleicht eine Erklärung. Daß der Geruch nämlich von woandersher stammt, von einem Schrank, der sich nicht bei Ihnen befindet und in dem Sie Ihre Kleidung als Mann mit den Kreisen gelagert haben.«

»Meine Kleidung als Mann mit den Kreisen? Aber ich hatte doch keinen besonderen Anzug dafür! Ich habe die Lächerlichkeit nicht so weit getrieben, daß ich mir ein Kostüm für den Anlaß geschaffen hätte. Nein, Kommissar. Übrigens müßten Ihre Zeugen Ihnen auch gesagt haben, daß ich gewöhnliche Kleidung trug, so wie heute. Ich trage immer ungefähr dasselbe: eine Flanellhose, ein weißes Hemd, ein Jackett mit Fischgrätmuster und einen Regenmantel. Ich ziehe fast nie etwas anderes an. Aus welchem Grund hätte ich in einem Jackett mit Fischgrätmuster das Haus verlassen und mich ›woanders‹ hinbegeben sollen, um ein anderes Jackett mit Fischgrätmuster anzuziehen, das außerdem auch noch schlecht riecht?«

»Genau das frage ich mich.«

Le Nermord zeigte erneut einen erbarmungswürdigen Gesichtsausdruck, und Danglard war Adamsberg wieder böse. Der Kommissar würde eigentlich einen guten Folterknecht abgeben.

»Ich würde Ihnen ja gerne helfen«, sagte Le Nermord fast zitternd, »aber da fragen Sie mich zuviel. Ich bin unfähig, diese Geschichte mit dem Geruch zu verstehen, und ich begreife auch nicht, warum das so interessant sein sollte.«

»Kann sein, daß es nicht interessant ist.«

»Es ist natürlich möglich, daß ich in der Hitze des Gefechts eine Art ›Angstgeruch‹ abgegeben habe – denn die Kreise haben mich ganz schön in Aufregung versetzt. Das ist natürlich möglich. Anscheinend gibt es so was. Wenn ich danach in der Metro saß, war ich schweißgebadet.«

»Das ist nicht schlimm«, sagte Adamsberg und kritzelte direkt auf den Tisch, »vergessen Sie es. Es kommt vor, daß ich fixe und skurrile Ideen habe. Ich lasse Sie jetzt gehen, Monsieur Le Nermord. Ich hoffe, daß Sie bei sich auf dem Land Frieden finden. Manchmal findet man ihn.«

Frieden finden auf dem Land! Danglard schnaubte gereizt. Ihn nervte heute morgen sowieso alles am Kommissar, seine sinnlosen Winkelzüge, seine unnützen Verhöre und schließlich seine Banalitäten. Schon jetzt hatte er das Bedürfnis nach einem Schluck Weißwein. Zu früh. Viel zu früh, halt dich zurück, verdammt.

Le Nermord lächelte ihnen tragisch zu, und Danglard versuchte ihn zu trösten, indem er ihm kräftig die Hand schüttelte. Aber die Hand von Le Nermord blieb weich und kraftlos. Er ist verloren, dachte Danglard.

Adamsberg stand auf, um Le Nermord zuzusehen, wie er sich mit seiner schwarzen Tasche, den Rücken gebeugt und magerer als je zuvor, im Gang entfernte.

»Armer Kerl«, sagte Danglard. »Der ist hinüber.«

»Mir wäre lieber gewesen, er hätte Zucker«, sagte Adamsberg.

* * *

Adamsberg verbrachte den Rest des Vormittags damit, *Ideologie und Gesellschaft unter Justinian* zu lesen. Danglard, der von seinen Gefechten mit dem Mann mit den Kreisen fast ebenso erschöpft war wie sein Opfer, hätte es lieber gehabt, wenn Adamsberg endlich aufgehört hätte, daran zu denken, und die Ermittlung auf andere Weise angegangen wäre. Er hatte genug von Augustin-Louis Le Nermord und um nichts in der Welt hätte er jetzt noch eine Zeile von ihm lesen können. Er hätte bei jedem Wort das Gefühl gehabt, daß die unklaren Züge und der starre, schmutzigblaue Blick des Byzantinisten sich ihm zuwendeten und ihm seine Hartnäckigkeit vorwerfen würden.

Gegen ein Uhr ging Danglard erneut zu ihm. Adamsberg las noch immer. Er erinnerte sich, daß der Kommissar erklärt hatte, er lese jedes einzelne Wort, eines nach dem anderen. Adamsberg hob nicht den Kopf, hörte Danglard aber eintreten.

»Erinnern Sie sich an die Modezeitschrift, die sich in der Handtasche von Madame Le Nermord befand, Danglard?«

»Die, die Sie im Wagen durchgeblättert haben? Die muß noch im Labor sein.«

Adamsberg rief an und bat darum, ihm die Zeitschrift herunterzubringen, sobald sie mit den Analysen fertig wären.

»Was irritiert Sie dabei?« fragte ihn Danglard.

»Ich weiß es nicht. Es gibt mindestens drei Sachen, die mich irritieren, der Geruch nach faulem Apfel, der brave Doktor Gérard Pontieux und diese Modezeitschrift.«

Kurz darauf rief Adamsberg Danglard erneut zu sich. Er hielt ein kleines Blatt Papier in der Hand.

»Hier sind Zugverbindungen«, sagte Adamsberg. »Es gibt einen Zug, der in fünfundfünfzig Minuten nach Marcilly fährt, das ist der Geburtsort des braven Doktor Pontieux.«

»Was stört Sie nur an dem Doktor?«

»Mich stört, daß er ein Mann ist.«

»Immer noch?«

»Ich habe es Ihnen schon gesagt, Danglard, ich bin langsam. Glauben Sie, Sie können den Zug schaffen?«

»Heute?«

»Bitte. Ich möchte alles über den braven Doktor wissen. Sie finden dort Leute, die ihn als jungen Mann gekannt haben, bevor er nach Paris gegangen ist, um hier seine Praxis aufzumachen. Befragen Sie sie. Ich will wissen. Alles wissen. Irgend etwas ist uns entgangen.«

»Aber wie soll ich die Leute befragen, ohne die geringste Vorstellung zu haben, wonach Sie suchen?«

Adamsberg wiegte den Kopf.

»Fahren Sie, und stellen Sie alle möglichen Fragen. Ich vertraue Ihnen. Und vergessen Sie nicht, mich anzurufen.«

Adamsberg nickte Danglard zu, und mit völlig abwesendem Ausdruck ging er hinaus, um sich irgend etwas zu essen zu holen. Auf dem Weg zur Bibliothèque Nationale verschlang er sein kaltes Mittagessen.

Am Eingang zur Bibliothek machten seine alte schwarze

Stoffhose und sein bis zu den Ellbogen hochgeschobenes Hemd keinen guten Eindruck. Er zeigte seinen Ausweis und sagte, er wolle das Gesamtwerk von Augustin-Louis Le Nermord einsehen.

* * *

Danglard kam um 18 Uhr 10 in Marcilly am Bahnhof an. Es war die Stunde des Weißweins in den Bistrots. In Marcilly gab es sechs Cafés, er suchte sie alle auf und begegnete einer ganzen Reihe von Alten, die über Gérard Pontieux etwas sagen konnten. Aber was sie erzählten, war für Danglard von keinerlei Interesse. Angesichts der Tatsache, daß sich kein sichtbarer Makel fand, langweilte es ihn, das Leben des jungen Gérard durchkauen zu müssen. Danglard hätte es klüger gefunden, über dessen Laufbahn als Arzt Nachforschungen anzustellen. Man weiß ja nie, eine Sterbehilfe, eine falsche Diagnose... Es können haufenweise Sachen passieren. Aber darum hatte ihn Adamsberg nicht gebeten. Der Kommissar hatte ihn hier in diesen Ort geschickt, wo niemand darüber Bescheid wußte, was Pontieux nach seinem vierundzwanzigsten Lebensjahr gemacht hatte.

Gegen 10 Uhr abends zog er allein durch Marcilly, abgefüllt mit hiesigem Wein und ohne irgend etwas erfahren zu haben. Mit leeren Händen wollte er nicht nach Paris zurückkehren. Er wollte es weiter versuchen, war aber nicht gerade begeistert, die Nacht hier verbringen zu müssen. Er rief die Kleinen an, um ihnen einen Gutenachtkuß zu geben. Dann ging er zu der Adresse, die der letzte Wirt ihm genannt hatte, um dort nach einem Fremdenzimmer zu fragen. Die Vermieterin war eine alte Dame, die ihm ein weiteres Glas Wein anbot. Danglard hatte das Bedürfnis, ihrem alten und sehr lebhaftem Blick seinen ganzen Ärger anzuvertrauen.

* * *

Ohne irgend jemandem etwas davon zu sagen, hatte Mathilde sich die ganze Woche schrecklich aufgeregt. Zunächst hatte es ihr nicht gefallen, Charles gegen halb zwei morgens nach Hause kommen zu hören und am Morgen von einem weiteren Mord an einer Frau zu erfahren. Und um alles noch schlimmer zu machen, hatte Charles den ganzen nächsten Abend hämisch gelacht, wie ein richtiger Giftzwerg. Verärgert hatte sie ihn hinausgeworfen und ihm gesagt, er solle wiederkommen, wenn er sich beruhigt hätte. Das machte ihr Sorgen, unsinnig, es leugnen zu wollen. Clémence wiederum war mitten in derselben Nacht in Tränen aufgelöst nach Hause gekommen. Mathilde hatte eine unrühmliche Stunde mit dem Versuch verbracht, das wieder hinzukriegen. Dann hatte Clémence, mit ihren Nerven am Ende, schließlich eingeräumt, daß sie ein bißchen Luftveränderung brauche und eine Pause bei ihren Kontaktanzeigen einlegen wolle. Sie waren zu aufreibend, die Annoncen. Mathilde hatte ihr sofort zugestimmt und sie in den Stichling hinaufgeschickt, damit sie ihren Koffer packen und sich ausruhen konnte, bevor sie aufbrach. Mathilde machte sich Vorwürfe, weil sie am Morgen, als Clémence aufbrach und in dem Bemühen, sie nicht zu wecken, vorsichtig das Treppenhaus hinunterschlich, gedacht hatte: Ich bin sie für vier Tage los. Clémence hatte versprochen, am Mittwoch wieder im Stichling zu sein, um die Dias fertig zu ordnen. Sie ahnte sicherlich schon, daß ihre Schneiderfreundin sie nicht allzulange bei sich behalten wollte. Sie war ganz schön hellsichtig, die alte Clémence. Wie alt mochte sie eigentlich sein? fragte sich Mathilde. Sechzig, siebzig vielleicht. Aber ihre dunklen, an den Rändern roten Augen und ihre spitzen Zähne machten jede Schätzung unmöglich.

Charles hatte auch die ganze übrige Woche einen häßlichen Ausdruck auf seinem schönen Gesicht zur Schau getragen, und Clémence war nicht wiedergekommen, wie sie es versprochen hatte. Die Dias, die gerade klassifiziert werden sollten, lagen auf dem Tisch herum. Charles als erster meinte, das sei beunruhigend, aber es wäre ja nicht sonderlich traurig, wenn die Alte irgendeinem Mann im Zug gefolgt und um die Ecke gebracht worden sei. Mathilde hatte einen kurzen Alptraum. Und Freitag abend, als die Spitzmaus noch immer nicht zurückgekehrt war, war sie fast entschlossen, die Schneiderin zu suchen und anzurufen.

Dann kreuzte Clémence wieder auf. »Scheiße«, sagte Charles, der sich auf Mathildes Couch niedergelassen hatte und mit den Fingerspitzen die Seiten eines Buches in Blindenschrift abtastete. Mathilde war trotz allem erleichtert. Als sie ihnen jedoch zusah, wie sie beide von ihrem Zimmer Besitz ergriffen, er in all seiner Pracht auf ihrer Couch ausgestreckt, seinen weißen Stock vor sich auf dem Teppich, sie, wie sie ganz selbverständlich ihren Nylonmantel auszog, wobei sie die Mütze auf dem Kopf behielt, da sagte sich Mathilde, daß in ihrem Haus irgend etwas nicht ganz stimmte.

* * *

Adamsberg sah, wie Danglard um neun Uhr in sein Büro kam, einen Finger an die Stirn gepreßt, aber in einem Zustand wirklicher Erregung. Er ließ seinen langen Körper in den Sessel fallen und atmete heftig.

»Entschuldigen Sie«, sagte er. »Ich bin außer Atem, ich bin gerannt, um herzukommen. Ich habe heute morgen in Marcilly den ersten Zug genommen. Es war nicht möglich, Sie zu erreichen, Sie haben nicht zu Hause geschlafen.«

Adamsberg breitete die Arme aus, wie um zu sagen: Was soll ich tun, man sucht sich die Betten, in denen man morgens aufwacht, nicht immer aus.

»Die geniale alte Dame, bei der ich gewohnt habe«, sagte

Danglard zwischen zwei keuchenden Atemzügen, »hat Ihren Doktor gut gekannt. So gut gekannt, daß er ihr so einiges anvertraut hat. Das wundert mich nicht, eine wirklich feinsinnige Frau. Gérard Pontieux ist, wie sie sich ausdrückte, gegenüber einer eher häßlichen, aber durchaus reichen Apothekerstochter Verpflichtungen eingegangen. Er brauchte Geld, um seine Praxis aufzumachen. Dann hat ihn die Sache in letzter Minute aber angewidert. Er hat sich gesagt, wenn er so schändlich anfangen würde, bräuchte er gar nicht erst zu hoffen, eine ordentliche Karriere als Arzt zu machen. Also hat er das Mädchen am Tag nach der Verlobung fallenlassen und ihr feige ein kleines Briefchen geschickt. Kurz, nicht weiter bedeutend, nicht wahr? Nicht weiter bedeutend, wenn man von dem Namen des Mädchens absieht.«

»Clémence Valmont«, sagte Adamsberg.

»Exakt«, erwiderte Danglard.

»Begleiten Sie mich«, sagte Adamsberg und drückte seine gerade begonnene Zigarette im Aschenbecher aus.

Zwanzig Minuten später standen sie vor der Tür des Hauses Rue des Patriarches 44. Es war Samstag, und sie hörten keinerlei Geräusch. Bei Clémence antwortete niemand an der Gegensprechanlage.

»Versuchen Sie es bei Mathilde Forestier«, sagte Adamsberg, ausnahmsweise fast gespannt vor Ungeduld.

»Jean-Baptiste Adamsberg«, sagte er in die Gegensprechanlage. »Öffnen Sie, Madame Forestier. Schnell.«

Er lief bis zum Fliegenden Knurrhahn im zweiten Stock, und Mathilde öffnete die Tür.

»Ich brauche einen Schlüssel von oben, Madame Forestier. Einen Schlüssel zur Wohnung von Clémence. Haben Sie einen zweiten?«

Mathilde ging, ohne Fragen zu stellen, und holte einen Schlüsselbund, dessen Anhänger mit »Stichling« beschriftet war.

»Ich begleite Sie«, sagte sie mit einer Stimme, die am Morgen noch rauher war als tagsüber. »Ich mache mir Sorgen, Adamsberg.«

Sie betraten alle drei die Wohnung von Clémence. Nichts war mehr da. Keine Spur von Leben, kein Kleidungsstück am Kleiderständer, keinerlei Papiere auf dem Tisch.

»Miststück, sie ist abgehauen«, sagte Danglard.

Adamsberg ging im Zimmer umher, langsamer als je zuvor, sah auf seine Füße und öffnete dann einen leeren Wandschrank, eine Schublade, bevor er wieder umherging. »Er denkt an nichts«, sagte sich Danglard wütend, vor allem wütend über ihren Mißerfolg. Er hätte sich gewünscht, Adamsberg würde vor Wut explodieren, würde handeln und reagieren, sich aufregen, Befehle erteilen um diesen Schlamassel auf irgendeine Weise wiedergutzumachen, aber es war sinnlos, darauf zu hoffen, daß er etwas derartiges tun würde. Im Gegenteil, er willigte mit einem strahlenden Lächeln in den Kaffee ein, den die bestürzte Mathilde ihnen anbot.

Von ihrer Wohnung aus rief Adamsberg das Kommissariat an und beschrieb Clémence so genau wie möglich.

»Geben Sie die Beschreibung an alle Bahnhöfe, Flughäfen, Grenzstationen und alle Gendarmerien. Also die übliche Treibjagd. Und schicken Sie einen Wachposten her. Die Wohnung muß ständig überwacht werden.«

Er legte leise auf und trank seinen Kaffee, als ob nichts Ernstes passiert wäre.

»Sie sollten sich stärken. Sie sehen nicht gut aus«, sagte er zu Mathilde. »Danglard, versuchen Sie, Madame Forestier alles zu erklären, was geschehen ist, aber schonen Sie sie. Entschuldigen Sie, daß ich es nicht selbst mache. Ich finde, ich erkläre schlecht.«

»Haben Sie in den Zeitungen gelesen, daß Le Nermord von den Morden entlastet wurde und daß er der Mann mit den Kreisen war?« begann Danglard.

»Allerdings«, erwiderte Mathilde. »Ich habe sogar sein Foto gesehen. Es ist tatsächlich der Mann, den ich verfolgt habe, und es ist tatsächlich auch der Mann, der vor acht Jahren in dem kleinen Restaurant von Pigalle gegessen hat. Harmlos! Ich habe es Adamsberg wieder und wieder gesagt! Gedemütigt, frustriert, alles, was Sie wollen, aber harmlos! Ich hatte es gesagt, Kommissar!«

»Ja, Sie haben es gesagt. Und ich nicht«, sagte Adamsberg.

»Ganz genau«, sagte Mathilde mit Nachdruck. »Aber wo ist die Spitzmaus? Warum suchen Sie sie? Sie ist gestern abend von ihrem Besuch auf dem Land zurückgekehrt; sie war wieder ganz auf dem Damm und sehr adrett. Ich verstehe nicht, warum sie sich erneut verdrückt hat.«

»Hat Sie Ihnen schon mal von dem Verlobten erzählt, der sie plötzlich sitzengelassen hat?«

»Mehr oder weniger«, antwortete Mathilde. »Es hat nicht so tiefe Spuren hinterlassen, wie man glauben könnte. Sie wollen sich doch nicht in eine solche Wald- und Wiesenpsychologie stürzen, oder?«

»Geht nicht anders«, sagte Danglard. »Gérard Pontieux, das zweite Opfer, war ihr Verlobter vor fünfzig Jahren.«

»Sie spinnen«, bemerkte Mathilde.

»Nein, ich komme gerade von dort zurück«, sagte Danglard, »aus dem Heimatdorf der beiden. Sie stammt nicht aus Neuilly, Mathilde.«

Adamsberg registrierte beiläufig, daß Danglard Madame Forestier »Mathilde« nannte.

»Wut und Wahnsinn haben sich über fünfzig Jahre hinweg allmählich durchgesetzt«, fuhr Danglard fort. »Am Ende eines Lebens angekommen, das sie als gescheitert ansah, ist sie schließlich auf die Seite des Mordes abgeglitten. Die Gelegenheit bot sich, als der Mann mit den Kreisen auftauchte. Jetzt oder nie, das war der Moment, ihr Vorhaben umzusetzen. Sie hatte die Spur von Gérard Pontieux, von dem sie wie besessen war, nie verloren. Sie wußte, wo er wohnte. Sie hat Neuilly verlassen und sich an Sie gewandt, Mathilde, um den Mann mit den Kreisen zu finden. Sie allein konnten sie zu ihm führen. Und zu den Kreisen. Als erstes hat sie die dicke Frau ermordet, die sie nicht kannte, um eine ›Serie‹ zu beginnen. Dann hat sie Pontieux die Kehle durchgeschnitten. Das hat ihr derart gut getan, daß sie sich richtig in ihn verbissen hat. Schließlich hat sie aus der Furcht heraus, die Ermittlungen könnten nicht schnell genug zu dem Mann mit den Kreisen führen und sich zu lange bei dem Fall des Arztes aufhalten, die Frau des Mannes mit den Kreisen abgestochen, Delphine Le Nermord. Damit es in die Serie paßt, hat sie sie genauso übel mit Schnitten zugerichtet wie Pontieux, damit der Arzt sich für uns durch keinerlei Unterschied hervorhob. Mit dem einzigen Unterschied, daß es ein Mann war.«

Danglard warf einen Blick auf Adamsberg, der nichts sagte und ihm bedeutete fortzufahren.

»Ihr letzter Mord hat uns also direkt zu dem Mann mit den Kreisen geführt, genau wie sie es vorgesehen hatte. Aber Clémence Valmont hat einen verworrenen, zugleich aber auch schlichten Geist. Gleichzeitig der Mann mit den Kreisen und der Mörder der eigenen Frau zu sein, genau das war zuviel. Das war einfach unmöglich, es sei denn, er wäre geisteskrank. Le Nermord ist also freigelassen worden. Sie hat es am Abend im Radio gehört. Le Nermord stand nicht mehr unter Tatverdacht – jetzt konnte sich alles ändern. Ihr idealer Plan brach zusammen. Noch hatte sie Zeit abzuhauen. Das hat sie getan.«

Niedergeschmettert saß Mathilde da, ihr Blick ging vom einen zum anderen. Adamsberg ließ ihr Zeit, ihre Fassung wiederzufinden. Er wußte, daß das eine Zeitlang dauern konnte und sie sich wehren würde.

»Aber nein«, sagte Mathilde, »dazu hätte sie nie die physische Kraft gehabt! Sie erinnern sich doch, was für ein schmales Hemd sie ist?«

»Es gibt tausend Möglichkeiten, dieses Hindernis zu überwinden«, erklärte Danglard. »Man kann die Verletzte auf dem Bürgersteig spielen, warten, daß ein Passant sich über einen beugt, und ihn dann niederschlagen. Alle Opfer sind zunächst niedergeschlagen worden, erinnern Sie sich, Mathilde.«

»Ja, ich erinnere mich«, sagte Mathilde und strich zwanzigmal ihr schwarzes Haar zurück, das ihr in glatten Strähnen in die Stirn fiel. »Und wie hat sie es mit dem Arzt angestellt?«

»Ganz einfach. Sie hat ihn an den gewünschten Ort bestellt.«

»Warum ist er gekommen?«

»Na! Eine Jugendfreundin, die Sie anruft, die Sie braucht! Da vergißt man alles und eilt hin.«

»Natürlich«, sagte Mathilde. »Sie werden wohl recht haben.«

»War sie in den Mordnächten zu Hause? Können Sie sich daran erinnern?«

»Um die Wahrheit zu sagen, sie verschwand fast jeden Abend – zu Verabredungen, wie sie sagte, so wie auch neulich abend. Sie hat mir ein verdammtes Theater vorgespielt! Warum sagen Sie nichts, Kommissar?«

»Ich versuche nachzudenken.«

»Und was kommt dabei raus?«

»Nichts. Aber das bin ich gewöhnt.«

Mathilde und Danglard warfen sich einen Blick zu. Etwas betrübt. Aber Danglard war nicht in der Laune, Adamsberg zu kritisieren. Sicher, Clémence war verschwunden. Aber trotzdem, Adamsberg war dahintergekommen und hatte ihn nach Marcilly geschickt.

Adamsberg stand ohne weitere Ankündigung auf, machte eine so nutzlose wie unbekümmerte Geste, dankte Mathilde für den Kaffee und bat Danglard, das Labor in die Wohnung von Clémence Valmont zu beordern.

»Ich will ein paar Schritte gehen«, fügte er hinzu, um etwas zu sagen, um ihnen eine Erklärung zu geben, um sie nicht zu kränken.

Danglard und Mathilde saßen noch lange beisammen. Sie konnten nicht mehr aufhören, von Clémence zu reden und zu begreifen zu versuchen, was geschehen war. Der Verlobte abgehauen, die zerstörerische Verkettung der Kontaktanzeigen, die Neurose, die spitzen Zähne, die dreckigen Ausdrücke, die Zweideutigkeiten. Von Zeit zu Zeit ging Danglard hoch, um zu sehen, wie weit die Typen vom Labor waren, kam wieder runter und sagte: »Sie sind im Bad.« Mathilde schenkte Kaffee nach, den sie mit lauwarmem Wasser verlängert hatte. Danglard fühlte sich wohl. Er wäre gerne sein ganzes Leben lang hier geblieben, die Ellbogen auf dem Tisch, in dem die Fische unter dem Licht von Königin Mathildes braunem Gesicht herumschwammen.

Sie redete von Adamsberg, sie fragte, wie er wohl dahintergekommen sei.

»Ich habe nicht die geringste Ahnung«, sagte Danglard. »Dabei habe ich ihn ja machen sehen – oder manchmal gar nichts machen sehen. Manchmal unbekümmert und oberflächlich, als ob er nie in seinem Leben Bulle gewesen wäre, manchmal mit verzerrten, hartem Gesicht und so beschäftigt, daß er nichts mehr um sich herum gehört hat. Aber womit beschäftigt? Eine gute Frage.«

»Er scheint unzufrieden«, sagte Mathilde.

»Das stimmt. Weil Clémence abgehauen ist.«

»Nein, Danglard. Adamsberg plagt etwas anderes.«

Leclerc, ein Typ vom Labor, betrat das Zimmer.

»Es ist wegen der Abdrücke, Inspektor. Es gibt keinen einzigen. Sie hat alles abgewischt, oder sie muß die ganze Zeit Handschuhe getragen haben. Hab so was noch nie gesehen. Aber es gibt was im Bad. Ich habe einen Tropfen getrocknetes Blut an der Wand hinter dem Abflußrohr vom Waschbecken gefunden.«

Danglard folgte ihm rasch nach oben.

»Sie muß irgend etwas gewaschen haben«, sagte er, während er sich erhob. »Vielleicht die Handschuhe, bevor sie sie weggeworfen hat. In Delphines Umgebung haben wir sie nicht gefunden. Lassen Sie das so schnell wie möglich analysieren, Leclerc. Wenn das Blut von Madame Le Nermord ist, ist Clémence erledigt.«

Die Analyse bestätigte es einige Stunden später: Das Blut stammte von Delphine Le Nermord. Die Jagd auf Clémence begann.

Auch auf diese Nachricht hin blieb Adamsberg bedrückt. Danglard dachte wieder an die drei Dinge, die den Kommissar irritierten. Doktor Pontieux. Aber das hatte er geregelt. Blieb die Modezeitschrift. Und der faule Apfel. Was sollte das jetzt noch, verdammt? Danglard dachte, daß Adamsberg eine ganz eigene Art hatte, sich das Leben zu vermiesen. Es schien ihm, als habe Adamsberg ungeachtet seines unbekümmerten Auftretens eine wirkungsvolle Methode, niemals Ruhe zu finden.

* * *

Die Tür zwischen dem Büro des Kommissars und seinem eigenen blieb die meiste Zeit offen. Adamsberg mußte sich nicht zurückziehen, um allein zu sein. So kam es, daß Danglard kam und ging, Akten vorbeibrachte, ihm eine Notiz vorlas, wieder ging oder sich setzte, um kurz etwas zu sagen. Es kam auch vor – nach der Flucht von Clémence noch häufiger –, daß Adamsberg für nichts empfänglich war und seine Lektüre fortsetzte, ohne den Blick zu heben, ohne daß diese Unaufmerksamkeit kränkend gewesen wäre, denn sie geschah nicht willentlich. Übrigens, dachte Danglard, war es mehr Abwesenheit als Unaufmerksamkeit. Denn aufmerksam war Adamsberg. Aber worauf? Er hatte übrigens eine eigenartige Art zu lesen, meistens im Stehen, die Arme an den Rumpf gepreßt und den Blick auf die auf seinem Schreibtisch ausgebreiteten Notizen gesenkt. So konnte er Stunden verbringen. Danglard, der jeden Tag seinen müden Körper und seine ermatteten Beine spürte, fragte sich, wie Adamsberg das durchhalten konnte.

In diesem Augenblick stand der Kommissar da und betrachtete ein kleines Notizbuch mit leeren Seiten, das aufgeschlagen auf seinem Schreibtisch lag.

»Es sind jetzt sechzehn Tage«, sagte Danglard und setzte sich.

»Ja«, erwiderte Adamsberg.

Diesmal wandte sich sein Blick von der Lektüre ab und richtete sich auf Danglard, aber es gab ja auch nichts in dem kleinen Notizbuch zu lesen.

»Das ist nicht normal«, fuhr Danglard fort. »Man hätte sie bereits finden müssen. Sie muß sich doch bewegen, irgendwo essen, trinken, schlafen. Und ihre Beschreibung steht in allen Zeitungen. Sie kann uns nicht entwischen. Schon gar nicht mit einem solchen Aussehen. Und trotzdem ist es eine Tatsache: Sie entwischt uns.«

»Ja«, sagte Adamsberg. »Sie entwischt uns. Irgendwas stimmt da nicht.«

»Das würde ich nicht sagen«, entgegnete Danglard. »Ich würde sagen, daß wir zu lange brauchen, um sie wiederzufinden, aber daß wir es schaffen werden. Die Alte weiß, wie sie sich unauffällig macht. In Neuilly war sie nicht sehr bekannt. Was haben die Nachbarn gesagt? Daß sie nicht besonders auffiel, daß sie selbständig war, nicht schön, immer mit ihrer verdammten Baskenmütze auf dem Kopf und wie besessen von ihren Kontaktanzeigen. Sonst war nichts weiter rauszukriegen. Zwanzig Jahre hat sie da gelebt, und niemand weiß, ob sie irgendwo Freunde hat, niemand kennt irgendeinen Aufenthaltsort, und niemand erinnert sich, wann genau sie eigentlich weg ist. Anscheinend ist sie nie in Ferien gefahren. Es gibt so Leute, die ihr Leben leben, und keiner bemerkt sie. Da wundert es nicht, daß sie schließlich angefangen hat zu morden. Aber es ist nur eine Frage von Tagen. Wir werden sie finden.«

»Nein. Irgendwas stimmt da nicht.«

»Was ist da zu verstehen?«

»Das versuche ich gerade herauszufinden.«

Entmutigt stand Danglard in drei Etappen auf, Rumpf, Hintern, Beine, und ging im Zimmer umher.

»Ich würde gern versuchen herauszufinden, was Sie versuchen herauszufinden«, sagte er.

»Ach übrigens, Danglard, das Labor kann die Modezeitschrift zurückhaben. Ich bin fertig.«

»Fertig womit?«

Schon im voraus besorgt über die zu erwartende Diskussion, die zu nichts führen würde, wollte Danglard zurück in sein Büro, aber er konnte nicht umhin, Adamsberg zu verdächtigen, in seinem Kopf Gedanken, wenn nicht sogar Hypothesen zu wälzen, die ihn neugierig machten. Auch wenn er den Verdacht hatte, daß diese Gedanken für Adamsberg selbst noch nicht ganz greifbar waren.

Adamsberg betrachtete erneut das Notizbuch.

»In der Modezeitschrift ist ein Artikel von Delphine Vitruel«, sagte er. »Das ist der Mädchenname von Delphine le Nermord, wenn Ihnen das lieber ist. Die Chefredakteurin hat mir erzählt, daß Delphine regelmäßig bei ihrer Zeitschrift mitgearbeitet und beinahe jeden Monat Artikel über den Zeitgeist, die wechselnden Moden, über die Begeisterung für Reifrockkleider oder Strumpfnähte geliefert hat.«

»Und das hat Sie interessiert?«

»Enorm. Ich habe die ganze Sammlung gelesen. Das hat mich ziemlich viel Zeit gekostet. Und dann noch die faulen Äpfel. Ich beginne ein paar Sachen zu verstehen.«

Danglard schüttelte den Kopf.

»Was soll das noch mit den faulen Äpfeln?« fragte er. »Wir werden Le Nermord doch nicht vorwerfen, daß er nach Angst gerochen hat! Warum sich noch mit ihm beschäftigen, verdammt?«

»Alles, was klein und grausam ist, beschäftigt mich. Sie haben Mathilde zu viel zugehört. Sie verteidigen jetzt den Mann mit den Kreisen.«

»Ich mache nichts dergleichen. Ich beschäftige mich nur mit Clémence und lasse ihn in Ruhe.«

»Ich beschäftige mich auch mit Clémence, nur mit Clémence. Aber das ändert nichts an der Tatsache, daß Le Nermord niederträchtig ist.«

»Kommissar, angesichts der Vielzahl von Bedürftigen muß man sparsam sein mit seiner Verachtung. Und das sage nicht ich.«

»Wer sonst?«

»Chateaubriand.«

»Schon wieder... Was hat er Ihnen nur getan?«

»Sicherlich etwas Böses. Aber lassen wir das. Ganz offen, Kommissar: Verdient der Mann mit den Kreisen soviel Gehässigkeit? Immerhin ist er ein großer Historiker.«

»Das wäre noch zu überlegen.«

»Ich gebe es auf«, sagte Danglard und setzte sich wieder. »Jedem seine Obsessionen. Ich habe Clémence im Kopf. Ich muß sie finden. Irgendwo ist sie, und ich werde sie aufstöbern. Das ist unausbleiblich. Das ist logisch.«

»Aber eine törichte Logik«, sagte Adamsberg lächelnd, »ist der Dämon der schlichten Gemüter. Und das sage nicht ich.«

»Sondern?«

»Da liegt der Unterschied zwischen Ihnen und mir: Ich weiß nicht, wer das gesagt hat. Aber ich mag den Satz, er kommt mir gelegen, verstehen Sie. Ich bin so wenig logisch. Ich werde ein Stückchen gehen, Danglard, ich hab's nötig.«

* * *

Adamsberg lief bis zum Abend. Das war die einzige wirksame Methode, um seine Gedanken zu sortieren. Als ob die Gedanken dank der Bewegung des Laufens wie Teilchen in einer Flüssigkeit gerüttelt würden. So daß die schwereren zu Boden sanken und die leichteren an der Oberfläche blieben. Am Ende zog er daraus keinen endgültigen Schluß, aber verfügte doch über eine geklärte Liste seiner Ideen, sozusagen nach Schwere geordnet. Im Vordergrund wogten sanft solche Dinge wie der arme alte Le Nermord, sein Abschied von Byzanz, das Klappern seines Pfeifenmundstücks gegen seine Schneidezähne, die gar nicht vom Tabak vergilbt waren. Ein Gebiß. Dann kamen die faulen Äpfel, die Mörderin Clémence, die mit ihrer schwarzen Mütze, ihren Nylonblusen und ihren rotgeränderten Augen verschwunden war.

Er erstarrte. Dort hinten winkte eine junge Frau einem Taxi. Es war schon dämmrig, er konnte es nicht mehr genau erkennen, er rannte los. Es war zu dämmrig und verlorene Mühe, das Taxi fuhr weg. Er blieb am Rand des Bürgersteigs stehen und atmete heftig. Warum war er gerannt? Es wäre gut gewesen, Camille in ein Taxi steigen zu sehen, ohne so zu rennen. Ohne auch nur daran zu denken, daß man sie einholen müßte.

Er ballte die Fäuste in den Taschen seiner Jacke. Ein wenig Ergriffenheit. Das war normal.

Normal. Unnötig, eine große Sache daraus zu machen. Camille sehen, überrascht sein, rennen, ganz normal, ein bißchen ergriffen zu sein. Das machte die Überraschung. Oder die Schnelligkeit. Jeder andere hätte genau dieselben zitternden Hände.

War sie es eigentlich wirklich gewesen? Wahrscheinlich nicht. Sie lebte am Ende der Welt. Sie mußte am Ende der Welt sein, das war unerläßlich. Aber das Profil, der Körper, die Art, die Scheibe mit beiden Händen zu halten, um mit dem Fahrer zu reden? Na und? Nichts Außergewöhnliches. Camille war am anderen Ende der Welt. Da gab es nichts zu diskutieren, also gab es auch keinen Grund mehr, sich wegen dieser Frau und diesem Taxi aufzuregen.

Und wenn es Camille gewesen war? Nun, wenn es Camille war, dann hatte er sie verpaßt. Das war alles. Und sie hatte ein Taxi genommen, um wieder ans Ende der Welt aufzubrechen. Also völlig unnötig, darüber nachzudenken, nichts hatte sich verändert. Nacht über Camille, immer. Auftauchen. Verschwinden.

Etwas beruhigt setzte er seinen Weg fort und murmelte immer wieder die beiden Wörter vor sich hin. Er wollte rasch einschlafen, um die Pfeife des alten Le Nermord, die Baskenmütze von Clémence und das verstrubbelte Haar des kleinen Lieblings zu vergessen.

Das tat er.

* * *

Die darauffolgende Woche brachte nichts Neues über Clémence. Danglard verfiel ab drei Uhr nachmittags in einen alkoholischen Dämmerzustand, den er durch ein paar laute, ohnmächtige Ausbrüche unterbrach. Dutzende von Menschen hatten die Mörderin in ganz Frankreich angezeigt. Morgen für Morgen legte Danglard die abschlägigen Berichte über die durchgeführten Nachforschungen auf Adamsbergs Schreibtisch.

»Bericht von den Ermittlungen in Montauban. Wieder nichts«, sagte Danglard.

Und Adamsberg hob den Kopf, um »Sehr gut. Ausgezeichnet« zu antworten. Schlimmer noch: Danglard glaubte, daß er die Berichte nicht einmal las. Abends befanden sie sich genau an der Stelle, an der er sie morgens hingelegt hatte. Also nahm er sie, um sie in die Akte Clémence Valmont einzuordnen.

Danglard konnte es sich nicht verkneifen zu zählen. Clémence Valmont war jetzt seit siebenundzwanzig Tagen verschwunden. Häufig rief Mathilde bei Adamsberg an, um Neues von der Spitzmaus zu erfahren. Danglard hörte ihn antworten: »Es gibt nichts Neues. Nein, ich gebe nicht auf, was veranlaßt Sie, das zu glauben? Ich warte auf ein paar kleine Informationen. Im Augenblick eilt nichts.«

Nichts eilt. Der Leitbegriff von Adamsberg. Danglard war mit seinen Nerven am Ende, während Castreau, der sich sehr verändert hatte, die Dinge mit ungewöhnlicher Nachsicht zu nehmen schien.

Dann war auf Adamsbergs Bitten Reyer mehrfach aufgetaucht. Danglard fand ihn weniger verbittert als zuvor. Er fragte sich, ob das daran lag, daß er das Kommissariat inzwischen gut kannte, daß er leichter die Wände entlanggehen konnte, indem er sich mit den Fingern vorantastete, oder ob die Entdeckung der Mörderin seinen Sorgen ein Ende bereitet hatte. Um nichts in der Welt hätte Danglard sich vorstellen wollen, daß der schöne Blinde weniger verbittert war, weil Mathilde ihm Zugang zu ihrem Bett gewährt hatte. Kam gar nicht in Frage. Aber wie sollte er das herausfinden? Er war am Anfang des Gesprächs mit dem Kommissar dabeigewesen.

»Da Sie nichts mehr sehen, sehen Sie anders«, hatte Adamsberg gesagt. »Ich hätte gern, daß Sie mir so lange wie möglich von Clémence Valmont erzählen, daß Sie mir jeden einzelnen Eindruck beschreiben, den sie auf Ihr Gehör gemacht hat, all Ihre Wahrnehmungen, die ihre Anwesenheit hervorgerufen hat, alle Einzelheiten, die Sie erahnt haben, wenn Sie in ihre Nähe kamen, wenn Sie sie gehört, sie gespürt haben. Je mehr ich über sie weiß, desto besser komme ich damit zurecht. Und Sie, Reyer, sind zusammen mit Mathilde derjenige, der sie am besten gekannt hat. Vor allem kennen Sie all das Nicht-Sichtbare. All das, was man nicht weiter beachtet, weil unser Auge ein rasches Bild aufnimmt, das ausreicht, uns zufriedenzustellen.«

Bei jedem Besuch war Reyer lange dageblieben. Durch die offene Tür sah Danglard, wie ihm Adamsberg, an die Wand gelehnt, sehr aufmerksam zuhörte.

* * *

Es war halb vier Uhr nachmittags. Adamsberg öffnete sein Notizbuch auf Seite drei. Er zögerte eine ganze Weile, dann schrieb er:

»Morgen fahre ich aufs Land, um Clémence zu suchen. Ich glaube, daß ich mich nicht getäuscht habe. Ich erinnere mich nicht mehr, ab wann ich das herausgefunden habe, ich hätte es aufschreiben sollen. Schon von Anfang an? Oder ab den faulen Äpfeln? Alles, was mir Reyer erzählt, bestärkt mich in diesem Eindruck. Gestern bin ich bis zur Gare de l'Est gelaufen. Ich habe mich gefragt, warum ich Bulle bin. Vielleicht, weil man in diesem Beruf Dinge suchen muß und die Chance hat, sie zu finden. Das tröstet über das übrige hinweg. Denn im übrigen Leben bittet einen keiner, irgendwas zu suchen, und man riskiert nicht, etwas zu finden, da man nicht weiß, was man sucht. Zum Beispiel die Blätter: Ich verstehe immer noch nicht genau, warum ich sie zeichne. Gestern an der Gare de l'Est hat mir jemand in einem Café gesagt, daß das beste Mittel, keine Angst vor dem Tod zu haben, darin bestehe, das Leben eines Arschlochs zu führen. So habe man nichts zu bedauern. Das schien mir keine sehr gute Lösung.

Aber ich habe keine Angst vor dem Tod, gar nicht so sehr. Also betrifft mich das im Grunde nicht. Ich habe auch keine Angst, allein zu sein.

Mir wird klar, daß ich alle meine Hemden auswechseln müßte. Ich würde gern die universelle Kleidung finden. Dann würde ich sie in dreißig Exemplaren kaufen und hätte bis zum Ende meiner Tage mit diesen ganzen Kleidungsgeschichten nichts mehr zu schaffen. Als ich das meiner Schwester erklärt habe, hat sie aufgeschrien. Allein der Gedanke an eine universelle Kleidung entsetzt sie.

Ich würde gerne die universelle Kleidung finden, einfach um damit nichts mehr zu schaffen zu haben.

Ich würde gerne das universelle Baumblatt finden, um damit nichts mehr zu schaffen zu haben.

Im Grunde wäre es mir lieber gewesen, ich hätte neulich abend Camille auf der Straße nicht verpaßt. Ich hätte sie erwischt, sie wäre sehr erstaunt und vielleicht ergriffen gewesen. Vielleicht hätte ich ihr Gesicht erzittern, erblassen oder erröten sehen, ich weiß es nicht genau. Ich hätte meine Hände auf dies Gesicht gelegt, um das Zittern zu besänftigen, und das wäre ziemlich toll gewesen. Ich hätte sie an mich gedrückt, wir wären beide ein ganzes Weilchen auf der Straße stehen geblieben. Sagen wir eine Stunde. Aber vielleicht wäre sie überhaupt nicht ergriffen gewesen und hätte sich gar nicht an mich drücken lassen. Vielleicht hätte sie damit überhaupt nichts zu tun haben wollen. Ich weiß es nicht. Ich merke es nicht. Vielleicht hätte sie gesagt: ›Jean-Baptiste, das Taxi wartet auf mich.‹ Ich weiß es nicht. Und vielleicht war es gar nicht Camille. Und vielleicht ist es mir auch völlig egal. Ich weiß es nicht. Ich glaube nicht. Im Augenblick nerve ich Danglard, den Denker. Das ist offensichtlich. Ich mache es nicht willentlich. Nichts geschieht, nichts wird gesagt, und das macht ihn verrückt. Und dennoch ist das Wesentliche seit dem Verschwinden von Clémence geschehen. Aber ich habe es ihm nicht sagen können.«

Adamsberg hob den Kopf, als er hörte, wie die Tür geöffnet wurde.

Es war heiß. Danglard kam schweißgebadet aus der nördlichen Banlieue zurück. Eine Personenüberprüfung wegen Hehlerei. Es war ein Erfolg gewesen. Aber das befriedigte ihn nicht. Danglard brauchte größere Sachen, um durchzuhalten, und die mörderische Spitzmaus schien ihm eine brauchbare Herausforderung. Aber die Furcht, aufgeben zu müssen, wurde von Tag zu Tag immer quälender. Er wagte nicht einmal mehr, mit den Kleinen darüber zu reden. Er dachte gerade ernsthaft daran, sich einen Schluck Weißwein einzuschenken, als Adamsberg sein Büro betrat.

»Ich suche eine Schere«, sagte Adamsberg.

Danglard begann, in der Schublade von Florence zu kramen, und brachte ihm eine. Er bemerkte dabei, daß Florence neue Karamelbonbons gekauft hatte. Adamsberg kniff ein Auge zu, um einen schwarzen Faden durch ein Nadelöhr zu ziehen.

»Was ist los?« fragte Danglard. »Näharbeit?«

»Mein Saum geht auf.«

Adamsberg setzte sich auf einen Stuhl, legte ein Bein über das andere und begann, seinen Hosensaum zu flicken. Danglard sah ihm dabei zu, außer sich, aber äußerlich ruhig. Es ist beruhigend, jemandem zuzusehen, wie er mit kleinen Stichen näht, als ob der Rest der Welt aufgehört hätte zu existieren.

»Sie werden sehen, wie gut ich umsäumen kann, Danglard«, sagte Adamsberg. »Winzige Stiche. Man sieht fast nichts. Meine kleine Schwester hat mir das eines Tages beigebracht, als wir nicht wußten, was wir mit uns anstellen sollten, wie mein Vater sagte.«

»Ich kann das nicht«, erwiderte Danglard. »Zum einen gelingen mir die Säume bei den Hosen der Kinder nicht gut. Zum anderen läßt mir die Mörderin keine Ruhe. Verdammte alte Mörderin. Sie wird mir entwischen, das ist jetzt sicher. Das macht mich verrückt. Wirklich, es macht mich verrückt.«

Er erhob sich, um sich ein Bier aus dem Kühlschrank zu holen.

»Nein«, sagte Adamsberg, den Kopf über seinen Saum gebeugt.

»Was, nein?«

»Nein, kein Bier.«

Dann biß der Kommissar, der völlig vergessen hatte, daß die Schere von Florence neben ihm lag, den Faden mit den Zähnen ab.

»Und die Schere?« fragte Danglard. »Verdammt, ich suche die Schere, damit Sie den Faden sauber abschneiden können, und was tun Sie? Und mein Bier? Was ist jetzt plötzlich mit dem Bier?«

»Vielleicht trinken Sie zehn davon, und das geht heute nicht.«

»Ich dachte, Sie würden sich da nicht einmischen. Es ist mein Körper, meine Verantwortung, mein Bauch, mein Bier.«

»Einverstanden. Aber es ist Ihr Fall, und Sie sind mein Inspektor. Und morgen fahren wir aufs Land. Ein großes Wiedersehen, hoffe ich. Da brauche ich Sie, und zwar in klarem Zustand. Und mit einem intakten Magen. Sehr wichtig, der Magen. Es ist nicht sicher, ob ein guter Magen ausreicht, gut zu denken. Aber es ist sicher, daß ein verkorkster Magen ausreicht, einem das Denken zu vermasseln.«

Danglard beobachtete das angespannte Gesicht von Adamsberg. Unmöglich zu sagen, ob es wegen des Fadens war, der sich gerade verknotet hatte, oder wegen der Landpartie.

»Mist«, sagte Adamsberg. »Der Faden hat einen Knoten bekommen. Das ist scheußlich. Es heißt, die goldene Regel bestehe darin, den Faden immer in Richtung der Spule zu nehmen. Sonst kriegt man Knoten. Verstehen Sie, was ich sagen will? Ich muß ihn verkehrtherum genommen haben, ohne darauf zu achten. Und jetzt habe ich einen Knoten.«

»Meiner Meinung nach liegt es daran, daß er zu lang ist«, bemerkte Danglard.

Nähen ist beruhigend.

»Nein, Danglard. Ich habe eine gute Länge genommen, nicht länger als von der Hand bis zum Ellbogen. Morgen früh um acht brauche ich einen Kastenwagen, acht Männer und Hunde. Der Gerichtsmediziner muß auch mit auf die Reise.«

Er stach mehrfach durch den Stoff, vernähte den Faden, riß ihn ab und strich seine Hose glatt. Er verließ den Raum, ohne abzuwarten, ob Danglard Kopf und Magen in Ordnung halten würde. Danglard hatte auch keine Ahnung.

* * *

Charles Reyer kam zurück in seine Wohnung. Er fühlte sich entspannt und nutzte es aus, da er wußte, daß es nicht lange andauern würde. Seine Gespräche mit Adamsberg hatten ihn besänftigt, er wußte nicht, warum. Er stellte nur fest, daß er seit zwei Tagen niemandem Hilfe beim Überqueren der Straße angeboten hatte.

Er hatte mit dem Kommissar sogar ohne besondere Anstrengung, aufrichtig und in großer Ruhe über Clémence, über Mathilde und einen ganzen Haufen anderer Dinge reden können. Adamsberg hatte ebenfalls ein paar Sachen erzählt. Sachen von sich selbst. Nicht immer ganz klar. Leichte und schwere Sachen. Bei ihm war das schwer zu sagen. Weisheit der Kinder, Philosophie der Alten. Er hatte es Mathilde im Restaurant erzählt. Er hatte sich über das, was in der sanften Stimme des Kommissars mitschwang, nicht getäuscht. Dann war der Kommissar an der Reihe gewesen, ihn zu fragen, was sich hinter seinen schwarzen Augen abspielte. Er hatte es ihm gesagt, und Adamsberg hatte ihm zugehört. All die kleinen Geräusche eines Blinden, all seine schmerzhaften Wahrnehmungen in der Dunkelheit, all seine gute Sicht in der Schwärze. Wenn er innehielt, sagte Adamsberg: »Fahren Sie fort, Reyer. Ich höre Ihnen aufmerksam zu.« Charles stellte sich vor, daß er Adamsberg hätte lieben können, wenn er eine Frau gewesen wäre, aber zugleich wäre er darüber verzweifelt, ihn nicht zu fassen zu kriegen. Er gehörte zu dem Typ Mensch, dem man besser nicht allzu nahe kommen sollte. Oder man müßte gleichzeitig lernen, nicht darüber zu verzweifeln, daß man ihn nie würde fassen können. Ja, irgend so etwas.

Aber Charles war ein Mann, und darauf legte er Wert. Außerdem hatte Adamsberg ihm bestätigt, daß er schön sei. Also dachte Charles, daß er – da er ein Mann war – gerne Mathilde geliebt hätte.

Da er ein Mann war.

Aber versuchte Mathilde nicht, sich in der Tiefe des Wassers aufzulösen? Versuchte sie nicht, nichts mehr von terrestrischen Verwerfungen zu hören? Was war mit Mathilde geschehen? Niemand wußte es. Warum liebte Mathilde dieses verdammte Wasser? Mathilde zu fassen kriegen? Charles fürchtete, daß sie dann wie eine Sirene fliehen würde.

Er blieb gar nicht erst vor seiner Wohnung stehen, sondern stieg direkt zum Fliegenden Knurrhahn hinauf. Er tastete nach dem Klingelknopf und klingelte zweimal.

»Ist was mit dir?« fragte Mathilde, als sie die Türe öffnete. »Oder hast du Neuigkeiten über die Spitzmaus?«

»Sollte ich?«

»Du warst doch mehrmals bei Adamsberg, oder? Ich habe ihn vorhin angerufen. Es scheint, daß er morgen etwas Neues über Clémence erfahren wird.«

»Warum interessiert dich Clémence so sehr?«

»*Ich* habe sie gefunden. Es ist *meine* Spitzmaus.«

»Nein, sie hat dich gefunden. Warum hast du geweint, Mathilde?«

»Ich soll geweint haben? Ja, ein bißchen. Woran hast du das gemerkt?«

»Deine Stimme ist ein bißchen feucht. Das hört man sehr gut.«

»Mach dir keine Sorgen. Jemand, den ich über alles liebe, fährt morgen weg. Das bringt einen zwangsläufig sofort zum Heulen.«

»Darf ich dein Gesicht kennenlernen?« fragte Charles und hielt ihr seine Hände entgegen.

»Wie willst du das machen?«

»So. Du wirst sehen.«

Charles streckte seine Finger bis zu Mathildes Gesicht und erforschte es behutsam wie ein Pianist seine Klaviatur. Er war sehr konzentriert. In Wirklichkeit wußte er sehr gut, wie Mathildes Gesicht aussah. Wahrscheinlich wenig verändert seit den Seminaren, in denen er es gesehen hatte. Aber er wollte es berühren.

* * *

Am nächsten Morgen steuerte Adamsberg den Wagen in Richtung Montargis. Danglard saß neben ihm, Castreau und Deville hinten. Der Kastenwagen folgte. Adamsberg nagte beim Fahren an den Lippen. Von Zeit zu Zeit warf er Danglard einen Blick zu oder legte, wenn er geschaltet hatte, seine Hand einen Augenblick auf den Arm des Inspektors. Wie um sich zu vergewissern, daß Danglard lebendig und wirklich da war und es auch bleiben würde.

Mathilde war früh aufgewacht und hatte nicht den Mut gehabt, an diesem Morgen jemanden zu verfolgen. Am Tag zuvor hatte sie sich durchaus ein ganzes Weilchen mit einem unverheirateten Paar in der *Brasserie Barnkrug* amüsiert. Sie kannten sich noch nicht lange. Aber als der Mann sich mitten im Essen entschuldigt hatte und aufgestanden war, um zu telefonieren, hatte die junge Frau ihm mit gerunzelter Stirn nachgesehen und dann einen Teil der Pommes frites vom Teller ihres Begleiters auf den eigenen geschoben. Befriedigt über ihre Beute, hatte sie sie verschlungen und bei jedem Bissen die Zunge herausgestreckt. Der Mann war zurückgekommen, und Mathilde hatte sich gesagt, daß sie etwas ganz Grundlegendes über die junge Frau wußte, was ihr Begleiter niemals erfahren würde. Ja, sie hatte sich gut amüsiert. Eine gute Phase.

Aber an diesem Morgen lockte sie das gar nicht. Am Ende von Phase 1 mußte man sich nicht allzusehr darüber wundern. Sie dachte, daß Jean-Baptiste Adamsberg heute die Spitzmaus zu fassen kriegen würde, daß sie sich pfeifend wehren würde, daß das ein verdammter Tag für die alte Clémence werden würde, die mit ihren behandschuhten Händen ihre Dias so gut geordnet hatte, genau wie sie ihre Morde ordentlich geplant hatte. Mathilde fragte sich einen kurzen Augenblick, ob sie sich verantwortlich dafür fühlte. Wenn sie im *Dodin Bouffant* nicht aus Geltungssucht herumgeschrien hätte, daß sie den Mann mit den Kreisen aufspüren könne, wäre Clémence nicht gekommen, um bei ihr zu schmarotzen, und hätte keine Gelegenheit gehabt zu morden. Dann sagte sie sich, daß es gespenstisch war, einem alten Doktor aus dem Grund die Kehle durchzuschneiden, daß er einen Tag lang mit einem verlobt war und Bitterkeit und Groll dann den Rest besorgt hatten.

Gespenstisch. Das hätte sie Adamsberg sagen sollen. Mathilde saß mit den Ellbogen auf ihren Aquariumstisch gestützt und sprach ihre Sätze ganz allein halblaut vor sich hin. »Adamsberg, dieser Mord ist gespenstisch.« Ein Mord aus Leidenschaft wird nicht fünfzig Jahre später kaltblütig vorbereitet, schon gar nicht mit einer so komplexen Kriegsmaschinerie wie der von Clémence. Wie hatte sich Adamsberg nur derart über die Beweggründe der Alten täuschen können? Man mußte doch blöd sein, um an derart gespenstische Beweggründe zu glauben. Das beunruhigte Mathilde, weil sie gerade Adamsberg für einen der sensibelsten Typen hielt, denen sie begegnet war. Aber es gab da wirklich etwas, was mit den Beweggründen von Clémence nicht stimmte. Diese Frau hatte kein Gesicht. Mathilde hatte sich eingeredet, daß sie nett sei, um zu versuchen, sie ein bißchen zu mögen, ihr zu helfen, aber alles hatte sie an der Spitzmaus gestört. Alles, das heißt nichts: kein Körper in der Hülle; kein Blick in ihrem Gesicht; kein Klang in ihrer Stimme. Überall nichts.

Gestern abend hatte Charles ihr Gesicht abgetastet. Das war recht angenehm gewesen, diese langen Hände, die so sorgfältig über alle Konturen ihres Gesichts gestrichen waren, als ob sie in Blindenschrift gedruckt wären – das mußte sie zugeben. Sie hatte den Eindruck gehabt, daß er sie noch weiter hätte berühren wollen, aber sie hatte keine Geste in diese Richtung getan. Im Gegenteil, sie hatte Kaffee gemacht. Einen sehr guten Kaffee übrigens. Das ersetzt natürlich kein Streicheln. Aber in gewissem Sinn ersetzt ein Streicheln auch keinen sehr guten Kaffee. Mathilde war der Ansicht, daß dieser Vergleich unsinnig war, daß Streicheln und guter Kaffee nicht austauschbar waren.

Gut, seufzte sie laut. Mit dem Finger folgte sie einem *Lepadogaster bimaculatus*, der unter der Glasplatte schwamm. Sie müßte die Fische füttern. Was sollte sie mit Charles und seinem Streicheln machen? Wäre es nicht an der Zeit, wieder zurück ins Meer zu verschwinden? Wo sie doch eh keine Lust hatte, heute morgen irgend jemandem zu folgen. Was hatte sie in drei

Monaten auf der Oberfläche der Erdkruste gesammelt? Einen Bullen, der sich besser hätte verkaufen sollen, einen Blinden, der boshaft wie ein Giftzwerg war und einen streichelte, einen Byzantinisten, der Kreise zeichnete, eine alte Mörderin. Im Grunde eine gute Ernte. Kein Anlaß, sich zu beschweren. Sie hätte das alles aufschreiben sollen. Das wäre amüsanter, als über die Brustflossen der Fische zu schreiben.

»Ja, aber was?« sagte sie laut und stand abrupt auf. »Was schreiben? Warum schreiben?«

Um vom Leben zu erzählen, antwortete sie sich.

Quark! Über die Brustflossen gibt es wenigstens etwas zu erzählen, was niemand weiß. Aber ansonsten? Warum schreiben? Um zu bezaubern? Ist es das? Um Unbekannte zu bezaubern, so als ob die Bekannten nicht ausreichten? Um sich vorzustellen, daß man die Quintessenz der Welt auf ein paar Seiten zusammenfassen könne? Und was für eine Quintessenz? Welche Ergriffenheit der Welt? Was sagen? Nicht einmal die Geschichte der alten Spitzmaus war interessant zu erzählen. Schreiben heißt Scheitern.

In düsterer Stimmung setzte sich Mathilde wieder. Sie dachte, daß sie wirr dachte. Die Brustflossen waren sehr gut.

Aber manchmal war es verdrießlich, nur von Brustflossen zu reden, weil die einen noch gleichgültiger ließen als die alte Clémence.

Mathilde richtete sich auf und strich mit beiden Händen ihr schwarzes Haar nach hinten. O. k., dachte sie, ich habe einen kleinen metaphysischen Anfall, das geht wieder vorbei. Quark, murmelte sie nochmals. Ich wäre nicht so traurig, wenn Camille heute abend nicht wegfahren würde. Wieder wegfahren würde. Wenn sie diesem fliegenden Polizisten nicht begegnet wäre, wäre sie nicht gezwungen, um die ganze Erde zu fliehen. Würde es sich lohnen, das aufzuschreiben?

Nein.

Vielleicht war es höchste Zeit, wieder in einen Meeresgraben abzutauchen. Vor allem aber war es verboten, sich zu fragen, warum.

»Warum?« fragte sich Mathilde sofort.

Um sich etwas Gutes zu tun. Um sich zu erfrischen. Das war's. Um sich zu erfrischen.

* * *

Adamsberg fuhr schnell. Danglard verstand, daß sie in Richtung Montargis fuhren, aber mehr wußte er nicht. Und je weiter sie kamen, desto stärker spannte sich das Gesicht des Kommissars an. Die Kontraste seines Gesichts verstärkten sich so sehr, daß sie fast irreal wirkten. Adamsbergs Züge waren wie jene Lampen, deren Helligkeit man regeln kann. Wirklich bizarr. Danglard verstand nicht, warum Adamsberg in der ihm eigenen Art eine schwarze Krawatte über sein altes weißes Hemd gebunden hatte. Eine Begräbniskrawatte, die überhaupt nicht paßte. Danglard erkundigte sich danach.

»Ja«, antwortete Adamsberg. »Ich habe diese Krawatte umgebunden. Hübsche Sitte, finde ich, nicht?«

Das war alles. Außer manchmal die Hand, die sich einen Augenblick auf seinen Arm legte. Mehr als zwei Stunden nachdem sie Paris verlassen hatten, hielt Adamsberg auf einem Forstweg an. Hier war keine Sommerhitze mehr. Auf einem Schild las Danglard *Forêt domaniale des Bertranges*, und Adamsberg sagte: »Da sind wir«, während er die Handbremse anzog.

Er stieg aus dem Auto, atmete tief ein, sah sich um und nickte. Er breitete eine Landkarte auf der Motorhaube aus und winkte Castreau, Delille und die sechs Männer aus dem Kastenwagen zu sich.

»Wir gehen dort lang«, sagte er. »Erst diesen Weg, dann den hier und dann den. Dann die Wege des südlichen Teils. Wir müssen den gesamten Bereich um die Forsthütte absuchen.«

Gleichzeitig machte er mit dem Finger eine kreisförmige Bewegung auf der Karte.

»Kreise, immer Kreise«, murmelte er.

Er knüllte die Karte zu einer unförmigen Kugel und streckte sie Castreau hin.

»Lassen Sie die Hunde raus«, fügte er hinzu.

Sechs angeleinte Schäferhunde stürzten mit großem Lärm aus dem Kastenwagen. Danglard, der die Tiere nicht sonderlich mochte, stellte sich ein wenig abseits, er verschränkte die Arme und hüllte sich fest in sein weites graues Jackett.

»Das alles wegen der alten Clémence?« fragte er. »Und wie sollen die Hunde das schaffen? Sie hat uns nicht einmal ein Stückchen Kleidung zum Schnuppern dagelassen.«

»Ich hab dabei, was wir brauchen«, sagte Adamsberg und zog ein kleines Paket aus dem Kastenwagen, das er den Hunden vor die Schnauze hielt.

»Faules Fleisch«, sagte Delille und rümpfte die Nase.

»Das riecht nach Tod«, sagte Castreau.

»Stimmt«, sagte Adamsberg.

Er nickte kurz, und sie gingen den ersten Weg entlang, der nach rechts abbog. Die Hunde liefen voraus und zogen jaulend an ihren Leinen. Einer von ihnen hatte das Stück Fleisch gefressen.

»Der Hund ist blöd«, sagte Castreau.

»Ich mag so was nicht«, bemerkte Danglard. »Überhaupt nicht.«

»Das habe ich mir gedacht«, erwiderte Adamsberg.

Es gibt Geräusche, wenn man im Wald läuft. Geräusche von knackenden Ästen, Geräusche von Tieren, die sich davonmachen, Geräusche von Vögeln, Geräusche von Menschen, die auf Blättern ausrutschen, Geräusche von Hunden, die überall Blätter aufwirbeln.

Adamsberg trug seine alte schwarze Hose. Er ging, die Hände in den Hosenbund gesteckt, die Krawatte über die Schulter gelegt, stumm und aufmerksam auf die kleinste Reaktion, den Hunden hinterher. Es verging eine Dreiviertelstunde, bis zwei Hunde gleichzeitig den Weg verließen und abrupt nach links abbogen. Dort gab es keinen gangbaren Pfad mehr. Man mußte unter Ästen hindurch und an Baumstämmen vorbei. Sie kamen langsam voran, und die Hunde zogen. Ein Zweig schnellte wie ein Bumerang zurück und schlug Danglard ins Gesicht. Das tat ihm weh. Der Hund an der Spitze, der beste ihrer Hunde, der auf den Namen Alarm-Clock hörte und Clock gerufen wurde, blieb nach etwa sechzig Metern stehen. Er drehte sich im Kreis, bellte und reckte den Kopf hoch, dann winselte er und legte sich mit erhobenem Kopf befriedigt auf die Erde. Adamsberg war stehengeblieben, die Hände jetzt an seinen Gürtel gepreßt. Sein Blick wanderte über die winzige Fläche, auf der Clock sich niedergelegt hatte, ein paar Quadratmeter zwischen Eichen und Birken. Mit der Hand berührte er einen niedrigen Zweig, der vor Monaten abgebrochen worden war. An der Bruchstelle war Moos gewachsen.

Er preßte die Lippen aufeinander, wie immer, wenn er erregt war. Danglard war das aufgefallen.

»Rufen Sie alle anderen«, sagte Danglard.

Dann sah er nach Declerc, der die Tasche mit der Ausrüstung trug, und gab ihm ein Zeichen, daß er anfangen könne zu arbeiten. Danglard sah Declerc, der die Tasche öffnete, die Hacken und Schaufeln herausnahm und sie verteilte, beklommen zu.

Seit einer Stunde weigerte er sich zu denken, daß sie das suchen würden. Aber jetzt kam er um die Gewißheit nicht mehr herum: Sie suchten das.

»Ein Wiedersehen, hoffe ich«, hatte Adamsberg gestern gesagt. Seine schwarze Krawatte. Der Kommissar schreckte also vor keinem Symbol zurück, so düster es auch sein mochte.

Dann machten die Schaufeln großen Lärm, einen schrecklichen Lärm, bei dem der Stahl kratzend gegen Steine stieß, Danglard hatte das schon zu häufig gehört. Den Haufen Erde, der neben dem Loch langsam anwuchs, hatte er ebenfalls schon zu häufig gesehen. Die Männer wußten, wie man schaufelt. Sie beugten die Knie und kamen schnell voran.

Adamsberg, der die Grube nicht aus den Augen ließ, zog Declerc am Arm.

»Machen Sie jetzt vorsichtig weiter. Kratzen Sie vorsichtig. Wechseln Sie das Werkzeug.«

Sie mußten die Hunde wegführen. Sie machten zuviel Lärm.

»Die Hunde regen sich auf«, bemerkte Castreau.

Adamsberg nickte und fixierte weiter die Grube.

Declerc leitete die Arbeit. Er entnahm die Erde jetzt mit einer leichten Kelle. Dann wich er mit einemmal zurück, als wäre er angegriffen worden. Er wischte sich mit dem Ärmel die Nase.

»Da!« sagte er. »Das ist eine Hand. Glaube ich. Ich glaube, das ist eine Hand.«

Danglard unternahm eine gewaltige Anstrengung, um sich von dem Baumstamm zu lösen, an den er sich gelehnt hatte, und sich der Grube zu nähern. Ja, es war eine Hand. Eine schreckliche Hand.

Einer der Männer legte jetzt den Arm frei, ein anderer den Kopf, ein dritter blaue Stoffetzen. Danglard wurde schwindlig. Er wich zurück und tastete mit der Hand hinter seinem Rükken, wo nur sein Baumstamm geblieben war, seine gute Eiche. Er strich über die Rinde, krallte sich tief in ihr fest und hatte das nur für Sekundenbruchteile wahrgenommene Bild einer grauenhaften Leiche mit schwarzer, schmieriger Haut vor Augen.

Ich hätte nie mitkommen dürfen, dachte er, während er die Augen schloß. Und er versuchte in diesem Augenblick nicht einmal herauszufinden, wer diese abscheuliche Leiche einmal gewesen sein mochte, warum sie hergekommen waren, um sie zu suchen, wo sie eigentlich genau waren und warum er nichts begriff. Ihm war nur klar, daß das Wiedersehen des Kommissars mißlungen war. Die Leiche lag hier seit Monaten. Es war also nicht Clémence.

Die Männer arbeiteten noch eine Stunde lang, während der Gestank allmählich unerträglich wurde. Danglard hatte sich keinen Zentimeter von seinem tröstlichen Eichenstamm wegbewegt. Er hielt den Kopf nach oben gerichtet. Da oben zwischen den Baumwipfeln sah man nur ein kleines Stückchen Himmel über diesem dunklen Wald. Er hörte Adamsbergs sanfte Stimme sagen:

»Es reicht. Wir hören auf. Trinken wir was.«

Die Gerätschaften wurden in eine Ecke geworfen, und Declerc zog eine Literflasche Cognac aus der Tasche.

»Es ist kein besonders erlesener Cognac«, erklärte er, »aber er wird uns ein bißchen reinigen. Nicht mehr als ein Becher für jeden.«

»Verboten, aber unentbehrlich«, sagte Adamsberg.

Der Kommissar machte ein paar Schritte, um Danglard einen Becher zu bringen. Er sagte nicht »Geht's?« oder »Geht's besser?« Er sagte überhaupt nichts. Er wußte, daß es in einer halben Stunde ein bißchen besser gehen würde, daß Danglard dann würde laufen können. Jeder wußte es, und niemand nervte ihn damit. Jeder war mit den eigenen inneren Kämpfen um diese stinkende Grube schon genug beschäftigt.

Die neun Männer setzten sich ein Stück von dem Loch entfernt neben Danglard, der stehen blieb. Der Gerichtsmediziner ging noch einmal um die Grube herum und kam dann zu ihnen.

»Na, Totendoktor«, sagte Castreau, »was erzählt uns das da?«

»Es erzählt uns, daß es sich um eine ältere Frau handelt, sechzig, siebzig Jahre alt... Es erzählt, daß sie vor mehr als fünf Monaten durch eine Verletzung am Hals umgebracht wurde. Es wird eine haarige Angelegenheit sein, sie zu identifizieren, Kinder« (der Gerichtsmediziner sagte häufig »Kinder«, so als ob er vor einer Klasse stünde). »Ganz gewöhnliche, schlichte Kleidung, das wird euch nicht helfen. Ich denke auch, daß man keinerlei persönlichen Gegenstand in dem Grab finden wird. Macht euch keine Hoffnung auf ihren Zahnarzt. Sie hat ein Gebiß so frisch wie ihr und ich, ohne irgendeine Spur eines Eingriffs, soweit ich das habe erkennen können. Das ist die Geschichte der Grube, Kinder. Um die Frau zu identifizieren, werdet ihr ganz schön Zeit brauchen.«

»Das ist Clémence Valmont«, sagte Adamsberg sanft, »wohnhaft in Neuilly-sur-Seine, vierundsechzig Jahre alt. Ich hätte gern noch einen Schluck Cognac, Declerc. Es stimmt, es ist ein ziemlich einfacher, aber trotzdem angenehm.«

»Nein!« widersprach Danglard lebhafter, als man hätte glauben können, aber ohne sich von seinem Baum wegzurühren. »Nein. Der Mediziner sagt's: Die Frau ist seit Monaten tot!

Und Clémence hat die Rue des Patriarches vor einem Monat sehr lebendig verlassen. Also?«

»Aber ich sagte: Clémence Valmont, wohnhaft in Neuilly-sur-Seine«, antwortete Adamsberg. »Nicht wohnhaft Rue des Patriarches.«

»Was soll das heißen?« fragte Castreau. »Gibt es zwei? Zwei mit demselben Namen? Zwei Zwillingsschwestern?«

Adamsberg schüttelte den Kopf, während er den Cognac in seinem Becher schwenkte.

»Es hat immer nur eine gegeben«, sagte er. »Eine Clémence Valmont in Neuilly, die vor fünf oder sechs Monaten ermordet worden ist. Die da«, sagte er und deutete mit einer Kinnbewegung auf die Grube. »Und dann gab es jemanden, der seit zwei Monaten bei Mathilde Forestier unter dem geliehenen Namen Clémence Valmont in der Rue des Patriarches wohnte. Jemand, der Clémence Valmont umgebracht hatte.«

»Wer war das?« fragte Delille.

Wie um sich zu entschuldigen, warf Adamsberg Danglard einen Blick zu, bevor er antwortete.

»Es war ein Mann«, sagte er. »Es war der Mann mit den Kreisen.«

* * *

Sie hatten sich von der Grube entfernt, um atmen zu können. Zwei Männer lösten sich dort ab. Sie warteten auf die Leute vom Labor und den Kommissar von Nevers. Adamsberg hatte sich mit Castreau neben den Kastenwagen gesetzt, und Danglard war ein Stück spazierengegangen.

Er ging eine halbe Stunde, ließ sich von der Sonne den Rücken wärmen und die Kraft zurückgeben, die er verloren hatte. Also war die Spitzmaus der Mann mit den Kreisen gewesen. Also war er es gewesen, der zunächst Clémence Valmont, dann Madeleine Châtelain, dann Gérard Pontieux und schließlich seiner Frau die

Kehle durchgeschnitten hatte. In seinem alten Rattenhirn hatte er diesen höllischen Plan ausgearbeitet. Zunächst Kreise. Lauter Kreise. Man hatte an einen Verrückten geglaubt. Einen armen Verrückten, der von einem Mörder ausgenutzt wurde. Alles war so verlaufen, wie er es bestimmt hatte. Man hatte ihn verhaftet, und schließlich hatte er sein zwanghaftes Kreiszeichnen gestanden. Wie er's geplant hatte. Folglich wurde er wieder freigelassen, und alle waren Clémence hinterhergerannt. Der Schuldigen, die er für sie vorbereitet hatte. Eine Clémence, die seit Monaten tot war und die sie so lange vergeblich gesucht hätten, bis die Ermittlungen schließlich eingestellt worden wären. Danglard runzelte die Stirn. Zu viele Dinge waren ungeklärt.

Er kehrte wieder zum Kommissar zurück, der mit Castreau zusammen schweigend etwas Brot aß und noch immer am Rande des Pfades saß. Mit der Hand versuchte Castreau, ein Amselweibchen mit ein paar Brotkrumen anzulocken.

»Warum sind die Vogelweibchen nur immer farbloser als die Männchen?« fragte Castreau. »Die Weibchen sind braun, beige, irgendwas. Man könnte meinen, es wäre ihnen völlig egal. Die Männchen dagegen sind rot, grün, golden. Warum, verdammt? Eine verkehrte Welt.«

»Angeblich brauchen die Männchen das, um zu gefallen«, sagte Adamsberg. »Die Männchen müssen unaufhörlich Tricks erfinden. Ich weiß nicht, ob Sie das schon bemerkt haben, Castreau. Unaufhörlich Tricks. Wie ermüdend!«

Das Amselweibchen flog davon.

»Das Amselweibchen hat genug zu schaffen, seine Eier zu erfinden und sie großzuziehen, oder?« fragte Delille.

»So wie ich«, sagte Danglard. »Ich muß ein Amselweibchen sein. Meine Brut macht mir ständig Sorgen. Vor allem der Letzte, den man mir ins Nest gelegt hat, der kleine Kuckuck.«

»Nicht so voreilig«, entgegnete Castreau. »Du ziehst Dich nicht beige und braun an.«

»Verdammter Mist«, erwiderte Danglard. »Deine zoologisch-anthropologischen Banalitäten führen nicht weiter. Mit Vögeln wirst du die Menschen jedenfalls nicht verstehen. Was denkst du denn? Vögel sind Vögel, das ist alles. Was beschäftigst du dich damit, wo wir eine Leiche am Hals haben und nicht das Geringste verstehen? Oder verstehst du das vielleicht alles?«

Danglard spürte sehr gut, daß er Unsinn redete und daß er sich unter anderen Verhältnissen differenzierter ausgedrückt hätte. Aber dafür war er an diesem Vormittag nicht gut genug in Form.

»Sie müssen mich entschuldigen, daß ich Sie nicht über alles informiert habe«, sagte Adamsberg zu Danglard. »Aber bis heute morgen hatte ich keinerlei Grund, mir meiner sicher zu sein. Ich wollte Sie nicht in bloße Vorahnungen hineinziehen, die Sie mit ein paar vernünftigen Überlegungen widerlegt hätten. Ihre Überlegungen beeinflussen mich, Danglard, und ich wollte nicht das Risiko eingehen, vor heute morgen beeinflußt zu werden. Sonst hätte ich meine Spur verlieren können.«

»Die Spur der faulen Äpfel?«

»Vor allem die Spur der Kreise. Die Kreise, die ich gehaßt habe. Erst recht, als Vercors-Laury mir bestätigt hat, daß es sich nicht um eine wirkliche Zwangsneurose handelte. Schlimmer, es war überhaupt keine Zwangsneurose. Nichts an diesen Kreisen deutete wirklich darauf hin. Es ähnelte nur einer Obsession, es ähnelte der Vorstellung, die man davon haben kann. Zum Beispiel haben Sie bemerkt, Danglard, daß der Mann die Art seiner Zeichnung variierte. Manchmal zeichnete er den Kreis in einem Zug, manchmal in zwei, manchmal zeichnete er sogar ein Oval. Aber glauben Sie, daß einer, der zwanghaft handelt, eine solche Nachlässigkeit hätte hinnehmen können? Ein Zwangsneurotiker regelt seine Welt auf den Millimeter genau. Sonst braucht man keine Neurose. Die Neurose ist dazu da, die Welt zu organisieren, um sie zu bezwingen, um das Unmögliche zu beherrschen, um sich davor zu schützen. Die Kreise hier, ohne genaues Datum, ohne genaues Objekt, ohne genauen Ort, ohne genaues Muster sind ein billiger Abklatsch einer Zwangsneurose. Der ovale Kreis in der Rue Bertholet, in dem Delphine Le Nermord gefunden wurde, das war sein großer Fehler.«

»Wieso das?« fragte Castreau. »Da! Da ist das Männchen! Da ist das Männchen mit seinem gelben Schnabel!«

»Der Kreis war oval, weil der Bürgersteig schmal war. Nicht einmal der schlichteste kleine Zwangsneurotiker hätte das ertragen. Er wäre einfach drei Straßen weiter gegangen. Der Kreis war dort, weil er an dieser Stelle sein mußte, auf halbem Weg der Strecke der Streifenbeamten, in einer dunklen Straße, die den Mord ermöglichte. Der Kreis war oval, weil es keine Möglichkeit gab, Delphine Le Nermord anderswo umzubringen, etwa auf einem großen Boulevard. Überall zu viele Bullen, ich hatte es gesagt, Danglard. Er mußte in Deckung gehen und da morden, wo es am sichersten war. Dann wäre der Kreis eben schmaler. Allerdings ein dramatischer Fehler für einen angeblichen Zwangsneurotiker.«

»Wußten Sie an dem Abend, daß der Mann mit den Kreisen der Mörder war?«

»Ich wußte zumindest, daß die Kreise schlechte Kreise waren. Falsche Kreise.«

»Dann hat Le Nermord sein Spiel gut gespielt. Er hat mich auch getäuscht, nicht wahr? Sein Schrecken, sein Schluchzen, seine Empfindlichkeit und dann sein Geständnis, seine Unschuld. Alles dummes Zeug.«

»Sehr gut gespielt. Er hat Sie erschüttert, Danglard. Sogar der schon von Geburt an mißtrauische Untersuchungsrichter hat es für unmöglich gehalten, daß er schuldig sein könnte. Die eigene Ehefrau in einem seiner eigenen Kreise ermorden? Undenkbar. Dann brauchten wir ihn nur noch freizulassen und uns dorthin führen zu lassen, wo er uns hinführen wollte. Zu dem Schuldigen, den er für uns vorbereitet hatte: die alte Clémence. Und nichts weiter habe ich getan. Ich habe mich leiten lassen.«

»Das Amselmännchen hat ein Geschenk für das Weibchen gefunden«, sagte Castreau. »Ein Stückchen Aluminium.«

»Interessiert dich gar nicht, was wir sagen?« fragte Danglard.

»Doch. Aber ich möchte nicht so aussehen, als würde ich allzusehr hinhören, dann hätte ich das Gefühl, ein Dummkopf zu sein. Ihr habt mich nicht beachtet, aber ich habe auch schon über den Fall nachgedacht. Das einzige, was ich gefolgert hatte, war, daß Le Nermord etwas Gefährliches an sich hat. Aber weiter bin ich nicht gekommen. Wie wir alle habe ich Clémence gesucht.«

»Clémence... «, sagte Adamsberg. »Er muß ganz schön lange gebraucht haben, um sie zu finden. Er mußte eine Frau seines Alters ausfindig machen, von nichtssagendem Äußeren, die so von der Welt abgeschnitten lebte, daß ihr Verschwinden niemanden beunruhigen würde. Die alte Valmont aus Neuilly mit ihrem einsamen und leichtgläubigen Annoncen-Spleen war ideal. Sie verführen, ihr das Blaue vom Himmel versprechen, sie davon überzeugen, alles zu verkaufen und mit zwei Koffern zu ihm zu kommen, wird kein Hexenwerk gewesen sein. Clémence hat nur mit ihren Nachbarn darüber gesprochen. Aber da sie nicht befreundet waren, waren sie bei ihrem Abenteuer auch nicht beunruhigt, und alle hatten mal was zu lachen. Den Verlobten hatte nie jemand gesehen. Die arme Alte ist zur Verabredung erschienen.«

»Na, so was«, sagte Castreau. »Da kreuzt ein zweites Amselmännchen auf. Was erhofft es sich? Das Weibchen beobachtet. Das bedeutet Kampf. Scheiße. Was für ein Leben, verdammt, was für ein Leben!«

»Er hat sie umgebracht und ist hierhergekommen, um sie zu begraben«, sagte Danglard. »Warum hierher? Wo sind wir?«

Adamsberg deutete müde mit einem Arm nach links.

»Um jemanden zu begraben, muß man ruhige Ecken kennen. Die Forsthütte da hinten ist das Landhaus von Le Nermord.«

Danglard sah zu der Hütte. Ja, Le Nermord hatte ihn ordentlich zum Narren gehalten.

»Danach hat er die Kleider der alten Clémence genommen«, sagte Danglard, »was leicht war, da er ja ihre beiden Koffer hatte.«

»Fahren Sie fort, Danglard. Ich lasse Sie zu Ende erzählen.«

»So«, sagte Castreau. »Jetzt fliegt das Weibchen weg, es hat das kleine Stück Aluminium verloren. Reißt ihr euch nur den Arsch auf mit euren Geschenken. Nein, es kommt zurück.«

»Er ist bei Mathilde eingezogen«, fuhr Danglard fort. »Die

Frau war ihm gefolgt. Die Frau beunruhigte ihn. Er mußte Mathilde überwachen und sich ihrer dann nach seinen Vorstellungen bedienen. Die freie Wohnung bei ihr war für ihn eine phantastische Gelegenheit. Falls es Probleme geben sollte, wäre Mathilde eine Traumzeugin: Sie kannte den Mann mit den Kreisen, und sie kannte Clémence. Sie glaubte, es handele sich um zwei verschiedene Menschen, und er bestärkte sie in dieser Überzeugung. Aber wie hat er das mit den Zähnen gemacht?«

»Sie selbst haben doch von dem Klappern der Pfeife an seinen Zähnen gesprochen.«

»Das stimmt. Ein Gebiß also. Es reichte aus, ein altes Gebiß zurechtzufeilen. Und die Augen? Seine sind blau. Ihre waren braun. Linsen? Ja. Linsen. Die Mütze. Die Handschuhe. Immer Handschuhe. Die Verwandlung hat aber doch Zeit, Sorgfalt, ja Kunstfertigkeit erfordert. Wie hat er sein Haus als alte Dame gekleidet verlassen können? Irgendein Nachbar hätte ihn sehen können. Wo hat er sich umgezogen?«

»Auf dem Weg. Er verließ sein Haus als Mann und kam in der Rue des Patriarches als Frau an. Und umgekehrt, natürlich.«

»Das heißt? Ein verlassener Raum? Ein Bauwagen, wo er seine Kleider versteckte?«

»Zum Beispiel. Muß man noch finden. Oder er muß es uns sagen.«

»Ein Bauwagen mit Essensresten, leeren Flaschen, einem etwas modrigen Schrank? Ist es das? Der Geruch nach faulen Äpfeln auf den Kleidern? Und warum hat die Kleidung von Clémence nach nichts gerochen?«

»Es waren leichte Kleidungsstücke. Er behielt sie unter seinem Anzug an und verstaute den Rest, Baskenmütze und Handschuhe in seiner Tasche. Aber er konnte seine Männerkleidung nicht unter der Kleidung von Clémence anbehalten. Also versteckte er sie auf dem Weg.«

»Eine verdammt gute Organisation.«

»Für manche Menschen hat Organisieren etwas Wohltuendes. Es war ein ausgeklügelter Mord, der monatelange Arbeit im Vorfeld von ihm verlangte. Mehr als vier Monate vor dem ersten Mord hat er damit angefangen, Kreise zu zeichnen. So ein Byzantinist schreckt nicht vor stundenlanger, peinlich genauer, pedantischer Vorbereitung zurück. Ich bin sicher, daß er ein diebisches Vergnügen daran gefunden hat. Zum Beispiel die Idee, sich Gérard Pontieux' zu bedienen, damit wir Clémence hinterherlaufen. Derlei Perfektion muß ihn begeistert haben. Genau wie auch der Blutstropfen, den er bei Clémence hinterlassen hat, das i-Tüpfelchen vor seinem Aufbruch.«

»Wo ist er? Verdammt, wo ist er?«

»In der Stadt. Zum Mittagessen wird er nach Hause kommen. Nichts eilt, er ist sich seiner Sache so sicher. Ein derart komplizierter Plan konnte nicht schiefgehen. Aber das mit der Modezeitschrift konnte er nicht wissen. Seine Delphie nahm sich Freiheiten heraus, ohne es ihm zu sagen.«

»Das kleine Männchen gewinnt«, sagte Castreau. »Ich werd ihm ein bißchen Brot hinwerfen. Er hat ordentlich gerackert.«

Adamsberg hob den Kopf. Die Leute vom Labor trafen ein. Conti stieg mit allen seinen Taschen aus dem Transporter.

»Du wirst sehen«, sagte Danglard, als er Conti begrüßte, »das ist was anderes als der Lockenwickler. Aber es war derselbe Typ.«

»Und diesen Typen gehen wir jetzt holen«, sagte Adamsberg und stand auf.

* * *

Das Haus von Augustin-Louis Le Nermord war eine Jagdhütte in schlechtem Zustand. Über dem Eingang hing ein Hirschgeweih.

»Wie harmlos«, sagte Danglard.

»Weil der Mann nicht harmlos ist«, erwiderte Adamsberg. »Er liebt den Tod. Reyer hat mir das von Clémence erzählt. Er hat mir vor allem gesagt, daß sie wie ein Mann redete.«

»Ist mir völlig egal«, sagte Castreau. »Seht mal.«

Stolz zeigte er ihnen das Amselweibchen, das auf seine Schulter geflogen war.

»Habt ihr so was schon mal gesehen? Eine Amsel, die zahm wird? Und die sich mich aussucht? Ausgerechnet mich?«

Castreau lachte.

»Ich werde sie Krümel nennen«, sagte er. »Ziemlich bescheuert, was? Glaubt ihr, daß sie bei mir bleibt?«

Adamsberg klingelte an der Tür. Dahinter waren ruhige, schlurfende Schritte in Hausschuhen zu vernehmen. Le Nermord machte sich nicht die geringsten Sorgen. Als er öffnete, besah sich Danglard mit verändertem Blick seine schmutzigblauen Augen und seine weiße Haut mit den kleinen roten Flecken.

»Ich wollte gerade essen«, sagte Le Nermord. »Was ist los?«

»Alles ist schiefgegangen, Monsieur«, erwiderte Adamsberg. »Das kommt vor.«

Er legte ihm eine Hand auf die Schulter.

»Sie bedrängen mich«, sagte Le Nermord und wich zurück.

»Folgen Sie uns bitte«, sagte Castreau. »Sie stehen unter vierfachem Mordverdacht.«

Noch immer mit der Amsel auf seiner Schulter, ergriff er Le Nermords Handgelenke und legte ihm Handschellen an. Früher, zur Zeit des vorigen Kommissars, hatte sich Castreau immer gerühmt, so schnell Handschellen anlegen zu können, daß man nichts davon sah. Jetzt sagte er nichts.

Danglard hatte den Mann mit den Kreisen nicht aus den Augen gelassen. Und es schien ihm, als ob er verstände, wovon Adamsberg mit seiner Geschichte von dem großen, dummen, geifernden Hund gesprochen hatte. Diese Sache mit der Grausamkeit. Das Absondern. Der Mann mit den Kreisen war in diesem Augenblick schrecklich anzusehen. Sehr viel schrecklicher als die Leiche in der Grube.

* * *

Am Abend waren die Männer wieder alle in Paris. Im überlasteten Kommissariat herrschte Aufregung. Der Mann mit den Kreisen, der von Declerc und Margellon auf einem Stuhl gehalten wurde, stieß tödliche Verwünschungen aus.

»Hören Sie ihn?« fragte Danglard Adamsberg, als er dessen Büro betrat.

Ausnahmsweise kritzelte Adamsberg einmal nicht. Er stand vor seinem Schreibtisch und beendete den Bericht für den Untersuchungsrichter.

»Ich höre ihn«, erwiderte Adamsberg.

»Er will Ihnen die Kehle durchschneiden.«

»Ich weiß, mein Lieber. Sie sollten Mathilde Forestier anrufen. Sie wird wissen wollen, was mit der Spitzmaus passiert ist, das ist verständlich.«

Erfreut ging Danglard hinaus, um zu telefonieren.

»Sie ist nicht da«, sagte er, als er wiederkam. »Ich hatte nur Reyer am Telefon. Reyer nervt mich. Ständig steckt er bei ihr. Mathilde ist weg, weil sie um neun jemanden an der Gare du Nord zum Zug bringt. Er denkt, daß sie kurz danach wieder zu Hause sein wird. Er hat hinzugefügt, daß Königin Mathilde nicht sehr in Form sei, daß ihre Stimme gezittert habe. Wir sollten später mal auf ein Glas vorbeikommen und sie ein bißchen aufmuntern. Aber womit aufmuntern?«

Adamsberg starrte Danglard an.

»Wieviel Uhr ist es?« fragte er.

»Zwanzig nach acht. Warum?«

Adamsberg griff nach seiner Jacke und rannte hinaus. Danglard hatte gerade noch Zeit zu hören, wie Adamsberg ihm zurief, er solle den Bericht in seiner Abwesenheit durchlesen, er käme wieder.

Auf der Straße rannte Adamsberg nach einem Taxi.

Er schaffte es, um Viertel vor neun an der Gare du Nord zu sein. Er rannte durch den Haupteingang, während er sich im Laufen eine Zigarette anzündete. Heftig packte er Mathilde, die gerade die Bahnhofshalle verließ.

»Schnell, Mathilde, schnell! Sie ist es, nicht wahr? Lügen Sie mich nicht an, um Himmels willen! Ich bin mir sicher! Welches Gleis? Das Gleis!«

Mathilde sah ihn an, ohne etwas zu sagen.

»Welches Gleis?« rief Adamsberg.

»Verdammt!« entgegnete Mathilde. »Verziehen Sie sich, Adamsberg. Wenn es Sie nicht gegeben hätte, würde sie vielleicht nicht ständig abhauen.«

»Sie haben keine Ahnung! So ist sie eben! Welches Gleis, verdammt noch mal!«

Mathilde wollte nicht antworten.

»Gleis 14«, sagte sie.

Adamsberg ließ sie stehen. Auf der großen Uhr in der Halle war es sechs Minuten vor neun. Als er sich Gleis 14 näherte, kam er wieder zu Atem.

Da war sie. Natürlich. Ihr Körper steckte in einem enganliegenden schwarzen Top und in schwarzen Steghosen. Sie wirkte wie ein Schatten. Camille hielt den Kopf aufrecht und betrachtete irgendwas, vielleicht den gesamten Bahnhof. Adamsberg erinnerte sich dieses Ausdrucks, alles sehen wollen, ohne unbedingt etwas zu erwarten. Zwischen den Fingern hielt sie eine Zigarette.

Dann warf sie sie weit von sich. Camille hatte immer sehr schöne Gesten. Diese war ihr wirklich gelungen. Sie packte ihren Koffer und ging den Bahnsteig entlang. Adamsberg rannte, überholte sie und drehte sich um. Camille stieß mit ihm zusammen.

»Komm«, sagte er. »Du mußt kommen. Komm. Eine Stunde.«

Camille sah ihn an, exakt so ergriffen, wie er es sich vorgestellt hatte, wenn er sie am Taxi erwischt hätte.

»Aber nein«, sagte sie. »Geh, Jean-Baptiste.«

Camille stand nicht sehr fest. Adamsberg erinnerte sich, daß Camille in normalem Zustand immer den Eindruck erweckte, als ob sie sich gleich drehen oder fallen würde. Ein bißchen wie ihre Mutter. Als ob sie auf einem biegsamen Balken über einem Abgrund balancieren würde, anstatt auf der Erde zu gehen wie jeder andere. Aber jetzt schwankte Camille wirklich.

»Camille, du wirst doch nicht umfallen? Sag.«

»Aber nein.«

Camille stellte ihren Koffer ab und streckte ihre Arme über ihren Kopf, wie um den Himmel zu berühren.

»Schau, Jean-Baptiste. Ich stehe ausgestreckt auf den Zehenspitzen. Hast du gesehen? Also, ich falle nicht um.«

Camille lächelte und ließ schnaufend ihre Arme fallen.

»Ich liebe dich. Laß mich jetzt fahren.«

Sie schwang ihren Koffer durch die offene Wagentür, stieg die drei Stufen hinauf und wandte sich um, schmal und schwarz, und Adamsberg wollte nicht, daß ihm nur noch ein paar Sekunden blieben, um dieses Gesicht eines griechischen Gottes und einer ägyptischen Prostituierten anzusehen.

Camille schüttelte den Kopf.

»Du weißt es sehr gut, Jean-Baptiste. Ich habe dich geliebt, und Herrgott noch mal, das geht nicht einfach so weg, indem man draufpustet. Bei Fliegen schon. Fliegen fliegen einfach weg, wenn man draufpustet. Das kann ich dir im Vertrauen sagen, Jean-Baptiste: Du hast nichts von einer Fliege. Herrgott noch mal. Aber um Typen wie dich zu lieben, habe ich nicht die Kraft. Es ist zu schwer. Es tötet mir den Nerv. Man weiß nie, wo du bist, wo deine Seele herumgeistert. Das bedrängt mich und macht mir Sorgen. Meine Seele geistert ja auch zuviel herum. Also macht sich alle Welt unaufhörlich Sorgen. Herrgott noch mal, das weißt du alles, Jean-Baptiste.«

Camille lächelte.

Jetzt kam das selbsttätige Schließen der Türen, das Zurücktreten von der Bahnsteigkante. Dann kam die Aufforderung, nichts aus den Fenstern zu werfen. Ja. Adamsberg kannte das alles. Damit kann man jemanden verletzen oder gar umbringen. Der Zug fuhr ab.

Eine Stunde. Eine Stunde wenigstens, bevor er verreckte.

Er rannte dem Zug hinterher und packte den Haltegriff.

»Polizei«, rief er dem Schaffner zu, der ihn gerade anbrüllen wollte.

Er lief durch den halben Zug.

Er fand sie in ihrem Abteil, sie lag auf ihrer Liege, einen Ellbogen aufgestützt, und schlief nicht, las nicht, weinte nicht. Er trat ein und schloß die Abteiltür.

»Ich wußte es doch«, sagte Camille. »Du bist eine Nervensäge.«

»Ich möchte mich eine Stunde neben dir ausstrecken.«

»Aber warum eine Stunde?«

»Ich weiß es nicht.«

»Hast du immer noch diese Angewohnheit? Sagst du immer noch ›Ich weiß es nicht?«

»Ich habe keine meiner Angewohnheiten aufgegeben. Ich liebe dich, ich will mich da eine Stunde ausstrecken.«

»Nein. Dann bin ich hinterher wieder völlig fertig.«

»Du hast recht. Ich auch.«

Sie saßen sich eine Weile gegenüber. Der Schaffner betrat das Abteil.

»Polizei«, wiederholte Adamsberg. »Ich vernehme die Dame. Lassen Sie bis auf weiteres niemanden hier rein. Was ist der nächste Halt?«

»Lille, in zwei Stunden.«

»Danke«, sagte Adamsberg. Und er lächelte ihm zu, um ihn nicht zu kränken.

Camille war aufgestanden und betrachtete die hinter der Scheibe vorbeifliegende Landschaft.

»Das ist ein sogenannter Machtmißbrauch«, sagte Adamsberg. »Tut mir leid.«

»Eine Stunde, sagst du?« fragte Camille, die Stirn an der Scheibe. »Glaubst du, daß wir überhaupt etwas anderes tun können?«

»Nein, ganz ehrlich, ich glaube es nicht«, sagte Adamsberg.

Camille schmiegte sich an ihn. Adamsberg nahm sie in die Arme wie in seinem Traum, in dem der Hotelboy auf dem Bett wartete. Was in diesem Zugabteil allerdings besser war, kein Hotelboy war da. Und auch Mathilde nicht, um ihn wegzureißen.

»Bis Lille sind es ja eigentlich zwei Stunden«, sagte Camille.

»Eine Stunde für dich und eine Stunde für mich«, erwiderte Adamsberg.

* * *

Einige Minuten vor Lille zog sich Adamsberg im Dunkeln wieder an. Dann zog er Camille langsam wieder an. Eigentlich war keiner fröhlich.

»Auf Wiedersehen, mein Liebling«, sagte er.

Er streichelte ihr Haar, er küßte sie.

Er wollte dem Zug nicht zusehen, wenn er abfuhr. Er blieb mit vor der Brust verschränkten Armen auf dem Bahnsteig stehen. Da merkte er, daß er sein Jackett im Abteil gelassen hatte. Er malte sich aus, wie Camille es vielleicht übergezogen hatte, daß die Ärmel ihr bis über die Finger fielen, daß sie hübsch damit aussah, daß sie das Fenster geöffnet hatte und die nächtliche Landschaft betrachtete. Aber er war nicht mehr im Zug, um noch irgend etwas über Camille erfahren zu können. Er wollte laufen, ein Hotel am Bahnhof suchen. Er würde den kleinen Liebling wiedersehen. Eine Stunde. Sagen wir wenigstens eine Stunde, bevor er verreckte.

Der Hotelier bot ihm ein Zimmer mit Blick auf die Schienen an. Er sagte, das sei ihm völlig egal, er wolle telefonieren.

»Danglard? Hier Adamsberg. Haben Sie Le Nermord immer noch vor sich? Schläft er auch nicht? Sehr gut. Sagen Sie ihm, daß ich nicht die Absicht habe, jetzt zu verrecken. Nein. Das ist nicht der Grund meines Anrufs. Es ist wegen der Modezeitschrift. Lesen Sie die Modezeitschrift, die Artikel von Delphine Vitruel. Lesen Sie danach nochmal die Bücher des großen Byzantinisten. Dann verstehen Sie, daß sie die Verfasserin seiner Bücher war. Sie allein. Er stellte nur das ganze Material zusammen. Dank ihres pflanzenfressenden Liebhabers wäre Delphine früher oder später der Sklaverei entronnen, das wußte Le Nermord sehr gut. Sie hätte irgendwann gewagt, den Mund aufzumachen. Dann hätte alle Welt erfahren, daß der große Byzantinist nie existiert hat und daß der Mensch, der an seiner Stelle dachte und schrieb, in Wahrheit seine Frau war. Alle Welt hätte erfahren, daß er nichts war als ein erbärmlicher Tyrann, nur eine Ratte. Das war sein Motiv, Danglard, und nichts anderes. Sagen Sie ihm, daß es nichts genutzt hat, Delphie zu ermorden. Und daß er daran krepieren soll.«

»Warum solcher Haß?« fragte Danglard. »Wo sind Sie?«

»Ich bin in Lille. Und ich bin nicht fröhlich. Überhaupt nicht fröhlich, mein Lieber. Aber das geht vorbei. Das geht vorbei, da bin ich sicher. Sie werden sehen. Bis morgen, Danglard.«

Camille stand im Gang und rauchte, die Hände steckten in den langen Ärmeln des Jacketts von Jean-Baptiste. Sie wollte die Landschaft nicht sehen. Bald würde sie Frankreich verlassen. Sie würde versuchen, ruhig zu sein. Hinter der Grenze.

Im Dunkeln auf seinem Hotelbett ausgestreckt, wartete Adamsberg, die Hände unter dem Nacken verschränkt, auf den Schlaf. Er machte das Licht wieder an, zog sein Notizbuch aus der Gesäßtasche. Er hatte nicht den Eindruck, daß dieses Notizbuch ihn groß weiterbrachte. Aber gut.

Mit einem Bleistift schrieb er: »Ich liege auf einem Bett in Lille. Ich habe mein Jackett verloren.«

Er hielt inne, dachte nach. Es stimmte, daß er in Lille auf einem Bett lag. Dann fügte er hinzu:

»Ich schlafe nicht.

Also denke ich lange Zeit im Bett über mein Leben nach.«

Von Liebe und anderen unheimlichen Begebenheiten

BRET LOTT
Das Gewicht der Liebe
Jewel, eine einfache Frau aus dem amerikanischen Süden, läßt sich auf ein Duell mit Gott und der Schöpfung ein. Als sie ihr sechstes Kind zur Welt bringt, prophezeit ihr ein farbiges Dienstmädchen ein großes Unglück. Ein Sensationserfolg in den USA – der Roman über eine Frau, die für ihr Kind und für ein Wunder kämpft.
Roman. Aus dem Amerikanischen von Michael Kubiak. 405 Seiten. AtV 1807

LANA MCGRAW-BOLDT
Hexensommer
Die beiden Freundinnen Polly und Jo halten sich am liebsten auf verbotenem Terrain auf: am Haus, wo der Rhabarber wächst. Denn die Bewohnerin Miss Congreve gilt als Hexe und ihr Neffe Albert als gefährlicher Sonderling. Als in der Nähe des Hexenhauses ein Mädchen ermordet aufgefunden wird, ist Albert der erste Verdächtige. Die Mädchen aber haben eine ganz andere Vermutung.
Roman. Aus dem Amerikanischen von Alexandra Witjes. 296 Seiten. AtV 1473

JOANNA HERSHON
Mondschwimmen
Zum ersten Mal in seinem Leben ist Aaron wirklich verliebt – in Suzanne, eine ebenso schönes wie ungewöhnliches Mädchen aus New York. Doch als er mit ihr zu seinen Eltern fährt, beginnt seine Freundin ein Spiel mit dem Feuer. In einer lauen Mondnacht beschließt sie, seinen Bruder zu verführen.
»Joanna Hershon hat ein Auge für Orte, ein Ohr für fein gesponnene Dialoge und ein wahres Gefühl, Charaktere zu zeichnen. Dieser Roman zeugt von großer Schönheit.« LIBRARY JOURNAL
Roman. Aus dem Amerikanischen von Jörn Ingwersen. 301 Seiten. AtV 1348

JOSEPH PITTMAN
Sanft wie der Wind
Brian Duncan ist ein genialer Werbefachmann, als sein Leben plötzlich aus den Fugen gerät. Die Geschichte eines Mannes, der die große Liebe findet – und erkennen muß, wie zart und zerbrechlich sie ist.
Roman. Aus dem Amerikanischen von Ursula Walther. 323 Seiten. AtV 1750

AtV